MEIA-NOITE NA LIVRARIA

MATTHEW SULLIVAN

MEIA-NOITE NA LIVRARIA

Tradução
Val Ivonica

1ª edição

EDITORA RECORD
RIO DE JANEIRO • SÃO PAULO
2022

CIP-BRASIL. CATALOGAÇÃO NA PUBLICAÇÃO
SINDICATO NACIONAL DOS EDITORES DE LIVROS, RJ

S949m

Sullivan, Matthew
Meia-noite na livraria / Matthew Sullivan; tradução de Val Ivonica.
– 1a ed. – Rio de Janeiro: Record, 2022.

Tradução de: Midnight at the Bright Ideas Bookstore
ISBN 978-65-5587-440-2

1. Ficção americana. I. Ivonica, Val. II. Título.

22-77164
CDD: 813
CDU: 82-3(73)

Meri Gleice Rodrigues de Souza – Bibliotecária – CRB-7/6439

TÍTULO EM INGLÊS:
MIDNIGHT AT THE BRIGHT IDEAS BOOKSTORE

Copyright © 2017 by Matthew Sullivan

Texto revisado segundo o novo Acordo Ortográfico da Língua Portuguesa.

Todos os direitos reservados. Proibida a reprodução, no todo ou em parte, através de quaisquer meios. Os direitos morais do autor foram assegurados.

Direitos exclusivos de publicação em língua portuguesa somente para o Brasil adquiridos pela
EDITORA RECORD LTDA.
Rua Argentina, 171 – Rio de Janeiro, RJ – 20921-380 – Tel.: (21) 2585-2000, que se reserva a propriedade literária desta tradução.

Impresso no Brasil

ISBN 978-65-5587-440-2

Seja um leitor preferencial Record.
Cadastre-se no site www.record.com.br e receba informações sobre nossos lançamentos e nossas promoções.

Atendimento e venda direta ao leitor:
sac@record.com.br

Para Libby

Todas as palavras são máscaras; quanto mais belas, mais destinadas a ocultar.

Steven Millhauser, "August Eschenburg"

Como sempre, retomamos de onde paramos. Aqui é meu lugar, afinal.

Walker Percy, *The Moviegoer*

CAPÍTULO 1

Lydia ouviu um farfalhar distante de folhas de papel quando o primeiro livro caiu da estante. Do caixa, ela olhou para cima inclinando a cabeça e imaginou que um pardal tivesse entrado de novo por uma janela aberta e estivesse rondando os amplos andares superiores da loja, tentando encontrar uma saída.

Poucos segundos depois, outro livro caiu. Desta vez foi mais um baque do que um farfalhar, e ela teve certeza de que não era um pássaro.

Era pouco mais de meia-noite, a livraria estava fechando, e os últimos clientes estavam saindo. Lydia estava sozinha no caixa, registrando uma pilha de livros sobre cuidado parental para uma adolescente de bochechas esburacadas e lábios descascados. A garota pagou em dinheiro, e Lydia sorriu para ela, mas não disse nada, não perguntou o que estava fazendo sozinha numa livraria àquela hora numa sexta-feira à noite nem para quando era o bebê. Quando pegou o troco, seus olhos encontraram os de Lydia por um instante, então ela saiu rápido sem pegar nenhum marcador de páginas.

Outro livro caiu, definitivamente em algum lugar lá em cima.

Um dos colegas de Lydia, um sujeito calvo chamado Ernest, que andava feito um Muppet, mas que parecia sempre triste, estava na entrada, guiando os últimos clientes da noite para as ruas de Lower Downtown.

— Ouviu isso? — perguntou Lydia do outro lado da loja, mas falou baixo demais, e, de qualquer forma, Ernest estava ocupado. Ela o observou destrancar a porta, que tinha acabado de trancar, para deixar um casal baladeiro, e aparentemente bêbado, entrar.

— Eles precisam fazer xixi — disse Ernest, dando de ombros para Lydia.

Lá fora, alguns BookFrogs maltrapilhos ainda estavam na calçada de lajotas, fechando mochilas e bolsas de lona, bebendo garrafas de água parecidas com galões que encheram no banheiro da livraria. Um deles tinha um livro policial barato atochado no bolso detrás. Outro tinha um lápis preso num barbante amarrado no passador de cinto da calça. Estavam juntos, mas ninguém dizia nada, e, um por um, mergulharam na cidade, para dormir em algum porão decadente em Capitol Hill, ou num banco na Union Station, ou no frio grudento dos becos de Denver.

Lydia ouviu outro leve farfalhar. Definitivamente um livro caindo, seguido rapidamente por mais alguns *flap-flap-flap*. Tirando isso, a loja estava silenciosa.

— O andar de cima está vazio? — perguntou para Ernest.

— Só tem o Joey — respondeu Ernest, mas seus olhos estavam fixos no canto onde ficavam os zines e os panfletos, que flanqueavam os banheiros onde o casal bêbado havia desaparecido. — Você acha que eles estão transando lá dentro?

— Ele sabe que a gente já fechou?

— O Joey? — perguntou ele. — Nunca se sabe o que o Joey sabe. Ele perguntou por você mais cedo, aliás. Deve ter sido a conversa mais longa que a gente já teve. "Viu a Lydia?" Fiquei comovido.

Na maioria dos dias, Lydia fazia questão de localizar Joey onde quer que ele tivesse se enfiado na livraria — numa mesa no canto da cafeteria, ou no antigo banco de igreja na seção de espiritualidade, ou mesmo debaixo da Árvore de Histórias na seção infantil — para ver o que ele estava lendo, e como estava se sentindo, ou se havia aparecido algum serviço esquisito para ele. Tinha um fraco pelo cara. Mas hoje havia se enrolado com a correria na livraria depois da hora do jantar e não foi atrás dele.

— Lyle está com ele, né? — perguntou Lydia. Apesar das décadas de diferença entre os dois, Joey e Lyle eram quase inseparáveis, como duas metades de um bicho inteligente e esquisito.

— Lyle, não. Hoje não. Da última vez que vi, o Joey estava sozinho na seção de história. Os dedos dele estavam com fita crepe enrolada.

— Os dedos?

— Ele deve ter se cortado ou se queimado e fez um curativo com lenço de papel e fita crepe. — Olhou para o relógio. — Ele não é cracudo, né? Cracudos vivem queimando os dedos.

Lydia ouviu outro livro esvoaçando. A loja tinha três andares amplos, e, quando estava silenciosa assim, o som se propagava por eles como se fosse um átrio. Imaginou Joey lá em cima, sozinho, jogando livros para o alto, numa espécie de ritual de bibliomancia ou Yi Jing. E seria ela quem precisaria ficar até mais tarde para colocar tudo no lugar.

— Fecha o caixa para mim?

— Casal desgraçado — resmungou Ernest, aproximando-se do caixa sem tirar os olhos dos banheiros. — Eles só podem estar transando lá dentro.

Lydia atravessou o piso áspero da loja e foi até os largos lances de escada que cortavam o prédio feito uma grande espinha dorsal. Ernest tinha subido mais cedo e apagado a maior parte das luzes dos andares de cima, então parecia que estava entrando num sótão.

— Joey?

O segundo andar estava silencioso, estantes e mais estantes de livros completamente paradas. Ela foi para o terceiro andar.

— Joey?

Joey era o mais jovem BookFrog, e, de longe, o preferido de Lydia. Não seria a primeira vez que ela ou um dos seus colegas vendedores fazia uma vistoria final antes de fechar e encontrava Joey tirando livros das prateleiras, procurando um título que podia ou não existir de fato. Seu cabelo brilhoso estaria caído sobre os olhos, e ele estaria de calça jeans preta e suéter de tricô preto com gola baixa o suficiente para exibir o alto do peito tatuado. O piso de madeira ao redor dos pés dele estaria coberto de livros sobre assuntos tão diversos quanto seus pensamentos: avistamentos do Pé Grande e o Banco Central, ritos maçônicos e teoria do caos. Lydia costumava pensar nele como um jovem sofrido, perturbado, mas inofensivo — uma bolinha de poeira rolando pelos cantos da loja.

Ela gostava de tê-lo por perto.

— Joey?

O terceiro andar estava escuro e tranquilo. Lydia entrou no familiar labirinto de estantes altas de madeira e seguiu seus ângulos e suas ramificações em diferentes nichos e seções, cada uma com uma cadeira ou um sofá, uma mesa ou um banco: psicologia, autoajuda, religião, viagens, história.

Algo rangeu.

— Última chance, Joey.

Quando entrou na seção de história do Ocidente, conseguiu sentir os olhos tentando apagar o que via: Joey, pairando no ar, balançando feito um pêndulo. Uma longa cinta com catraca estava presa numa viga do teto e enrolada em seu pescoço. O corpo de Lydia se contraiu de terror, mas, em vez de fugir, ela de repente correu para ele, para Joey, e agarrou suas pernas magricelas, tentando erguê-lo. Ela ouviu um grito ecoar pela loja e percebeu que era dela própria.

Lydia pressionou a bochecha na coxa de Joey, e o jeans dele estava morno de urina. Uma saliência no bolso da calça cheirava a chocolate, e ela imaginou que fosse um Kisses derretido que ele pegou mais cedo da tigela no balcão da cafeteria. As mãos dele estavam cerradas em punho imóveis, e ela via os curativos de fita crepe em três ou quatro dedos dele, mas não olharia de novo para as órbitas roxas e esbugalhadas dos seus olhos, nem para a saliva espumante que escorria pelo queixo, nem para os lábios azuis e inchados.

Ela via o cemitério de livros que caíram no chão enquanto Joey escalava as estantes, e os outros que ele tinha colocado de lado para servir de apoio para os pés enquanto prendia a cinta no teto. Havia outros ainda que caíram enquanto ele se debatia, tentando apoiar os pés de novo para escapar da morte. Agora ela já estava agarrada às coxas dele e tentava levantá-lo, mas seus tênis escorregavam no piso de madeira e, cada vez que ela escorregava, a cinta apertava mais o pescoço dele. Ela deve ter parado de gritar, porque de repente tudo foi engolido por um silêncio retumbante quando ela viu, a poucos centímetros do rosto, despontando do bolso da frente de Joey, uma foto dobrada dela.

De Lydia.

Quando criança.

CAPÍTULO 2

— Lydia?

Ernest estava subindo a escada correndo.

— Lydia? Cadê você?

Lydia arrancou a foto da calça de Joey. Na foto, tinha 10 anos, as tranças cheias de frizz, usava um colete de veludo cotelê azul e assoprava as velinhas de um bolo de chocolate.

— Ai, meu deus! — ouviu Ernest dizer enquanto dava a volta nas estantes para chegar àquela seção. — Tá bom, tá bom. Joey, vamos, reage, cara, não...

Sob a luz fraca da livraria, em meio ao fedor da morte de Joey, no labirinto daquelas estantes, Lydia enfiou a foto no bolso detrás de sua calça e tentou simplesmente respirar. Ernest — o responsável Ernest, que pouco antes estava lá embaixo contando o troco, protegendo o banheiro da Ideias Brilhantes dos baladeiros cheios de tesão e que, meia década atrás, em outra vida, tinha dirigido no meio de tempestades de areia na Guerra do Golfo — arrastou um banquinho, subiu nele e gritou algo sobre chamar uma ambulância enquanto suas mãos entravam em ação. Lydia deu um passo para trás e percebeu que o casal bêbado do banheiro estava agora parado atrás dela, abraçado, observando a cena, e ela acidentalmente pisou no pé da mulher de salto alto e murmurou "Desculpa", ao que a mulher respondeu "Tudo bem", e as duas começaram a chorar ao mesmo tempo. Alguém pôs a mão no ombro de Lydia e ela se desvencilhou.

— Ele está se mexendo? Alguém viu ele se mexer?

A longa cinta de nylon que Joey pegou de algum carrinho ou carreta tinha uma catraca metálica embutida. Ernest a soltou lá no alto, acima da sua cabeça. A cinta se desenrolou feito um chicote e Joey caiu no chão.

O silêncio foi total. Ninguém fez menção de encostar nele para fazer uma ressuscitação. Joey estava claramente morto.

A carona de alguém buzinou na rua em frente à livraria, e a placa da Union Station refletia sua luz vermelha nas janelas. Lydia sentiu um forte frio na barriga, uma sensação muito mais aterrorizante que tristeza ou choque, então caiu de joelhos, começou a juntar os livros que Joey havia chutado para o chão, e, quando terminou de empilhar todos eles, começou a recolocá-los nas estantes, porque não sabia mais o que fazer. Os livros que tinham sido empurrados para trás ela puxou para a frente, e os que estavam muito à frente ela empurrou para trás, então a senhora de óculos grossos que trabalhava meio período na loja segurou Lydia pelo cotovelo e a levou até um sofá na seção de autoajuda, onde ela ficou esperando pela polícia, longe do corpo de Joey.

Depois de ser interrogada pelo inspetor da polícia, bebericando uma xícara de chá verde com um casaco da seção de achados e perdidos jogado no colo, Lydia foi para a calçada e viu o corpo de Joey, dentro de um saco, sendo levado para a ambulância numa maca. Ela recusou algumas ofertas de carona para casa e, em vez disso, pegou um ônibus lento na Colfax Avenue, onde poderia ficar sozinha com a foto de Joey.

A madrugada da cidade passava lá fora, os postes de luz e os letreiros neon brilhando acima dos restaurantes asiáticos e mexicanos, dos fast--foods e dos sex shops, da basílica e do templo, das lojas de perucas e dos salões de beleza. Ela passou pela lanchonete que vendia café a sessenta e cinco centavos e pela lavanderia com um Buda de cerâmica na vitrine. Vultos de capuz bebiam de garrafas dentro de sacos de papel, e duas freiras empurravam um carinho de mercado cheio de cobertores. Ela adorava andar de ônibus pela Colfax, com seus buracos no chão e suas pessoas.

Quando o ônibus esvaziou um pouco, ela tirou a foto do bolso. Suas mãos estavam úmidas, e a sensação era de que estava respirando por um canudinho.

Lydia não conseguia se lembrar da última vez que viu uma foto sua de quando era criança e tinha certeza de nunca ter visto aquela, especificamente. Os poucos registros de sua infância estavam enterrados tão fundo no armário do seu quarto que ela nem sabia direito onde estavam — e tudo isso só tornava ainda mais improvável o fato de Joey ter aquela foto. Foi tirada na única festa de aniversário de verdade que ela teve, duas décadas atrás, no pequeno bangalô numa área afastada da Colfax, onde passou seus primeiros anos de vida, apenas dois ou três quilômetros a leste dali. Dentro daquelas bordas amareladas da foto, Lydia era uma menina de 10 anos curvada sobre seu bolo de aniversário, mergulhada numa felicidade à luz de velas. Era difícil acreditar que seu pai havia conseguido prender seu cabelo preto cacheado naquelas tranças apertadas e ainda mais difícil que aquela menininha alegre era *ela*. Mas era, sem dúvida, ela: seus grandes olhos castanhos, seu colete de veludo cotelê azul, seus botões amarelos tortos. Tanta coisa ainda não tinha acontecido.

Embora Lydia ocupasse a maior parte da foto, havia duas outras crianças ali, seus dois únicos amigos da quarta série. Raj Patel sentado à sua direita, de macacão azul-claro com fivelas prateadas e olhando com um sorriso de adoração não para o bolo ou para a câmera, mas para Lydia, a aniversariante. Carol O'Toole também estava lá, à sua esquerda, mas se mexia tanto que só dava para ver o topo borrado do seu cabelo laranja. A composição da foto era esquisita, torta e entrecortada por tiras de papel crepom torcido, e Lydia percebeu que devia ter sido tirada assim porque seu pai estava tentando enquadrar todos os três, enquanto Carol pulava de um lado para o outro e passava o dedo na cobertura do bolo. Não deu muito certo.

Lydia ficou de estômago embrulhado. Quarta série, pensou ela, o ano em que ela e o pai saíram — *fugiram* — de Denver. E fugiram mesmo, um ou dois meses depois de aquela foto ter sido tirada, direto do hospital para as montanhas, sem se despedirem de ninguém.

O ônibus parou com um solavanco num ponto nas entranhas de Capitol Hill. Lydia desceu e seguiu andando o restante do caminho até em casa.

No apartamento deles, no segundo andar, David continuava de pé. Estava debruçado sobre a mesa da cozinha, usando uma lanterna na cabeça e mexendo numa placa-mãe de computador. Havia um ferro de solda e um pequeno carretel de fio na mesa, perto de suas mãos. A bancada atrás dele estava lotada de tigelas sujas, tábuas de corte, cascas de alho, um pote de azeitonas, um ralador de queijo e um talo de alcachofra. O cômodo cheirava a fluxo para solda e frango assado, e Lydia ouvia Kurt Cobain gritando nos headphones encaixados no pescoço dele. Era madrugada, mas David agia como se estivesse no meio do dia, e ela sabia que a noite dele mais uma vez tinha sido consumida pelo projeto dissecado em cima da mesa, seja lá qual fosse. Ele levantou a cabeça levemente quando ela entrou, mas seu olhar continuou focado nos minúsculos circuitos abaixo.

— Deixa só eu enrolar isso aqui...

Ela deu um beijo na têmpora dele. Este era o homem por quem tinha se apaixonado cinco anos antes, o cara que preferia desmontar uma televisão a comer nachos assistindo a algo nela. David não era perfeito, ela sabia, e às vezes se irritava com os cabos de computador e os HDs velhos empilhados numa prateleira no quarto deles, ou com o skate lascado junto da caixa de rodas e rolamentos debaixo da cama há quatro anos sem uso, ou com o pôster autografado dos Broncos que não podia ser pendurado perto do banheiro porque o vapor do chuveiro podia *amarrotar o uniforme do Elway*. Mas, apesar dessas pequenas irritações, David era um cara de coração puro, um filhinho da mamãe otimista, de cabelos ondulados e belos olhos, que só queria dividir burritos com Lydia no café da manhã pelo resto da vida. Ela estava feliz por tê-lo em sua vida.

— Não cheguei a lavar a louça — disse ele —, mas tem comida...

Assim que olhou para ela, David deve ter sentido que havia algo de errado. Ele se levantou e segurou seus ombros.

— Lydia, o que aconteceu? Ai, merda. Eu tinha ficado de te buscar?

— Não é isso.

— O que foi, então?

Sentia um nó na garganta. Ela se apoiou na pia para se manter firme no lugar e contou a David tudo o que tinha acontecido com Joey. Exceto a parte da foto. Ela contava quase tudo para David — seus sonhos bizarros de ficção científica, seus medos em relação ao futuro, seu rodízio de fobias e ansiedades—, mas nada sobre as ruínas de sua infância. Algumas coisas estavam fora de cogitação, mesmo para o cara que ela amava.

— Ah, querida — disse ele. — Achei que você tivesse saído para beber depois do trabalho. Não fazia ideia. Devia ter ido até lá.

David acreditava piamente que uma boa comida melhorava o ânimo, então, sem se dar conta de como estava tarde, e sem nem perguntar se Lydia estava com fome, pegou da geladeira um prato de frango com alcachofras e o esquentou no micro-ondas, sendo preciso no tempo e na potência (3:05 no nível 4). Lydia aproveitou a oportunidade para se esgueirar até o quarto e esconder a foto do seu aniversário nas profundezas da sua gaveta de meias. O micro-ondas apitou no momento em que ela finalmente conseguiu lavar as mãos e se livrar do cheiro de chocolate e urina das mãos.

Na área de carga da Ideias Brilhantes, Lydia ouviu os bipes ritmados de um caminhão dando ré no beco. Na noite anterior, disseram a ela que tirasse uma semana de licença, mas ali estava ela andando para lá e para cá com os pombos, nos fundos da livraria — sem conseguir ficar longe e sem conseguir entrar.

O crepitar de britadeiras ali perto não ajudava a acalmar seus nervos, mas agora já estava acostumada com o barulho, assim como tinha se acostumado com as paredes de andaimes e plásticos esvoaçantes que encobriam aquela parte da cidade ultimamente. Durante décadas, todo aquele distrito de prédios de tijolinho foi uma rede de linhas ferroviárias e viadutos de concreto pouco transitados, bares fuleiros de música country, e as poucas residências que existiam eram amontoadas em cima de espeluncas com nomes como Bebidas e o Buraco do Bebum e Um Lugar para Beber. Até o nome do bairro — Lower Downtown — sempre pareceu adequado, porque esses quarteirões marcavam o ponto baixo onde os descartes da cidade se reuniam: o pessoal da fila de doação de comida e das sarjetas, os caminhões dos desmanches e dos armazéns, a água suja escorrendo da garagem para o bueiro, e de lá para as correntezas espumantes de lixo do rio Platte. Era como uma cidade deveria ser: fedia ao próprio passado. Mas a mudança veio. Os viadutos foram arrancados; os paralelepípedos, limpos e recuperados; e edifícios abandonados havia décadas eram convertidos em galerias e lofts. Junto de uma única cervejaria e um punhado de cafés, a livraria foi um dos primeiros novos negócios a se estabelecer na região, e em poucos anos se expandiu pelos três primeiros andares de uma antiga fábrica de lâmpadas — daí vinham o nome Ideias Brilhantes e a lâmpada retrô que decorava as portas de entrada e os marcadores de livros. A loja ficava mais movimentada a cada mês, e na mesma rua estavam construindo até um estádio de beisebol. Um estádio! Lydia às vezes se perguntava o que faria quando essa parte da cidade, com suas histórias de vagabundos e caubóis enterrados, começasse a ganhar o mesmo tom sem graça de todas as outras.

Não que algum dia fosse pedir demissão da livraria. Seis anos atrás, quando Lydia colocou uma saia de flanela e uma blusa larga e entrou na Ideias Brilhantes para uma entrevista de emprego, o currículo manchado na mão estava enrugado por causa do suor no papel. O gerente naquela época era um radiologista aposentado e rabequista de música country com uma barba grisalha bem aparada, e, enquanto ele a guiava até um sofá na seção de filosofia, Lydia começava a se acalmar. Quando ele dobrou o currículo e o colocou no chão, perto dos pés dela, dizendo que as entrevistas ali eram *um pouco menos formais que aquilo*, ela deixou escapar um forte suspiro, juntou a ponta dos dedos e começou a falar dos mochilões (Leste Europeu, Sudeste Asiático), das matérias que adorava na faculdade (religiões do mundo, literatura da Renascença), dos muitos trabalhos temporários (barracas de frutas e hortaliças, hotéis e pet shops) e, pela primeira vez em muito tempo, ela se viu falando abertamente com um estranho sem a sensação de estar batendo braços e pernas desesperadamente no equivalente social a um ataque de tubarão. No fim da entrevista, num dos momentos mais importantes de sua vida, o gerente se recostou e simplesmente disse: "Me recomende um livro." O título que ela escolheu era revelador — *Cem anos de solidão*, no momento em que seus próprios anos de solidão chegavam ao fim —, mas ainda mais reveladora foi a tranquilidade que ela sentiu depois, ao explorar a enorme livraria, tirando e colocando os livros no lugar, avaliando seus novos companheiros.

Naquele dia, ela se sentia tímida como sempre, evitando contato visual e dando seu leve sorriso, mas logo de cara reconheceu a Ideias Brilhantes como o tipo de santuário que vinha buscando durante boa parte da vida. Seus colegas vendedores de livros cobriam todo o espectro demográfico: havia desde uma ex-freira de 68 anos com um gosto descarado por literatura erótica a uma garota de 17 anos que largou a escola e que, apesar da tatuagem de monóculo tipo o do Churchill ao redor do olho esquerdo, tinha ganho o segundo lugar da última temporada do torneio adolescente de *Jeopardy!*. Eles usavam cabelo estilo afro ou com dreads, longos até a cintura ou completamente raspados. Alguns dos mais velhos, esnobes de esquerda, pareciam modelos do catálogo da Sears de 1974, enquanto outros usavam gravata de vaqueiro e vestidos e chapéus ousados que só podiam ser descritos como parisienses. Já no primeiro dia, ela soube que aqueles vendedores eram mais felizes que a maioria das pessoas — ou pelo menos mais ligados no que de fato era a felicidade —, o que sempre lhe pareceu motivo suficiente para ficar ali.

Lydia pulou da plataforma de carga, virou a esquina e entrou no beco nos fundos da livraria. Estava reunindo coragem para entrar, bolando estratégias para conseguir terminar o expediente, quando o som de passos reverberou atrás dela.

— Você sabe que não foi culpa sua.

Ela se virou e viu Plath vindo em sua direção, de roupas pretas e largas, enchendo o ar de fumaça de cigarro.

— Se eu sei? — respondeu Lydia. — Acho que sim.

— Ele teria morrido de qualquer maneira. Não foi mesmo culpa sua.

Beirando os 50 anos, Plath trabalhava na Ideias Brilhantes desde a inauguração, e antes disso trabalhara por décadas em outras livrarias independentes e em bibliotecas. Era uma mulher excêntrica e bondosa com uma beleza intimidante: cabelos grisalhos cortados rente à cabeça, grandes olhos verdes, braços esguios. Nunca se maquiava e exibia as rugas com orgulho. E costumava aparecer no trabalho com presentes para Lydia — coisas surpreendentes, como a assustadora boneca sem cabelo ou a lata de doces japoneses com gosto de carne. Embora não tivesse certeza, Lydia presumia que Plath fosse solteira porque ela era obstinada demais para se deixar enganar pelo amor, e a maioria dos homens, imaginava, broxaria com seus testemunhos sobre vibradores da Era de Ouro, que ela dizia serem eficientes, em grande medida, por causa do risco de eletrocussão. De vez em quando, Lydia via Plath como a mulher que poderia se tornar um dia: atenciosa, criativa, satisfeita, mas inacessível para quase qualquer pessoa no mundo.

— Ele teria dado um jeito — disse Plath — com ou sem você. Suicidas são persistentes.

— É só que não faz sentido.

— Você foi boa para o Joey — disse Plath. — Fico chateada por ele ter feito isso com você.

Lydia se sentiu vazia demais para falar.

— E com a livraria também. Nós éramos como a segunda casa dele.

Lydia puxou um cacho de cabelo em silêncio.

— Quer dizer, eu adorava o cara, de verdade, mas que merda, Joey! Agora eu não tenho mais com quem falar sobre o Triângulo das Bermudas.

— Tenho certeza de que você vai achar alguém — respondeu Lydia.

— Só não entendo o drama — disse Plath, acendendo outro cigarro no que estava fumando. — Se enforcar na seção de história? Isso de um cara que corava quando diziam oi para ele? A não ser que fosse a Lydia. A adorável Lydia. — Plath colocou a mão no ombro de Lydia. — É sério — continuou ela —, o garoto adorava você. Você era mesmo boa para ele.

— Ele era um cara legal.

— Eu sei — respondeu Plath. — Mas, da próxima vez que ele decidir se matar, devia acampar no inverno só de cueca. Beber produtos de limpeza numa canoa. Deixar você fora disso.

Enquanto ouvia as reflexões aleatórias de Plath, de repente o óbvio lhe ocorreu: Joey queria que ela o encontrasse. Queria que fosse Lydia.

— E ele não deixou nenhum bilhete? — perguntou Plath.

— Nada de bilhete.

— Sinto muito — disse Plath, balançando a cabeça —, mas isso é a mesma coisa que não deixar gorjeta para o garçom.

Nada de bilhete, pensou Lydia. Só uma foto do meu aniversário.

— Se eu fosse me matar — continuou Plath —, eu deixaria um bilhete só para dar umas últimas alfinetadas. Insultar o cara que me levou para o baile de formatura. Fazer os meus pais se sentirem culpados uma última vez. Falar mal do pênis do meu ex-marido. Fazer valer a pena, sabe? Afinal, não se teria mais nada a perder. — Plath parou de divagar e apertou o antebraço de Lydia. — Você está bem?

— Humm.

Mas Lydia não estava bem. Tinha alguma coisa acontecendo dentro dela. Um antigo nó bem apertado estava começando a se desatar.

— Você tem certeza de que está bem?

Um punho peludo enfiado numa luva de látex branca. Uma luva de látex branca segurando um martelo. Um martelo de unha com fios de cabelo de uma menina. E sangue. Sempre...

Lydia secou os olhos com a manga puída do suéter, passou um minuto respirando fundo e esperou as imagens se dissiparem. Não precisava de terapeuta para saber que o enforcamento de Joey tinha aberto portas havia muito fechadas.

— E o que o David disse? — perguntou Plath.

— O que o David sempre diz?

— A coisa certa — respondeu Plath. — Eu fico até enjoada com tanta doçura. Você devia mesmo ir para casa e descansar sossegada. Passa a semana lendo com o David.

— David costuma ser mais um cara da *ação*, se é que dá para entender.

— Passa a semana na cama com ele, então.

— Ele lê — disse Lydia, sorrindo. — Só não lê tanto assim. Costuma ficar só na seção de esportes, palavras cruzadas e coisas para o trabalho. Ano passado ele pediu de aniversário um livro de programação chamado *C Mais Mais*, seja lá o que isso quer dizer.

— Meu deus, Lydia, essa foi a coisa mais triste que você já me disse.

— Eu me sinto melhor agora.

Plath mordeu os lábios e olhou para a mão, procurando um cigarro que não estava mais lá.

— Olha — disse ela —, sei que isso é esquisito, e não quero aumentar ainda mais o caos disso tudo que você está sentindo agora, de verdade, mas...

— Mas?

— Estava no jornal de hoje. O episódio. O incidente. Não era nenhuma reportagem nem nada, só uma daquelas legendas debaixo de uma foto tirada no local. — Plath fez careta. — Você aparecia na foto.

— Eu? Na foto?

— Na foto. E na legenda. Pena que você não é do tipo que gosta de chamar a atenção, porque ganharia o dia com isso.

Plath mergulhou nas profundezas da sua bolsa e pegou um jornal amassado. Lydia viu de relance uma imagem de Clinton, numa tribuna, fazendo sinal de positivo com o polegar, enquanto Gingrich resmungava atrás dele. Plath virou a página.

— Viu? Você está aqui, perto da porta, cobrindo a boca com as mãos. Nossa, o seu cabelo está incrível. Como você consegue deixar ele assim, milimetricamente arrumado?

— Ai, deus — disse Lydia, sentindo a onda de vergonha que vinha sempre que mencionavam sua aparência: os enormes olhos castanhos que lhe davam um ar constante de assustada; a leve curva nos ombros que lhe dava uma postura abatida. Embora tivesse acabado de fazer 30 anos, não conseguia ignorar os fios brancos que haviam se infiltrado em seus cabelos e as novas linhas no canto da boca que, quando ela relaxava, faziam com que parecesse um coelho carrancudo. Quase hiperventilou ao pensar que essa foto havia acompanhado centenas de milhares de cafés da manhã. Ela se perguntou quem teria visto... e quem a teria reconhecido.

— Tem também a ambulância — disse Plath, apontando para a página —, a maca e o pobre Joey dentro do saco. Por que eles têm que usar sacos *pretos* para os corpos, hein? Não é à toa que todo mundo tem medo de morrer. Por que não azul-petróleo? Ah, e você viu como chamaram o Joey na legenda? *Homem não identificado.*

Lydia suspirou e olhou de relance para a calçada do beco, onde dois homens prendiam um carrinho de compras em um poste de luz.

— Que triste pensar em Joey assim — continuou Plath. — *Homem não identificado.*

— Todos eles são — disse Lydia, e foi até a janela larga com moldura vermelha na parede de tijolos nos fundos da loja. Lá estavam eles, já enchendo a livraria, e ainda não era nem meio-dia, um mundo inteiro de *homens não identificados*: os BookFrogs.

Nas primeiras semanas trabalhando na Ideias Brilhantes, Lydia percebeu que nem todos os clientes eram de fato clientes, e uma categoria inteira de homens perdidos começou a se formar em sua cabeça. Eram, em sua maioria, desempregados, solitários e, como Joey, passavam tanto tempo naqueles corredores quanto os vendedores que trabalhavam ali. Cochilavam nas poltronas, sussurravam pelos cantos e jogavam xadrez sozinhos na cafeteria. Mesmo aqueles que não liam tinham sempre pilhas de livros aos pés, como se criassem uma fortaleza contra hordas invasoras de ignorantes. E, quando Lydia os via encolhidos nos cantos por horas a fio, com ar monástico e vulnerável, ela pensava no Sr. Jeremy Fisher, o elegante sapo de Beatrix Potter, que costumava ser retratado lendo um jornal com suas pernas magricelas para o ar. Eles eram como belos sapos rechonchudos espalhados pelas seções da loja, mordiscando uma dieta à base de biscoitos e poemas.

— O que vamos fazer com você? — perguntou Plath, colocando o braço gentilmente em volta de Lydia.

Lydia se apoiou nela.

— Bem que eu queria saber.

Num passado distante, muitos dos BookFrogs podem ter sido professores ou escritores, mas agora passavam os dias obcecados por códigos de barras em pastas de dente e teorias da conspiração envolvendo J. D. Salinger. Todo dia, bem cedo, quando a livraria abria, um punhado deles sempre entrava para pegar doces que sobraram do dia anterior e encher os copos descartáveis que arrumavam em fast-foods com leite no balcão de café. Para os inexperientes, muitos BookFrogs pareciam párias ou sem-teto, mas, para o olhar treinado, ficava evidente que eles se isolavam do mundo, rejeitando seus costumes e suas regras, em troca de papel e palavras. Lydia, por sua vez, gravitava em volta deles com uma ternura que beirava a ingenuidade, especialmente daqueles poucos tagarelas que conseguiam travar conversas interessantes (embora, na verdade, com Lydia essas conversas sempre parecessem mais monólogos). Alguns dos BookFrogs eram tão eruditos que suas aulas divagantes de literatura pareciam facilmente tão perspicazes quanto as de seus professores de anos atrás, em São Francisco, da época em que se formou em inglês, aos trancos e barrancos. Alguns outros — como o homem que tinha o hábito de pular para fora das cabines do banheiro com um desentupidor acima da cabeça — eram banidos por meses, mas a maioria era tranquila e bondosa, grata pela oportunidade de ler e poder ficar encarando os outros, e, mais importante, de deixar a solidão na porta.

Lydia às vezes se perguntava se ainda estaria ali se não fosse por eles.

— Você viu o Lyle por aqui hoje? — perguntou Plath, protegendo os olhos com as mãos para espiar o interior da livraria pela janela. — Não deve estar sendo nada fácil para ele. Como ele estava ontem à noite?

Lydia puxou o jornal de baixo do braço de Plath e olhou a foto com mais atenção: o corpo de Joey, fechado com zíper na escuridão, sendo retirado da livraria, e sua maca rodeada por curiosos e policiais. Ela viu o próprio reflexo e alguns dos colegas, mas nenhum sinal de Lyle.

— Lyle não estava aqui — disse ela.

— Lyle *sempre* está aqui.

— Não ontem à noite, não estava.

Lyle e Joey, Joey e Lyle: os dois BookFrogs eram grudados feito matrioscas. Embora Lyle tivesse lá seus 60 anos, ele acolheu Joey anos atrás, primeiro no papel de BookFrog filantropo, um patrono endinheirado que custeava a bibliofilia de Joey, e depois como verdadeiro amigo. Era Lyle quem garantia que Joey comesse todos os dias, cumprisse com as obrigações do lar comunitário e aparecesse para fazer os exames de urina e para as reuniões da condicional. Porém, mais importante, Lyle era responsável por conduzir o garoto naquele mundo de novos autores que ampliava sua vida interior. Eles formavam uma dupla estranha: Joey era assustadiço e acabado, feito um cachorrinho triste e amedrontado; Lyle era convencido e afetado, feito um estudante britânico desleixado. Quando via a dupla largada pela livraria, Lydia costumava pensar em seus vários antecessores icônicos: Ernie e Bert, Laurel e Hardy, George e Lennie, de Steinbeck. Quando os observava abrirem livros na frente um do outro, esbarrando nos cotovelos um do outro enquanto os folheavam, assentindo como intelectuais enquanto deixavam xícaras de chá esfriar, Lydia testemunhava uma afeição que raramente via em homens adultos. Até onde sabia, Lyle era a única pessoa — além dela, talvez — com quem Joey se abria, alguém que Joey talvez amasse. Só agora ela se dava conta de que, sem Joey, Lyle ficaria arrasado.

Plath enfiou a guimba do cigarro numa lata de café e pegou uma bala de hortelã.

— Para com isso — disse ela.

— Parar com o quê? — perguntou Lydia.

— De ficar noiada com o Lyle. A ausência dele *não* é problema seu.

— É o que você diz.

— Olha, Lydia, preciso entrar, mas me promete que vai ficar longe de homens tristes hoje. Só hoje. Só dos tristes. Só faz o favor de ficar *longe*.

— Prometo.

Plath passou a mão com cheiro de fumaça na franja rala de Lydia, depois se juntou aos mais ou menos dez outros funcionários que circulavam pela livraria com caneta atrás da orelha. Lydia ficou observando-os correr entre telefones tocando e estações de computador e tentou, sem sucesso, desviar a atenção do espectro de homens não identificados.

CAPÍTULO 3

Depois do trabalho, Lydia pegou o casaco e a bolsa na sala de descanso da Ideias Brilhantes, foi até seu nicho na estante e encontrou, enfiado junto com o mísero envelope do seu mísero salário, um cartão-postal com borda ondulada de Pikes Peak. *Saudações do colorido Colorado!* estava impresso numa faixa vermelha acima da imensa montanha cinzenta e, abaixo, a legenda: *A montanha mais visitada da América do Norte!*

O cartão-postal estava endereçado a ela — *Lydia*, sem sobrenome, *a/c Livraria Ideias Brilhantes* — e, em caneta esferográfica preta, de ponta grossa, estava escrito:

moberg aqui.
só para o caso de um dia você querer mais.

Não tinha mais nada, a não ser o selo de bandeira e o carimbo vermelho que, apesar de borrado, mostrava a origem de forma legível: tinha sido enviado da cidade de Murphy, Colorado. Enviado para ela por Moberg em pessoa. Detetive Harry Moberg. Aposentado. Departamento de Homicídios.

Aparentemente, Moberg a reconheceu no jornal da semana passada, o que significava que seus piores pesadelos estavam virando realidade: sem sua permissão, a publicação daquela foto abriu um portal para viajantes do seu passado. Ela se agarrou às prateleiras dos nichos. Não estava pronta para permitir que aquelas pessoas entrassem em sua vida.

Havia algo de aterrorizante na chegada do cartão-postal, na confirmação de que o detetive Moberg ainda estava vivo, ainda isolado na mesma cabana coberta de neve, onde ela o visitara vinte anos antes. E de que ele provavelmente ainda estava tentando localizar o Homem do Martelo. "Vamos encontrá-lo, mas precisamos da sua ajuda. Entendido? Então me conte de novo exatamente o que você ouviu. Cada som que lembrar, desde o momento em que você se enfiou debaixo daquela pia até o momento em que seu pai finalmente chegou. Lydia, você consegue fazer isso para mim? Pense: debaixo da pia."

só para o caso de um dia você querer mais.

Ela abriu a bolsa e enfiou o cartão-postal lá dentro.

Ela não queria *mais* nada daquela noite. Ela queria menos, muito menos.

Quando Lydia entrou em seu apartamento em Capitol Hill depois do trabalho, as cortinas estavam fechadas e a única luz vinha de dois monitores acesos, um ao lado do outro, entulhados na mesinha no canto da sala de estar. A mesa de centro havia sido empurrada para o lado e David estava de costas arqueadas no tapete, de calças de pijama e sem camisa. Um livro de ioga encadernado com espiral estava aberto no chão. Ele sorriu para ela.

— Oi — disse ele. Quando ele mergulhou de volta no tapete, um fiapo de tecido ficou preso nos seus lábios e ele o cuspiu.

Lydia estava feliz em vê-lo, e ainda mais feliz em vê-lo ocupado.

Depois de alguns anos em empregos de merda em lojas de conveniência e centrais telefônicas, David começou a trabalhar, no inverno passado, como funcionário de TI de baixo escalão numa empresa de desenvolvimento curricular, e agora passava os dias num escritório sem janelas, cercado por programadores e *gamers — galera que não curte muito ficar ao ar livre,* segundo ele. No começo, ela ficou preocupada com a possibilidade de cinquenta horas semanais na frente de uma tela o transformarem num zumbi de olhos injetados, mas logo a ideia de ser pago para resolver problemas entrou em sintonia com o lado faz-tudo dele; num ato de rebeldia contra a dieta à base de salgadinhos e refrigerante de seus colegas de trabalho, ele fazia questão de se exercitar todos os dias — daí a ioga daquela noite.

— Só mais um minuto.

— Sem pressa — respondeu ela. Colocou a sacola de compras no chão da cozinha e entrou no quarto, um cubo claro de janelas tão tomado por dois abetos-azuis-do-colorado que parecia mais uma casa na árvore. O apartamento deles ficava no segundo andar convertido de um antigo casarão estilo Four Square, e eram detalhes como esse, além do aluguel de trezentos dólares, que os impediam de abandonar o bairro e desaparecer em algum condomínio com passeios para as montanhas e festas na piscina.

Lydia parou em frente à cômoda e abriu a gaveta de meias. Quando colocou o cartão-postal no fundo da gaveta, atrás das meias finas de verão e da camisola que nunca usou porque pinicava, seus dedos roçaram na foto do seu aniversário.

Cinco anos atrás, David surpreendeu Lydia ao rondá-la num bar da Broadway e passar o braço por cima do ombro dela para pegar um guardanapo, um palito de dente e uma azeitona antes de criar coragem de convidá-la para jogar sinuca. Seu interesse nela não fazia sentido: David era provavelmente o cara mais bonito no bar — magro, mas sarado, rosto corado, sorriso sedutor —, e, embora Lydia estivesse de short jeans, sandálias e camiseta preta do Bikini Kill, coisas que a deixavam um pouco mais à vontade que o normal, ela também estava meio alterada de gim-tônica ruim, fumando seu trigésimo cigarro do dia e apoiada no ombro de Plath, sentindo-se tosca e inadequada. De início, estava tímida e desconfiada demais, como se dar em cima dela fosse uma aposta de bar maldosa, mas, enquanto perambulava por trás dele, percebeu que o andar de David era meio estranho e que o cadarço cinza do seu tênis estava com a ponta puída. Suas suspeitas diminuíram ainda mais quando ele se inclinou sobre o feltro verde da mesa de sinuca e ela viu, num momento que a fez sentir um calor nas coxas, que a mão direita dele era uma bagunça, com vários dedos faltando. O polegar estava lá, assim como a maior parte do indicador, mas, de resto, a mão dele tinha só um trio de pequenos cotos.

Poucas horas depois, bêbados comendo omeletes ao nascer do sol, ela descobriria que, no ensino médio, David era um competidor assíduo de olimpíadas de matemática, um CDF *de carteirinha* — palavras dele —, quando uma noite, muito bêbado numa festa, ele acidentalmente derrubou um copinho de *shot* no triturador de lixo. Estava tentando resgatá-lo, a mão tateando as profundezas do ralo, cheio de lâminas, quando ligou o interruptor de luz acima da pia para tentar ver melhor o que estava fazendo. Só que não era um interruptor de luz.

"Minha mãe me diz que isso me deixou um pouco menos babaca", disse ele.

"Então você deve ter ligado o interruptor certo", respondeu Lydia.

Logo nos primeiros meses de namoro, ela começou a perceber que quase todas as mulheres com menos de 40 encaravam David como se ele fosse um café da manhã na cama. Para todas essas mulheres que o cobiçavam, Lydia parecia irmã dele, uma companheira de bebida, uma garota que podia vencê-lo num campeonato de arrotos — até que, por acaso, batiam o olho na meia mão dele. Ela conseguia ver a pergunta brilhando nos olhos delas: *Ele está segurando alguma coisa? Um peito de frango cru? Um miolo de pão?* Nos piores momentos como casal, Lydia não conseguia deixar de se questionar se havia sido por *isso* — por causa da mão dele — que ficaram juntos.

Mas isso foi no começo, e, se fosse mesmo só a mão de David que os mantinha juntos, o relacionamento já teria acabado havia muito tempo.

— Três dedos faltando não hão de criar cinco anos — proferiu Plath certo dia. Lydia concordava: ela e David estavam construindo alguma coisa. Ela só não sabia o que era, nem se conseguiria dar conta.

Lidar com namorados nunca foi o forte de Lydia. Na adolescência, quando morava no chalé do pai, nas montanhas em Rio Vista, sempre que algum garoto a chamava para dançar ou para um passeio, ela tremia e dizia que o pai era opressor, a ponto de ser violento. Isso era, no máximo, meia verdade — seu pai era opressor, sim; violento, não —, mas os garotos sempre recuavam lentamente e acabavam ficando com as meninas típicas da cidade pequena que entendiam todas as piadas deles e conheciam seus pais da igreja. Lydia não ficava incomodada. Com exceção da única noite alucinada em que perdeu a virgindade para um metaleiro numa mesa de piquenique, essa reputação de *intocável* a protegeu até o fim do ensino médio. Quando fugiu de Rio Vista e se mudou para São Francisco — jurando ficar o mais longe possível do pai —, ela descambou no sentido oposto, a princípio dormindo com estranhos de forma imprudente, e depois lentamente passando a uma escassa seleção de namorados que nunca duravam mais de um mês. Lydia curtiu de verdade esse breve período de piriguetagem, mas o problema era o mesmo com todos os garotos. Depois que a notavam na fila do mercado, na aula de literatura vitoriana, ou na lanchonetc de taco, eles inevitavelmente percebiam que a armadura na qual ela se escondia era impermeável, não importava o quão ousados fossem na abordagem. De diferentes maneiras, todos queriam entrar num espaço só dela, o que era impossível. Ela era a única permitida ali.

Mas, desde o início, com David era diferente. Na primeira vez que dormiu no apartamento dele, acordou sozinha na cama e sentiu o cheiro de algo cozinhando (queimando?) no outro cômodo. Supôs que ele estivesse fazendo ovos ou torradas, mas, quando colocou a camiseta que estava embolada no chão e entrou na cozinha, encontrou-o não cozinhando, mas usando um ferro de passar velho para parafinar o par de esquis que estava em cima da bancada. Alguns minutos depois, quando ela voltou ao quarto para se vestir, quase tropeçou num aparelho de videocassete desmontado — daqueles enormes, com botões horríveis e revestimento imitando madeira — que havia sido conectado a um megafone militar, a uma luz estrobo de uma loja de presentes e à tela de uma velha TV de tubo preto e branco. Ali perto havia uma pilha de fitas VHS (*Rocky Mountain Wildlife*; *Coping Skills for Emergency Responders*). Ela suspeitou que tudo aquilo tivesse a ver com uma rave ou com algum projeto de vídeo de eletrônica, mas, quando perguntou a David o que era, ele disse que não sabia ao certo.

"Só fuçando", disse ele.

"Mas isso faz alguma coisa?"

"Ainda não. Talvez nunca faça. Sei lá."

Sei lá. Ela sorriu. Nunca mais viu a geringonça, mas a presença daquilo apontou para uma qualidade de *distração* que, ela notou em retrospecto, possibilitava que o relacionamento deles desse certo. A escova de dentes dele logo apareceu no copo ao lado da pia dela, os sacos de aipo e potes de queijo cottage logo se juntaram à sua geleia de uva e ao seu iogurte de cereja, e o tempo todo David parecia ter coisas mais interessantes a fazer que ficar obcecado pela vida interior e oculta de Lydia.

Na cozinha, Lydia bebeu um copo de água, colocou a chaleira para esquentar, para fazer chá, e começou a guardar as compras.

Logo David entrou, sem camisa, descalço, com aquela tatuagem besta de costeleta de porco logo abaixo das costelas, feita numa viagem para o México no ensino médio. Lydia já tinha pegado a tábua de corte, desembalado uma cebola e começado a descascá-la quando ele lhe deu um beijinho por trás.

— Você está feliz — disse ela.

— Achei um ponto e vírgula no programa onde devia ter dois-pontos.

— Isso é bom?

— Muito bom — respondeu ele. — Tinha milhares de linhas. O chefe até me cumprimentou todo desajeitado. Foi incrível.

Ela o observou, procurando uma pista de que estava sendo sarcástico, mas não estava.

— Acabei de salvar nosso departamento de uma semana, mais ou menos, de dor de cabeça — continuou ele, mexendo numa cesta de frutas. — E você? Foi melhor no trabalho hoje?

Era uma pergunta que David vinha fazendo todos os dias na última semana, desde Joey. Ainda não fazia sentido, pensou ela, o que o garoto fez. Alguns dias atrás, ao esvaziar a lixeira do balcão de entrada da loja, ela se deparou com um bolo amassado de fita de isolamento da polícia que alguém havia jogado fora feito uma fita cassete desenrolada, e ela ficou olhando para aquilo por muito tempo, incapaz de se afastar, como se as voltas da fita pudessem explicar por que Joey — o jovem, brilhante e problemático

Joey — tinha escalado as prateleiras, amarrado uma cinta e pulado para a morte. Ela pensou nos livros que o viu lendo nas semanas anteriores à sua morte — geometria fractal, arte microbiana e sonetos de Petrarca —, mas, até onde sabia, eles refletiam os mesmos gostos, ao mesmo tempo amplos e específicos, que o rapaz sempre teve. Na busca por uma resposta, foi até o terceiro andar hoje mais cedo e ficou parada no meio da seção de história do Ocidente, perguntando-se se a escolha dele de se matar ali, em meio àquelas obras, tinha algum significado mais profundo.

Bem quando estava prestes a desistir e descer para ajudar no balcão, Lydia percebeu que a poltrona floral no canto, onde Joey havia passado as últimas horas de vida, tinha sido empurrada para longe, contra a parede. Quando foi reposicioná-la, pegando e afofando a almofada, viu algo minúsculo e branco, mais ou menos do tamanho da unha do seu mindinho, na costura atrás da almofada. Passou por uma moeda e alguns biscoitos antes de finalmente pegá-lo. Um pedacinho de papel. Um pequeno retângulo perfeito. De início, ela se perguntou se Joey estava traficando LSD naquela noite ou recortando bonecas de papel, mas, quando colocou o papel na palma da mão e viu que tinha claramente sido cortado de um livro, pensou que talvez ele tivesse deixado um bilhete suicida para ela, no fim das contas. Ela o segurou sob a luz, prevendo encontrar ao menos uma palavra que pudesse esclarecer a morte de Joey — "desculpe"; "desesperado"; "assassinato" —, mas, em vez disso, descobriu que as letras ali impressas estavam fragmentadas, quase indecifráveis: um quase "e", um quase "j", um quase "l", um quase "m" e algumas quase outras letras. A biópsia de uma página que não queria dizer nada.

As mãos de Lydia estavam segurando a cebola e a faca, mas não se moviam, e ela estava encarando o nada, na direção da torradeira prateada, no canto da bancada.

— Foi tudo bem no trabalho — disse ela para David. — Acho que estou superando.

Ele assentiu, rolando uma maçã na palma da mão.

— Olha — disse ele por fim —, talvez não seja o melhor momento, e eu sei que é meio do nada, mas posso perguntar qual é o lance entre você e o seu pai?

Lydia sentiu o sangue esquentar e a pele formigar, gelada. David deu uma mordida na maçã e cuspiu a etiqueta dela na pia.

— Você está certo — disse ela, subitamente concentrada em fatiar, cortar, picar. — Não é mesmo o melhor momento.

— O nome dele é Tomas, certo? — perguntou David.

Ao ouvir o nome do pai, Lydia se sentiu como uma criança levantando a tampa de um caixão. Bastava uma espiada.

— Ele ligou hoje de manhã — continuou ele. — Assim que você saiu para trabalhar.

Ela sentiu o rosto esquentar e logo tratou de fazer uma cena lavando as mãos: bombeando o porta-detergente, abrindo a torneira com água pelando.

— Ele precisa me deixar em paz — disse ela. — David, você falou com ele?

— Um pouco.

Ela levantou os olhos da pia e encarou David à procura de um sinal do que seu pai havia *contado*, um sinal de que David agora sabia quem era ela de verdade: a pequena Lydia. A menina de rosto coberto de sangue debaixo da pia, a sobrevivente do noticiário da noite. Porque ninguém da sua vida atual sabia. Ninguém podia saber.

— Se ele ligar para cá de novo — disse ela —, por favor, desliga.

— Os pais são um saco quando a gente é adolescente, Lydia — disse ele, tão calmo que chegava a ser irritante. — Talvez ele esteja só tentando retomar o contato.

— No meu caso é diferente — respondeu ela, e podia sentir um bolo doloroso aumentando na garganta. — Ele me levou para o meio do nada, depois simplesmente desapareceu. Depois dos 10 anos, eu basicamente me criei sozinha.

— Tá bom.

— Então desliga se ele ligar de novo. Por favor.

— Tá bom.

David se aproximou dela, mas se virou no último segundo e acabou só limpando algumas migalhas da bancada.

CAPÍTULO 4

O pai de Lydia, um bibliotecário de óculos com armação de chifre chamado Tomas, era uma pilha de nervos ambulante desde o momento em que sua menina veio ao mundo. Poucos minutos antes de ela respirar pela primeira vez, ele estava andando de um lado para o outro na sala de espera do St. Joe, preocupado com a esposa, uma rata de biblioteca de rosto corado chamada Rose, que estava em trabalho de parto numa sala no fim do corredor. Quando uma voluntária do hospital superansiosa perguntou se ele estava pronto para conhecer a filhinha, o afã de Tomas foi tão grande que mal conseguiram cobrir sua boca com a máscara cirúrgica antes de ele invadir a sala de parto. Acontece que a voluntária atrás dele, ainda no meio do corredor, tinha chamado o papai errado, e Tomas entrou na sala de parto fria durante os piores momentos da cesárea de emergência de Rose. Uma das enfermeiras mais experientes entrou na frente dele e tentou virá-lo e mandá-lo de volta para o corredor, mas foi tarde demais, não conseguiu evitar que ele visse sua filha recém-nascida ser tirada do útero cortado de sua esposa à beira da morte.

Por insistência da enfermeira, Tomas se virou para a porta, mas se recusou a sair da sala de parto. Atrás dele, o anestesista sussurrou para que alguém tirasse a aliança de Rose antes que o *inchaço do corpo* impedisse a remoção e precisassem cortar, e Tomas se pegou se perguntando se o sujeito queria dizer cortar o dedo da sua esposa ou a aliança. Um minuto depois, outra enfermeira prendeu com esparadrapo o anel num pedaço de gaze e o colocou no bolso do casaco dele, enquanto ele ficava ali parado, feito um manequim sendo preparado para exposição. O anel tinha uma delicada rosa de prata com pétalas de rubi e uma gravação na parte interna. *Uma rosa para minha Rose.*

Numa névoa sombria, Tomas observou uma das enfermeiras cobrir o corpo de Rose com um lençol e empurrar a maca para o porão. Ele queria acompanhar a maca, mas o médico colocou sua filha recém-nascida em seus braços e disse, com voz gentil, que naquele momento aquela menininha precisava do papai. Tomas a sentiu se contorcendo dentro do cobertor e começou a compreender. Ele a segurou bem perto e os olhos dela, pretos feito jabuticaba, abriram seu mundo.

Naqueles primeiros meses, Tomas recebia ensopados e condolências toda noite, mas, um por um, conforme ele devolvia travessas e enfiava cartões de luto nas gavetas, o pouco conforto que esses presentes lhe traziam começou a desaparecer. Como tinha vergonha de expor a própria ignorância sobre como criar uma criança, nunca pediu a ajuda de ninguém para cuidar de Lydia e, com exceção de um único livro sobre cuidado parental que encontrou na mesa de cabeceira de Rose, estava determinado a descobrir sozinho tudo relacionado a bebês. Queimou a língua de Lydia com a mamadeira, que estava quente demais. Deu-lhe pedacinhos de cereal de arroz muito antes de ela conseguir sustentar a cabeça. No meio da noite, curvava-se sobre o corpo enrolado dela, ouvia sua respiração irregular e não fazia ideia se ela estava morrendo de frio, sufocando com vômito, ou só tão esgotada quanto ele.

Quando chegou a hora de voltar ao trabalho na biblioteca local, Tomas tentou colocar Lydia em todas as creches do bairro, mas nenhuma durou mais que poucos dias: o parquinho desta tinha balanços enferrujados e cercas baixas; as prateleiras dessa quase não tinham livros; os funcionários daquela outra pareciam todos tarados. Na opinião dele, ninguém era bom o suficiente, então fez o que em segredo torcia para que fosse necessário: levou-a para o trabalho, onde estaria em segurança.

Para a sorte de Tomas, a minúscula filial da Biblioteca Pública de Denver que estava sob seu encargo atendia a uma comunidade tão antiga e abandonada que seus usuários eram bem versados em burlar regras. Ninguém reclamaria da presença constante de uma criança, porque a expectativa era tão baixa que já estavam habituados a não reclamar. Voluntários às vezes ajudavam na contação de histórias e na organização dos livros, mas, na maior parte do tempo, Tomas se sentava sozinho atrás do balcão de atendimento, com um olho na biblioteca e o outro na filha.

Nos primeiros anos, Lydia passava o tempo atrás do balcão, rondava pelos corredores na prateleira de baixo dos carrinhos de devolução e cochilava no colo do papai enquanto ele catalogava os livros. Os frequentadores mais idosos pareciam passar mais tempo na biblioteca com Lydia por perto e liam dezenas de livros para ela. O aprendizado dela se desenvolveu ainda mais quando chegou o momento de entrar no jardim de infância. Tomas a colocou na Little Flower Elementary, uma escolinha católica perto o suficiente da biblioteca e da casa deles para irem andando, sem precisar arcar com as despesas de um carro. Embora fosse mais rudimentar que a maioria das escolas particulares, os temores de Tomas foram aliviados pela imagem de Lydia de capa de chuva amarela, parecendo a Madeline, aos pés de imponentes freiras, do outro lado de uma tela de arame, segura.

Conforme Lydia crescia, Tomas aprendeu a trançar seu cabelo, lustrar seus sapatos e vesti-la com saias xadrez e suéteres. Com poucas exceções — principalmente na fase da "adolescência dos bebês", que durou cerca de um mês quando Lydia tinha 3 anos —, ele estava feliz com a decisão de mantê-la na biblioteca. Depois da escola, ela se mantinha ocupada girando entre os registros e rolos de filme, construindo fortes com os pufes e explorando os palitos de sorvete e as bolas de algodão na sala de artes. Embora sempre tivesse acreditado no valor da solidão — e ele se sentia o próprio embaixador solitário —, Tomas começou a perceber, quando chegava à Little Flower à tarde para pegá-la, que ela estava sempre sozinha, passando os dedos pela tela de arame, raramente com algum coleguinha à vista. As outras crianças se amontoavam no parquinho feito formigas, e até as freiras fumavam em grupinhos dando risada nos degraus, mas Lydia estava sempre sozinha. Ele começou a ficar preocupado com a solidão dela; a imaginar se era, de alguma forma, culpa sua.

Por isso, foi um tanto importante quando, enquanto ela estava na primeira série e voltavam para casa a pé numa tarde de inverno, Lydia, chutando pedaços de gelo nas calçadas raspadas, apontou para o donut em neon que se erguia na Colfax Avenue e perguntou se podiam parar ali, no Gas 'n Donuts, o movimentado posto de gasolina/loja de donuts na esquina logo à frente.

"Para comer um donut?"

"para ver um amigo."

"Que amigo?"

"ele está me esperando. com um donut."

Tomas olhou em volta, como se a rua por onde passavam todos os dias tivesse sido revelada naquele momento.

Cravada no coração de Denver feito uma navalha, a Colfax Avenue era a rua mais comprida dos Estados Unidos e a mais perigosa da cidade. Era o lugar certo para se consertar um aspirador de pó ou comer comidas típicas de outros países, para comprar calças de segunda mão ou uma bomba de ar para bicicleta, mas também tinha a maior concentração de lojas de armas, prostitutas, clubes de strip-tease, traficantes, botecos e motéis de alta rotatividade da cidade. Na única imagem mental que fez enquanto segurava a mão enluvada de Lydia, Tomas notou um bar sombrio, uma concessionária de carros usados, um salão de manicure, uma casa de penhores, uma loja de tecidos, uma revendedora de peças para motos e uma boate que anunciava luta livre sem roupa na gelatina.

E uma loja de donuts. Ou posto de gasolina.

"ele está me esperando."

"Com um donut. Você disse."

Tomas estava desconfiado e se sentindo superprotetor, para dizer o mínimo, então foi um alívio quando entraram no Gas 'n Donuts e foram recebidos por uma mulher sorridente de cachecol de tricô e avental branco sobre um sári amarelo. Ela pareceu animada ao ver aquele pai barbudo e sua filha de olhos grandes, de mãos dadas em casacos de inverno, dando pisões para tirar a neve dos pés. Numa das mesas com bancos estofados nos fundos, um menino gordinho de colete vermelho acolchoado e touca combinando estava lendo uma impetuosa história de aventura que trazia na capa um tubarão circulando um veleiro. Ele não se mexeu quando eles entraram; as poucas figuras encurvadas sobre cinzeiros e jornais no balcão também não. Estava no fim do dia, e as bandejas do expositor estavam quase todas vazias e as folhas de papel manteiga, com manchinhas de cobertura. Quando Tomas se virou para perguntar a Lydia quais dos doces restantes pareciam bons, ela já não estava mais ao seu lado, e sim se encaminhando para a mesa onde o menino estava lendo. Tomas se sentou num banquinho giratório e observou a filha tirar as luvas, pigarrear e bater na capa dura do livro do menino, como se fosse uma porta. O menino abaixou o livro o suficiente para olhar por cima dele, com olhos semicerrados, depois o colocou na mesa virado para baixo.

"Não tem ninguém em casa", disse ele com mau humor exagerado, então caiu na gargalhada.

Um sorriso tomou o rosto de Lydia enquanto se sentava ao lado dele. Um donut de chocolate estava esperando por ela num prato na mesa, exatamente como ela havia previsto.

Tomas pediu à mulher no balcão uma caneca de café. Talvez fosse o tecido fluido do sári dela, ou possivelmente o modo como o cachecol de lã estava enrolado, mas, enquanto a mulher trocava bandejas e descartava borra de café, ela se movimentava com tanta fluidez que ele imediatamente a imaginou dançando, de olhos fechados, sozinha numa pista de dança cheia de cores. Ficou um tanto envergonhado por essa exotificação; ainda assim, enquanto ele analisava a forma como os cabelos dela estavam presos num coque por algo que parecia um lápis colorido, sua vergonha não era tão grande a ponto de interromper a fantasia de arrancar aquela coisa com os próprios dentes e deixar o volumoso cabelo preto dela cair pelas costas. Depois da bancada das cafeteiras, atrás de uma porta vaivém, o barulho metálico do trabalho na cozinha causou um ligeiro pânico em Tomas. Um homem lá atrás tossiu.

Claro que ela era casada, disse a si mesmo. Olhe para ela, caramba.

"Sua filha?", perguntou a mulher, indicando com a cabeça a mesa do canto enquanto enchia a caneca de Tomas.

Tomas coçou a barba, envergonhado. Ele esperava um sotaque, mas, exceto por certa suavidade e calma, a voz da mulher era claramente tão genérica quanto a de qualquer outra pessoa das montanhas do oeste.

"Lydia", respondeu ele. "Seu filho?"

"Raj", disse ela.

"Little Flower?"

"Little Flower."

As janelas congeladas pingavam.

Raj Patel era um garoto triste com cabelos pretos revoltos em formato de cuia e uma série de macacões de poliéster com fivelas embutidas que, desse dia em diante, sempre fariam Tomas se lembrar do uniforme dos funcionários do zoológico. Tomas logo descobriria que os pais do menino, Maya e Rohan Patel, eram estadunidenses indianos de segunda geração e administravam o Gas 'n Donuts havia mais de dez anos. Quando eram adolescentes, no sul da Califórnia, seu relacionamento e posterior casamento foram cuidadosamente coordenados pelos pais dos dois — as famílias viviam nos Estados Unidos havia tempo suficiente para evitar o uso da palavra "arranjado", embora todos os envolvidos soubessem que era exatamente disso que se tratava — e, ironicamente, foram justamente as condições financeiras do casamento que permitiram ao jovem casal se mudar para Denver, longe da influência das famílias, comprar esse posto de gasolina *art déco* e substituir as oficinas por uma loja de donuts despretensiosa. Apesar de toda a simpatia imediata, Tomas percebeu, logo nas primeiras vezes que se encontraram, que o contato visual que Maya fazia costumava ser breve, de passagem, enquanto se movia entre as tarefas; e, quando conheceu o marido dela, Rohan, entendeu por quê. Sempre que Rohan saía da cozinha, com seus cabelos grossos escapando pela redinha de cabelo e seu barrigão pressionando um avental branco manchado, os clientes se remexiam no balcão e Tomas se sentia encolher. Quando soube que Rohan uma vez espantou da floricultura ao lado um ladrão que apareceu bem cedo numa manhã e que outra vez ele pegou a velha espingarda Montgomery Ward .22 que o antigo dono tinha deixado no depósito — boa para atirar em ratos no beco, mas não muito mais que isso — e se meteu no meio de um roubo de carro no sinal, no fim do quarteirão, recebendo por seu heroísmo um monte de pontos e a reputação de anjo da guarda rabugento do bairro, Tomas se sentiu melhor em deixar Lydia frequentar a loja dele.

Logo de cara, Lydia e Raj viraram grandes companheiros na rotina de caminharem juntos depois da aula da Little Flower até o Gas 'n Donuts, onde faziam a cobertura e a decoração dos próprios donuts, depois se sentavam à mesa do canto, brincavam, ou ficavam desenhando com canetinhas, ou liam em silêncio com os tênis batendo debaixo da mesa. Depois de uma hora, mais ou menos, terminavam as garrafinhas de suco de laranja com um *Saúde!* entusiasmado e completavam o triângulo de sua jornada, andando uns oito quarteirões até a biblioteca para fazer a lição de casa e explorar as estantes até seus pais saírem do trabalho. No início, Raj e Lydia eram escoltados por um dos pais nessas caminhadas — geralmente por Maya, que segurava a mão deles sem se dar conta do enorme conforto materno que ela emanava, especialmente para Lydia, que não tinha mãe —, mas a partir da quarta série, mais ou menos, as crianças receberam permissão para irem sozinhas, contanto que prometessem ficar juntas e sempre ligar avisando que haviam chegado para o responsável que estivesse longe. Tomas, que sofria um bocado para se lembrar de arrumar a lancheira de Lydia, sem falar das várias vacinas e eventos escolares, era especialmente grato pela segurança e pela eficiência desse combinado. Às vezes, quando olhava pela janela da biblioteca e via as duas crianças andando de braços dados, quase caía de joelhos de tanta gratidão. Ele era recluso e estava solteiro e cada dia mais grisalho; ainda assim, nunca na vida imaginou sentir tamanha plenitude.

Sua filha estava feliz. Sua filha era sua vida.

E então, no espaço de rastreamento cheio de aranhas debaixo do Gas 'n Donuts, entre o solo mofado e o alicerce rígido de concreto, uma cruzeta mal encaixada da tubulação, que pingava no chão havia anos, gradualmente erodiu o suficiente para começar a escorrer, depois a espirrar e então a inundar por completo o espaço de terra. Quando ficou pior, a piscina de lama debaixo da lanchonete parecia espessa o suficiente para engolir todos eles.

Lydia e Raj souberam do vazamento uma tarde, quando o Sr. Patel escancarou a porta da cozinha e saiu xingando pela loja, com uma veia visível no pescoço que mais parecia uma cobrinha debaixo da pele. Estava com a calça jeans e a camiseta cobertas de lama de tanto procurar a porcaria do registro na porcaria do espaço de rastreamento. A Sra. Patel, que supervisionava as bombas de gasolina, olhou com tristeza para Raj e Lydia, então limpou as mãos num pano. Não muito tempo atrás, ela havia cortado os cabelos bem curtos, e agora, com inesperada agressividade, os esfregava com a ponta dos dedos. O Sr. Patel foi para a cozinha e desapareceu lá dentro. Ela suspirou e foi atrás dele.

Lydia olhou de relance para Raj do outro lado da mesa; o menino parecia estar tentando desaparecer dentro da gola do macacão amarelo-claro. Ele sugeriu que fossem até a biblioteca para continuar fazendo a lição de casa.

"talvez seja melhor ficar mais um pouco por aqui, de olho nas coisas", disse ela. "já que seus pais estão..."

"Se matando no cômodo ao lado?"

Lydia sorriu. Raj tentou sorrir também, mas não conseguiu. Em dado momento, a Sra. Patel saiu correndo da cozinha com uma lanterna, fechou o caixa, desligou as bombas de gasolina, virou a placa na entrada para FECHADO, trancou a porta e voltou correndo para a cozinha com duas latas de café vazias. Em algum lugar abaixo dos pés deles, o Sr. Patel xingou.

O pai de Lydia havia estourado com ela muitas vezes, então estava acostumada com um nível básico de tensão familiar, mas estar perto dos Patel enquanto brigavam era uma experiência completamente diferente; ela ficava assustada e fascinada ao mesmo tempo. A briga dos dois parecia o *tempo*, como se nuvens tivessem se acumulado atrás da porta da cozinha e agora estivessem desabando do teto. Por fim, porém, a tempestade desapareceu sob os sons de alguém batendo ao vidro da porta da loja. Quando Raj correu para destrancá-la, um homem magrelo com bigode loiro, de calça e jaqueta jeans, entrou devagarinho, carregando uma pesada caixa de ferramentas vermelha. Deu um peteleco num palito de dente e olhou ao redor, e, mesmo do outro lado da sala, Lydia conseguia ver que seus olhos eram brilhantes e tinham cor de cinzas.

"Cadê a água?", perguntou ele com uma voz relaxada, como se fosse um detetive entrando numa cena do crime e perguntando pelo corpo.

Atrás do encanador, entrou uma menina num passo feroz e determinado, os braços jogados para trás e o queixo jogado para a frente de uma maneira que fez Lydia pensar em Eloise dando passos pesados pelos corredores do Plaza Hotel. Tinha cabelos ruivos furiosos e rosto pálido e sardento, e usava o mesmo uniforme que Lydia, um vestido xadrez vermelho e azul.

Carol O'Toole era o nome dela. A filha do encanador.

"Achei que ia estar tudo molhado aqui", disse ela, claramente decepcionada.

Antes de desaparecer com sua caixa de ferramentas na tempestade dentro da cozinha, o Sr. O'Toole apontou para um banquinho no balcão e Carol se sentou de frente para o expositor de donuts, a bancada de cafeteiras e as pilhas de pratinhos.

Assim que Raj trancou a porta e se sentou novamente de frente para Lydia, ela lhe deu um chute por baixo da mesa: *Carol O'Toole. Carol O'Toole!* Ambos olharam para o pirulito felpudo de cabelo ruivo. Carol se inclinou para a frente, pegou um garfo da caixa de talheres e começou a limpar as unhas com um dos dentes dele, totalmente indiferente à presença dos colegas.

Carol estava na outra turma da quarta série da Little Flower, e suas façanhas eram lendárias. Lydia não precisava lembrar a Raj que, no meio da feira de ciências, na primavera do ano anterior, por exemplo, Carol jogou quatro maçãs no vaso sanitário e deu descarga, inundando o banheiro e parte do corredor, e ainda teve coragem de alegar que sua "hipótese foi confirmada". Alguns meses antes disso, Carol apareceu na festa de Halloween de vestido vermelho e com uma faca falsa saindo do peito dizendo a todo mundo que era "Annie, só que esfaqueada". E, poucas semanas atrás, no catecismo, uma das freiras mais gentis elogiou a "originalidade" dos pecados de Carol e disse que deus ainda estava para anunciar os mandamentos a que ela desobedecia todo dia. Nem era preciso dizer que Lydia ficou impressionada.

"Você está na outra turma da quarta série na Little Flower", disse Carol, apontando para Lydia com o garfo.

"sim."

"Você também", continuou ela, apontando para Raj.

"Ã-hã."

Ela apontou para os potes de vidro canelado de açúcar e de leite em pó enfiados ao lado dos guardanapos, onde a mesa de fórmica encontrava a parede.

"Pega o leite em pó", disse ela.

Com os adultos lá na cozinha, iluminando o espaço de rastreamento e suspirando ao pensar nos custos do encanamento estourado, Raj e Lydia seguiram Carol pela porta lateral que dava para o beco nos fundos da loja. Carol olhou de um lado para o outro por um minuto, depois disse a Raj que pegasse o vidro de leite em pó e subisse a escada de acesso embutida na parede de tijolos ali na frente, que era os fundos do motel. Lydia e Raj haviam desafiado um ao outro a escalar aquela escada antes, mas os dois sempre amarelavam. Só que hoje era diferente. Hoje, sob a autoridade do olhar de Carol, amarelar não era uma opção. Raj apertou a fivela do cinto do macacão, pegou o pote de vidro e subiu.

"Sobe uns três metros", ordenou Carol.

Ele hesitou, abraçando os degraus.

"Ou desce aqui e eu faço isso. Deve estar mesmo na hora da sua sonequinha."

Raj subiu. Quando se aproximou do topo, Carol se posicionou debaixo da escada e o instruiu a desenroscar a tampa do pote e derramar o pó lentamente na chama.

"Que chama?"

"Essa chama", respondeu ela. Então tirou uma cartela de fósforos do bolso, riscou um e girou o pulso até que a cartela inteira se acendeu num clarão incandescente, enquanto ela segurava com a ponta dos dedos.

"Vai. Agora! *Vai!*"

Com uma careta de horror, Raj começou a jogar desajeitadamente o leite em pó lá do alto. Para Lydia, parecia uma cortina branca descendo, ameaçando isolá-los do restante do mundo. Quando atingiu os fósforos, uma enorme flor de fogo começou a brotar no ar, alimentando-se do pó que caía, inflamando a cortina de pó e subindo com um sopro cintilante para o pote nas mãos de Raj. Carol recuou bem quando o rolo de chamas chegou ao seu rosto e cabelos, e Lydia pulou para trás sem olhar e foi parar no buraco cheio de água atrás dela. Em poucos segundos, a chama inteira havia desaparecido, queimando a maior parte do leite em pó e enchendo o ar com pontos pretos grudentos. Carol jogou os fósforos no chão, Raj entrou em pânico e, do alto da escada, deixou cair o pote, que se espatifou formando uma pilha de cacos de vidro irregulares no asfalto.

Os três se entreolharam. O ar estava denso com a pungência barrenta de cabelo queimado.

"Carambolas", exclamou Carol.

Ela sorriu e Lydia seguiu seu exemplo, mas Raj parecia aterrorizado na escada, como um marinheiro agarrado a um mastro. Quase imediatamente, a porta dos fundos da loja de donuts foi aberta e a Sra. Patel saiu para despejar o balde, usando um sári rosa que dava voltas no corpo e longas luvas de cozinha amarelas. Quando viu Raj na escada do outro lado do beco e o pote de leite em pó espatifado abaixo dele, olhou de relance silenciosamente para a loja de donuts para garantir que estava sozinha.

"Junte o vidro", disse ela num tom ríspido e baixo, "antes que seu pai saia e veja isso. Depois vá para a biblioteca. *Agora.*"

Lydia e Raj juntaram os cacos e os carregaram até a lixeira. Carol fingiu ajudar, mas na verdade só se ajoelhou ao lado da bagunça e ficou fazendo cena como se estivesse segurando o riso. O tênis esquerdo de

Lydia estava encharcado e cinza por causa do buraco cheio de água, e Raj não parava de tocar no cabelo e nas sobrancelhas para ver se tinham ficado muito chamuscados. Enquanto os dois saíam apressados do beco e seguiam para a rua, Lydia se virou para se despedir da colega da escola, mas Carol já tinha ido embora.

CAPÍTULO 5

Lydia estava contemplando a foto da festa de aniversário quando, ao olhar entre as colunas lascadas do térreo da loja, viu uma mulher parada perto da entrada, olhando de um lado para o outro como se estivesse perdida na floresta. Era baixa e troncuda, usava calça de ioga vermelha, camiseta do Skate City! e uma bengala com uma bola de tênis na base. Assim que encontrou o olhar de Lydia no caixa, bufou alto e foi na direção dela.

A mulher colocou no balcão uma cigarreira decorada com contas, levantou os óculos presos pendurados no pescoço por um cordão e tirou um Post-it amarelo do sutiã. Enquanto estreitava os olhos para ler o papel, Lydia viu que a linha que dividia ao meio os cabelos grisalhos da mulher tinha quase um dedo de largura. Era uma pista de pouso triste e reluzente sob as luzes da livraria.

— A senhora está procurando algo? — perguntou Lydia em sua voz mais gentil.

— Acho — arfou a mulher — que estou procurando. Você.

— Como é?

— Aqui está escrito *Lydia*? — perguntou a mulher.

Lydia olhou para o papel. Estava escrito LYDIA a lápis sem ponta.

— Está.

— E você é Lydia?

Lydia olhou para a mulher e pensou em mentir.

— Gostaria de alguma recomendação de leitura?

— É. Ou não é. Lydia?

— Sou.

A mulher parou por um instante e a analisou com desgosto.

— Olha só esse cabelo lindo — disse ela. — Você tem ficha de ônibus?

— Ficha de ônibus? Não, senhora. Eu uso vale-transporte.

— Ótimo, é mais barato. Pega o 15 subindo a Colfax. Acho melhor você anotar, porque não vou voltar aqui. Pega o 15 subindo a Colfax. Você vai passar a Lavanderia do Smiley. Desce no mural do James Dean. Atravessa a 13th. Casa grande de tijolos perto da esquina. Grama feia e cerca caindo. Eu moro no térreo. — Ela semicerrou os olhos com desconfiança antes de continuar. — O Joey não falou que você era chatinha assim.

— Joey?

— Mas — continuou ela — o Joey não disse muita coisa, não é mesmo? Vejo você depois do expediente.

A mulher pegou os cigarros, apoiou a bengala e saiu pela porta sem olhar mais nada.

A porta diante de Lydia era pintada de vermelho e coberta de arranhões. Com base no grupo de caixas de correio na entrada e no círculo de cadeiras na varanda — dispostas em torno de um cinzeiro apoiado numa pilha de listas telefônicas —, aquela velha casa bolorenta estilo Queen Anne tinha sido reformada e convertida em cerca de dez unidades menores. Joey aparentemente morava numa delas.

O apartamento de Lydia e David ficava a seis ou oito quarteirões de distância, e ela achou um tanto significativo que Joey também tenha acabado indo morar em Capitol Hill. Todo o bairro era uma confusão de estilos, eras e pessoas diferentes, todos amontoados perto do centro da cidade em ruas apertadas com árvores fantásticas. Podia ser um pouco hostil e turbulento demais para o gosto dela, especialmente tarde da noite nos fins de semana, mas Lydia adorava como, andando um único quarteirão, podia ver uma fileira de casas discretas no estilo Four

Square, um arranha-céu dos anos sessenta, um prédio de apartamentos simples de tijolinhos *art déco*, uma pseudomansão Queen Anne como esta, além de uma amostra dos ricos e pobres, gays e héteros, negros, brancos e marrons de Denver. Era um dos poucos lugares onde já morou que dava a sensação de estar em constante movimento, mesmo parada. Ela se perguntou se Joey também sentia isso.

Antes de resolver bater, a porta foi aberta e, em questão de segundos, sem nenhum contato visual, a mulher quase careca que tinha aparecido na livraria conduzia Lydia escada acima.

— Vamos subir — disse a mulher.

— Para onde estamos indo?

— Para cima.

A escada se estendia pelo centro da antiga casa. A mulher ainda estava de calça de ioga vermelha, mas sem a bengala; sua mão ressecada agarrou o cotovelo de Lydia enquanto subiam a escada. Em áreas distantes da casa, ela ouvia portas abrindo e fechando, uma descarga de banheiro, homens tossindo. Ainda não tinha ideia de por que estava ali — *Joey?* —, mas a mulher era tão decidida que reprimiu qualquer desejo que Lydia tivesse de perguntar.

Quando chegaram ao patamar da escada, a mulher parou e se inclinou para a frente, com as mãos nos joelhos.

— Me dá um segundo — disse ela, esforçando-se para recuperar o fôlego.

— Se queria me dizer algo — disse Lydia, querendo ser simpática —, podia ter ligado para a livraria. Estou quase sempre lá. Teria poupado a viagem, sabe?

— Eu queria ver você primeiro. Com meus próprios olhos. Se me passasse confiança, eu deixaria você entrar. Se parecesse metida, ia tudo para o lixo.

— Tudo o quê?

— As coisas. No apartamento dele. Outra pessoa vai morar lá, chega na sexta, então tudo tem que ser tirado de lá hoje. Fica com o que quiser, vou jogar o resto fora.

— Acho que você chamou a Lydia errada.

— Estou com tudo bem aqui — disse ela, pegando o Post-it amarelo no sutiã. — Lydia. Da livraria. Joey disse que tinha *só uma Lydia*. Ele estava errado?

— Sou eu mesma — respondeu Lydia, sentindo a pele ficar quente e se apertar em torno dos olhos. — Então era aqui que ele morava?

— Você não sabe mesmo por que está aqui? — Enquanto a mulher piscava, uma saliência na pálpebra inferior parecia raspar no olho. — Então por que ele me deu o seu nome? Você é tia ou irmã mais velha dele? Espero que não seja namorada, você é muito velha para isso.

— Acho que eu era só a vendedora de livros dele.

— Seja lá o que isso quer dizer — disse a mulher. — De qualquer forma, ele queria que tudo ficasse para você. Uma herança, por assim dizer, mas na verdade não tem muita coisa. O cabeça de bagre provavelmente queimou metade.

— Metade do quê?

— Você vai ver — respondeu a mulher. Ela subiu os degraus restantes e guiou Lydia pelo corredor pouco iluminado do terceiro andar. Lydia encostou o pé numa mancha cinza no carpete e chegou à conclusão de que aquilo um dia foi uma uva-passa.

— A senhora pode me dizer quando foi que o Joey providenciou isso?

— Muito antes de morrer, se é o que você quer saber. Mas o que você realmente quer saber é por quê. Parte do meu trabalho é perguntar a todos os garotos o que eu devo fazer com as coisas deles, se um dia voltarem para o xilindró. Joey disse: *Lydia. Da livraria.*

— Para o xilindró? — perguntou Lydia. — O que é exatamente esse lugar aqui?

— Costumava ser chamado de centro de reabilitação, mas agora é alguma coisa "de reintegração". Na verdade, é uma casa para meninos revoltados crescidos.

— Um lar para criminosos.

— Ex-criminosos. Então você imagina a encrenca. Se eles forem pegos de novo enquanto moram aqui, acabo ficando com as tralhas todas deles. É assim que eu sei de você. — A mulher colocou a mão na maçaneta e parou. — Está sentindo esse cheiro?

Lydia estava: um cheiro pungente de queimado, úmido, como uma fogueira na chuva.

— O que é isso? — perguntou Lydia.

— Joey — respondeu ela —, em sua infinita sabedoria, decidiu acender uma fogueira na cozinha. Foi dentro de uma lata de lixo, mas ainda assim a coisa fugiu do controle. A porcaria do alarme de incêndio disparou e ele sumiu. E *sumiu* mesmo: nunca mais pôs os pés nesse apartamento.

— Foi no mesmo dia?

— No mesmo dia. Ainda bem que eu tinha uma chave mestra e um extintor de incêndio, ou estaríamos numa pilha de tijolos torrados agora. Chamei um cara para tentar se livrar do fedor, mas ele estava esperando você pegar suas coisas. Então, hoje seria bom. Pegar suas coisas.

— Alguma ideia de por que o Joey faria isso?

— Porque até morto ele é um pé no saco — disse a mulher, passando por Lydia.

Ela franziu o rosto, enfiou a mão na blusa e puxou do nada um colar de chaves tilintando. Com um clique, a porta de Joey se abriu.

— O Joey parecia um bom rapaz, no geral — continuou a mulher. — Ele era como um cachorro maltratado, desconfiado, então você deve ter feito alguma coisa por ele.

Lydia sentiu o rosto corar. A mulher sorriu.

— A gente pensa que eles têm condição de se recuperar, sabe, e aí eles vão e roubam uma loja de bebidas, ou fazem sexo em público numa loja de colchões, ou se enforcam numa livraria. Eu achava mesmo que o Joey era diferente.

Lydia olhou para dentro do apartamento de Joey. A mulher soltou seu cotovelo.

— É todo seu — disse a mulher, agarrando-se ao corrimão e voltando para as escadas. — Goste ou não, Lydia da livraria, o garoto escolheu você.

Lydia não ficou surpresa com a escassez de móveis no apartamento de Joey — uma ilha na cozinha com um único banco, uma simples cadeira dobrável de madeira junto de uma simples mesa também de madeira —, mas se surpreendeu — quão sem graça era. As paredes estavam vazias. Sem fotos na geladeira nem na mesa, sem cesto de roupa no quarto. E tudo arrumadinho, especialmente para um cara de vinte e poucos anos. Ela olhou as gavetas e os armários. Tudo vazio, exceto por algumas roupas dobradas e o básico de temperos e material de limpeza. A única coisa no guarda-roupa era um terno de lã preto dentro de uma capa de lavanderia, pendurado ao lado de uma camisa branca passada e de uma gravata vermelha. Ela não conseguia imaginar uma ocasião em que Joey precisaria de um terno — exceto talvez para uma audiência —, mas parecia novo em folha, então o pendurou na entrada para deixar num brechó ou repassar para um BookFrog necessitado.

Perto da porta havia uma pequena pilha de jornais amarrados com barbante esperando para ser reciclada, e no topo da pilha havia um livro fino, encadernado com espiral, com capa azul e letras douradas. Pela aparência de barato e pelo título horroroso — *Sobre sementinhas e regadores*: quarenta anos em uma sala de aula de biologia —, dava para notar que era autopublicado, uma autobiografia educacional, o que talvez explicasse por que Joey o tinha deixado na pilha de reciclagem. Sentiu um aperto no peito quando jogou o livro no chão, ao pé do terno, para levá-lo embora.

No banheiro, cheirou o sabonete em forma de pera de Joey, sentiu a textura áspera da toalha de banho, esperando notar algo de diferente. Havia uma moldura pendurada na parede atrás da porta do banheiro com um certificado de conclusão de algum programa estatal chamado Reconstrução Pessoal, e ficou surpresa com o capricho da assinatura dele: *Joseph Edward Molina*. Alguns sacos de lixo amarrados estavam empilhados na cozinha; quando desamarrou um e olhou o conteúdo, sentindo como se estivesse mergulhando a cabeça num laguinho de água parada, encontrou uma caixa inacabada de cereais Life, uma lata amassada de sopa de tomate, um pacote de trigo-sarraceno bichado, um pedaço de queijo Velveeta e potes pela metade de café, ketchup, suco de limão e achocolatado estragado — tudo cuidadosamente preparado para o lixo, confirmando o quanto Joey estava pronto para morrer.

A proprietária do apartamento de Joey tinha deixado as janelas abertas na tentativa de arejar o lugar, mas tudo ainda fedia a churrasco úmido. Do lado de fora, na saída de incêndio, Lydia encontrou uma pequena lixeira de metal com cinzas. Papéis carbonizados de Joey, pensou ela, talvez livros carbonizados de Joey. Remexeu os vestígios queimados e frágeis com uma espátula de manteiga, mas o mais perto que chegou de alguma coisa legível foi o canto de um envelope pardo chamuscado que revelava um emblema de letras fracas, esmaecidas, mas intactas: um logotipo triangular mostrando uma montanha verde com neve no topo — semelhante à das placas de carro do Colorado e às insígnias do estado —, juntamente com as letras fracas DRCC. Quando estendeu a mão e tentou pegá-lo na lixeira para olhar mais de perto, ele se desintegrou, deixando uma mancha cinza em seus dedos.

O que quer que Joey estivesse queimando aqui, ele queria que desaparecesse.

Das profundezas da bolsa, Lydia tirou o caderninho com um girassol na capa que David lhe dera de aniversário no ano anterior, depois de se cansar de encontrar pedacinhos de papel na mesa de cabeceira com um título de livro, um autor, um número de página ou uma citação. Numa página em branco, ela escreveu o grupo de letras seguido de um grande ponto de interrogação: DRCC?

Ao voltar a andar pelo apartamento, ocorreu a Lydia que, afora seus autores favoritos, ela não sabia praticamente nada sobre Joey. E, afora o certificado pendurado na parede do banheiro, Joey não deixou para trás nada que pudesse dar pistas de sua identidade. Ela podia muito bem estar vasculhando um quarto de hotel vazio em qualquer cidade de qualquer país do mundo.

Joey — um rapaz jovem, invisível e singular — tinha se apagado do mundo.

Exceto pelos seus livros, pensou ela. E onde estavam?

Quando Lydia entrou no apartamento de Joey, esperava encontrar uma vasta biblioteca pessoal, mas, na verdade, a coleção inteira de Joey se resumia a uns dez livros dentro de um único engradado de leite com uns dez títulos em cima da mesa, e só. A maioria deles parecia combinar com Joey (um livro sobre aparições da Virgem Maria e outro sobre avistamentos do Pé Grande, uma história do hassidismo, três clássicos da Penguin, um livro didático de leitura com histórias infantis da era vitoriana, alguns romances de Kurt Vonnegut, biografias de J. D. Salinger e Jerzy Kosinski), mas alguns a deixaram pensativa, como uma coleção duvidosa de poesia água com açúcar, uma bíblia motivacional de negócios e uma biografia da família Osmond. Também notou alguns dos seus favoritos que ele comprou por recomendação sua — *A volta do parafuso*, de Henry James, recém-comprado; *Falsos segredos*, de Alice Munro; *Resuscitation of a Hanged Man*, de Denis Johnson; *Geek Love*, de Katherine Dunn; *A trilogia de Nova York*, de Paul Auster — e suspirou ao ver cada um.

Assim que passou por eles, ela viu outro livro, um que se lembrava de ter visto Joey comprar, só que não estava na caixa, mas apoiado na parede onde ficava a mesa. A haste da luminária estava inclinada para a parede e, quando a acendeu, a luz brilhou precisamente sobre o livro, como se ele o tivesse deixado exposto de propósito.

História universal da destruição dos livros.

Ela se lembrava do dia, alguns meses atrás, em que Joey foi cambaleando até o balcão da livraria com este mesmo livro na mão, parecendo excepcionalmente frágil com seu casaco corta-vento e a calça preta que ia só até as canelas. Seu cabelo preto estava escondido numa touca de tricô, mas alguns fios ainda se agarravam às suas bochechas morenas.

"Posso fazer uma pergunta?", disse ele.

Era raro ouvir a voz de Joey, e, quando ele falava, soava abafado, quase chapado, e muitas vezes terminava as frases com uma cadência inquisitiva, como se ele próprio estivesse surpreso de se ouvir falar.

"Claro", respondeu ela.

Joey puxou um pequeno livro de capa dura de baixo do braço e o colocou entre os dois no balcão: *História universal da destruição dos livros.* Um título que havia sido relegado às profundezas das prateleiras de promoção, de onde vinha a maioria dos livros de Joey.

"Quanto você acha que vale", perguntou ele, "um livro como esse?"

Lydia girou o livro na mão com bastante habilidade e olhou a etiqueta com código de barras no verso. Embora fosse novo em folha, o preço do livro tinha baixado várias vezes, e agora custava a fortuna de quarenta e oito centavos. Deprimente.

"Parece uma oferta muito boa", disse ela.

Joey apoiou as mãos no balcão de madeira. Suas mãos eram longas e magras, com cicatrizes nos nós dos dedos, mas macias.

"Quero saber quanto ele *vale*. Não quanto custa."

Lydia o encarou, tentando desvendar sua intenção. Ela deu um pequeno passo para trás.

"Acho que só me incomoda pagar tão pouco", acrescentou ele. "Tem alguma coisa errada, sabe, quando um livro custa menos que uma bala de arma. Ou que uma Coca-Cola. Em termos de valores."

Lydia suspirou, concordando. Joey tocou o livro entre eles, um toque suave com os dedos.

"Esses negócios salvaram a minha vida", disse ele, quase sussurrando. "Não é pouca coisa."

"Salvaram muitos de nós."

"Sabe, sempre dizem isso, mas a mim salvaram de verdade."

Joey tirou a touca e a torceu nas mãos como se fosse uma toalhinha. Seus olhos estavam tão verdes em contraste com a pele bronzeada e as sobrancelhas escuras que pareciam ter um brilho por trás, como se tivessem sido esculpidos em jade. Era um rapaz bonito.

"Não sei o que eu teria feito sem ler", disse ele. "Minha vida toda, na verdade, mas principalmente na prisão. Você sabe que já fui preso, né?"

"Ouvi dizer."

Joey olhou para a esquerda, depois para a direita, e puxou para baixo a gola da camisa preta até ela conseguir ver o contorno escuro de uma árvore sem folhas tatuada no centro do esterno dele.

"Prisão", explicou ele. "Você sabe o que usam como arma lá? *Doce*. Sério. Eles fazem facas de Jolly Ranchers. E, se você aquecer uma barra de chocolate com caramelo, dá para basicamente derreter o rosto de alguém. Pelo menos foi o que me disseram."

Lydia assentiu com cuidado, mas não disse nada. Não era exatamente desconforto que sentia, mas entendia muito bem como aquela conversa era totalmente fora do comum, em grande parte por causa de um acordo tácito entre os BookFrogs de nunca falar do passado, uma qualidade que a tornava a candidata perfeita a embaixadora implícita, despretensiosa e não eleita deles. Ela sabia tudo de silenciar o passado.

"Quanto tempo você passou lá?", perguntou ela.

"Preso de verdade? Dos 17 aos 19, mais ou menos dois anos."

"*Dezessete?*"

"Dezesseis, se você incluir o tempo que passei esperando receber a minha sentença. Sabe o que o Pooh-Bah me disse no dia em que entrei? *Julgado como adulto, tratado como adulto.* Acho que ele estava tentando me assustar. Funcionou."

"Dezessete", repetiu ela.

"Eu sei que eu merecia, merecia mesmo, mas ainda assim era insuportável. Gera muita coisa na gente, Lydia. Muita coisa não recomendável."

"E aí entraram os livros", disse ela.

"É. Aí entraram os livros."

Joey brincou com os fios soltos da sua touca, e ela pensou que deveria guardar aquele momento, que ele estava lhe contando tudo isso por um motivo.

"Você quer me contar o que fez?", perguntou ela. "Tudo bem se não quiser."

Joey estava em silêncio, mas parecia pronto para falar quando um homem de negócios gordinho com uma gravata saindo do bolso do paletó veio andando lentamente, comprou um jornal e deu uma piscada para Lydia. Joey se afastou e seus olhos, quase sempre inquietos, ficaram completamente imóveis até o homem sair. Ela via o rosto dele esquentar, as bochechas ficando rosadas. Ele não colocou a touca de volta, e seu cabelo estava amarrado na parte de trás da cabeça, e, ela percebeu só então, havia pedacinhos minúsculos de folhas de árvore e de papel presos aos fios. "Não era eu", disse ele. "Quer dizer, eu que fiz aquilo, sou responsável, mas eu era só um adolescente, então não era eu de verdade."

Joey se inclinou por cima do balcão e começou a contar, quase sussurrando e sem olhar nos olhos dela, nem uma vez sequer, como se estivesse falando com um fantasma logo atrás dela, ligeiramente à esquerda.

"Tento me convencer de que aquilo não conta", continuou ele. "Porque eu era muito novo."

"Estou ouvindo."

Quando Joey tinha 15 anos, foi colocado num lar comunitário profissionalizante com uns dez outros adolescentes no norte de Denver. Eles moravam juntos, faziam as tarefas domésticas e tinham aulas para aprender carpintaria e mecânica, relações espaciais, habilidades básicas de trabalho. Para passar o tempo, bebiam produtos de limpeza e cheiravam corretivo líquido, spray de ar comprimido e inalavam noz-moscada ou cravo-da-índia; a maioria dessas coisas eles roubavam na ida ao supermercado, e quase todas eram ineficazes em induzir qualquer outro estado além de náusea. Alguns deles descobriram que, se simplesmente não dormissem por dias a fio — se deitassem na cama e se cutucassem com agulhas, ou puxassem os próprios cabelos, ou batessem no próprio rosto sempre que estivessem prestes a cair no sono —, poderiam lutar contra a exaustão e, depois de dois ou três dias, escalar o que Joey chamava de Muro dos Cansados e ultrapassar seus limites, tendo até alucinações.

Um dia, em maio, quatro deles começaram a fazer isso, e eles conseguiram vinte e quatro, trinta e seis, quarenta e oito horas sem sequer bater cabeça. Faziam suas tarefas diárias e, à noite, tentavam ler livros de ficção científica, jogar videogame ou trabalhar o mínimo que fosse para concluir sua formação —, mas, um a um, começaram a adormecer. Exceto Joey. Joey estava havia quase quatro dias sem uma soneca sequer e logo sentiu como se estivesse vestindo uma fantasia imensa, feito uma mascote peluda andando a passos pesados por um parquinho imaginário. Estava tão cansado que não conseguia sentir mais nada, nem mesmo o cansaço, e no meio da aula de marcenaria, uma tarde, começou a rir descontroladamente, foi embora pela saída de incêndio e ninguém o deteve.

A cidade estava viva, cheia de coisas que não existiam. As árvores tinham olhos, os carros sorriam e a calçada era um rio de cinzas. Ele disse a si mesmo que estava apenas indo para casa, mas é claro que não tinha casa, então, na verdade, o que fez foi vagar até o anoitecer, procurando as próximas fases do seu jogo. Quando encontrou um muro de contenção com pedaços soltos atrás de uma floricultura e, no chão, um pallet novo cheio de blocos de concreto, soube que havia encontrado a fase seguinte.

Carregou os blocos, dois de cada vez, por algumas ruas, até um viaduto acima da rodovia interestadual. Na calçada, começou a reunir os blocos de concreto feito uma criança juntando bolas de neve. Cada movimento era acompanhado por leves zumbidos e bipes.

"Por algum motivo, decidi que odiava minivans", disse Joey. "Minivans se tornaram o jogo."

"Minivans?"

"Não sei explicar, de verdade. Quando eu era pequeno, costumava ter vans, e de repente passou a ter minivans por todo lado. Não sei. Estabeleci um sistema de pontos com base na cor delas. Lembra que tinha dias que eu não dormia."

Joey ficou na mureta, cinco metros acima da rodovia, ouvindo os carros passarem em alta velocidade logo abaixo dele, a noventa, cem quilômetros por hora. E começou a soltar blocos de cimento em cima deles.

"Mas só nas minivans", disse ele. "Como se tivesse alguma lógica nisso."

Ele se esticava o suficiente para ver os carros vindo da outra direção e, assim que sumiam sob o viaduto, corria para o outro lado e tentava cronometrar seus lançamentos de forma que os blocos caíssem no meio do teto metálico da van.

"Não no para-brisa. Eu não queria matar ninguém. Acho."

Ao longo de cinco minutos, Joey acertou duas vans com os blocos; nas duas vezes, com um baque direto no teto. Havia algo de especial, pensou ele, em como segurava os blocos pesados com os braços pendurados acima da rodovia, e depois em como apenas abria a mão e deixava a gravidade cuidar do resto. O baque daqueles blocos enormes no teto das vans — o som era *descomunal*, como um tiro de espingarda logo abaixo dos pés, só que acompanhado por luzes verdes e azuis brilhantes. Uma janela foi estraçalhada no segundo carro. Ambas as vans derraparam, mas recuperaram a direção e não pararam. Na perspectiva de Joey, do viaduto, pareciam estar rastejando para longe, derrotadas. Talvez os motoristas estivessem com medo demais para voltar. Muito provavelmente, foram direto para a polícia. Joey nunca descobriu porque...

"A terceira", disse ele. "A terceira minivan. Eu me inclinei com o bloco de concreto por cima da mureta, abri as mãos para soltá-lo e o vi desaparecer pelo teto da van. Na mosca. Mas desta vez não teve nenhum efeito sonoro. Nem luzes. Nada. Foi estranho, a princípio, como se eu tivesse imaginado aquilo tudo, pura alucinação, uma van fantasma, uma van buraco negro, mas depois percebi que o bloco tinha atravessado direto o teto solar aberto da van. *Vupt*."

Dentro da van, uma menina de 1 ano comendo Cheerios num saco plástico estava sentada numa cadeirinha logo atrás do teto solar. O bloco que Joey jogou apareceu do nada diante dos seus olhos, acertou seu joelho esquerdo, depois caiu para o lado e achatou a bolsa de fraldas. A van perdeu o controle, derrapou para a mureta e o airbag foi ativado e quebrou o nariz da mãe da menina. Tirando a patela fraturada e alguns cortes e hematomas, a criança estava bem, pelo menos fisicamente.

"Todo mundo sobreviveu", disse Joey, "até eu. Embora eu não devesse ter sobrevivido."

Joey foi preso no meio da rodovia. Por causa da privação de sono, houve uma discussão sobre insanidade temporária, mas o crime era tão imprudente e seus antecedentes de menor infrator tão problemáticos que, no fim, foi acusado como adulto. Ele se declarou culpado pelos crimes de dano e lesão corporal em primeiro grau e acabou condenado a quarenta meses numa prisão estadual para adultos. Por causa do comportamento, e porque tudo o que fazia na prisão o dia inteiro era ler e evitar qualquer sombra de confusão, ele cumpriu pouco mais de dois anos.

"Eu quase matei uma *bebê*. Como se desfaz uma coisa dessas, sabe?"

Lydia tentou engolir em seco, mas não conseguiu. Sentiu os olhos secos e, quando piscou, viu a silhueta de um homem acima dela, segurando um martelo no escuro. Ela sentiu gosto de sangue.

"Não se desfaz", disse ela por fim.

"E a maior ironia de todas? Depois de toda aquela privação de sono, passei em claro a maioria das noites na cela. Bem feito para mim."

"Por isso tanta leitura."

O ar entre os dois subitamente pareceu frio. Lydia se perguntou o que aconteceria se ela contasse os horrores do seu passado como Joey tinha acabado de fazer.

Talvez ele tenha percebido o quanto ela estava desconfortável, porque colocou um dólar no balcão e alisou a nota amassada.

"Eu gostaria de comprar esse livro", disse com falsa formalidade, deslizando-o na frente dela.

Lydia nunca tinha ouvido Joey falar tão abertamente. Ela passou o livro na registradora, enfiou um marcador dentro dele e, talvez por causa do próprio nervosismo, fez algo que nunca tinha feito com um BookFrog: ela colocou a mão na cabeça de Joey e bagunçou o cabelo dele. Ele travou e arregalou os olhos, depois pegou o livro e saiu aos tropeços. Assim que contornou o balcão, começou a quase trotar, mas Lydia não soube dizer se ele estava feliz ou horrorizado.

Os dedos dela cheiravam a comida de gato. Pensou distraidamente no pai.

História universal da destruição dos...

Joey.

O cheiro de fumaça velha fez o nariz de Lydia coçar quando ela se inclinou por cima da mesa de Joey. Ela se perguntou por que ele havia empilhado todos os outros livros dentro de um engradado, mas tinha deixado aquele exposto. Na pequena lixeira ao lado da mesa, Lydia esperava outro caldeirão de cinzas, mas encontrou uns dez lenços de papel, todos com pequenas manchas escuras de sangue, como se o nariz dele tivesse sangrado ou ele tivesse se cortado ao se barbear. Ela se lembrou da noite em que ele morreu, da fita crepe enrolada na ponta de três ou quatro dedos, e se deu conta de que aqueles cortes haviam acontecido bem ali, naquela mesa. Pegou então a lata de lixo, afastou alguns dos lenços de papel e encontrou, no fundo dela, alguns pedacinhos de papel, bem pequenos e brancos, exatamente como os que encontrou outro dia na seção onde ele se enforcou. Um pedacinho estava colado num chiclete cor-de-rosa no fundo da lixeira, mas o restante estava espalhado, e, quando ela os pegou e os observou na luz, viu que estes também não tinham palavras em si, pelo menos não palavras inteiras — eram mais pedaços de palavras e letras, cortadas e aparadas até perderem o significado. Lydia os jogou de volta na lixeira e se sentou em silêncio à mesa.

História universal da destruição dos livros.

Ela abriu e folheou o livro, e logo encontrou uma página que continha exatamente o que estava procurando: pequenos buracos, pequenas janelas, cortados aleatoriamente no papel. Começou a ler.

O fato incrível e in▇▇▇▇▇ é que o ataque espanhol reduziu a cinzas culturas poderosas. Na língua nahuatl, falada ainda hoje por ▇▇▇▇ um milhão de descen▇▇▇▇ de astecas, a palavra para verdade é *nelti*▇▇▇derivada de "fundação" e, se observarmos com cuidado, veremos que o que os conquistadores ▇▇▇▇m aniquilar eram fundações históricas. Os espanhóis deliberadamente eliminaram as pinturas feitas pelos *tlamatinime*, os homens sábios, sobre astronomia, história, religião e literatura. Nos *calméac*, ou centros de educação superior, os chamados códices eram entoados: "Eles aprenderam a falar bem, eles aprenderam os cânticos." Outro poema reflete essa ideia.

Eu canto as pinturas no livro, ▇▇▇▇
Eu o des▇▇▇

Sou como um papagaio exuberante,
Faço os códices falarem,
Dentro ████████as pinturas.

████████

Uns nove retângulos e quadrados minúsculos haviam sido recortados do papel, de modo que, quando ela segurou o livro aberto contra a luz, a página parecia um arranha-céu recortado por uma criança. Por causa do tamanho e das dimensões dos cortes, primeiro supôs que as palavras tinham sido recortadas, que Joey estava cortando e colando frases para algum projeto anônimo, como — deus do céu — um bilhete de resgate, ou talvez algum tipo de colagem de poesia magnética. Ou um bilhete de suicídio. Mas, ao observar os buracos mais de perto, viu que não eram palavras que faltavam: os recortes cruzavam espaços em branco e palavras indiscriminadamente, de modo que as próprias palavras haviam sido divididas sem sentido algum.

E ela percebeu outra coisa na página: tinta. Tinta vermelho-ferrugem, manchada ao redor dos buracos. Só que não era tinta, percebeu enquanto inclinava o livro sob a luz: era sangue. Dos dedos de Joey.

Quase em pânico, Lydia deixou de lado o *História universal da destruição dos livros* e pegou o primeiro título que viu no engradado de leite. Ele também estava salpicado com pequenas janelas, assim como o livro seguinte, e o seguinte, e todos os outros...

Pequenas janelas, pensou ela enquanto apagava a luminária de Joey e arrastava sua caixa de livros até a porta. Pequenas janelas pelas quais Joey a convidava a entrar.

CAPÍTULO 6

O pai de Carol, Bart O'Toole da Encanamentos O'Toole, levou várias tardes de torce-retorce e sobe-desce no pequeno e apertado espaço de rastreamento para trocar as válvulas corroídas e os canos que tinham causado a inundação embaixo do Gas 'n Donuts. Durante aqueles dias, Carol veio com o pai para a loja e, enquanto ele trabalhava, ela deu um jeito de se aproximar sorrateiramente, um banco de cada vez, da mesa de Lydia e Raj, e, por fim, passou a acompanhá-los nas caminhadas diárias até a biblioteca.

No começo, Tomas comemorou a entrada de Carol na vida da filha, convencendo-se de que qualquer atenção para Lydia era válida, mas não demorou muito até entender que *essa* Carol era *a* Carol — a criança terrível de quem ouvia histórias desde os primeiros dias de Lydia na Little Flower — e que sua querida biblioteca já tinha se tornado o novo *território* dela. Uma tarde, ele encontrou uma fotocópia da bunda achatada de uma menina no chão ao lado da Xerox, e pouco depois a cópia de uma nota de cinco dólares presa na entrada de dinheiro da máquina de Coca-Cola. Em outra ocasião, ao longo de um único dia, ele pegou as crianças girando discos de música folk ao contrário na vitrola, montando armadilhas nas estantes, de modo que o menor toque causasse uma avalanche de livros, e recortando cupons de revistas dos anos cinquenta ("Vamos conseguir um bom negócio nessa mistura para bolo!", ele ouviu Carol exclamar). Mas talvez o mais preocupante fosse que, com a chegada de Carol, Raj parecia não ficar tanto por perto. Tomas o encontrou mais de uma vez lendo sozinho nos pufes do porão, e ele estava tão sério e desconjuntado que era impossível não perceber o que estava acontecendo: o menino estava sendo substituído.

Tomas passou semanas tentando pecar pelo otimismo quando se tratava da infame amiga de Lydia, mas essa ilusão terminaria numa manhã, no outono, enquanto ele comia torradas e lia o jornal à mesa da cozinha. Lydia estava excepcionalmente calada naquela manhã, encolhida atrás de uma caixa de Raisin Bran, sorvendo seu cereal num transe.

"Está pronta para a escola?"

A barulheira da mastigação e da colher de Lydia mergulhando na tigela parou.

"preciso da sua assinatura."

Tomas dobrou o jornal e olhou para Lydia. Arrumou os óculos com aro de chifre, piscando, e coçou a barba.

"Você precisa da minha assinatura? Como assim?"

Lydia se levantou de cabeça baixa e correu até o gancho perto da porta da frente, onde estava pendurada sua mochila. Pouco depois, voltou correndo e entregou a Tomas um papel rosa. Ainda de cabeça baixa.

"O que é isso?"

"lê."

Tomas sabia o que era, só não conseguia acreditar que tinha vindo da sua filha. No topo da folha lia-se *Ficha disciplinar* e, mais abaixo, explicava que *Lydia Gladwell*, da *4ª série, sala 2*, apresentou *problemas de comportamento* e *desrespeito à autoridade*. Na seção de comentários, irmã Antoinette escreveu simplesmente: *Brincadeiras impróprias durante o almoço. Último aviso.*

Tomas pigarreou e levantou o queixo.

"eu levei bronca ontem por causa de uma brincadeira."

"Você e a Carol?"

"e o raj."

"Mas era uma das brincadeiras da Carol?"

Lydia se encolheu toda.

"Era ou não uma das brincadeiras da Carol..."

"era."

Uma das brincadeiras da Carol. Tomas tomou um gole de chá e se preparou enquanto Lydia explicava que estavam brincando de algo chamado Não Engole o seu Cuspe. As regras pareciam ser bem simples: você ficava de boca fechada, fingindo chupar uma bala invisível, e não engolia o cuspe. Ela, Raj e Carol estavam brincando disso no almoço, na mesa do refeitório, respirando pelo nariz e fazendo caretas uns para os outros enquanto as bocas ficavam cheias de saliva morna, então a irmã Antoinette chegou. Raj e Carol conseguiram se levantar para devolver as bandejas antes que a velha freira os alcançasse, mas Lydia ficou travada na mesa. Quando a irmã Antoinette a repreendeu por fazer uma careta tão horrível enquanto as pessoas ao redor comiam, Lydia não conseguiu mais aguentar. Ela escancarou a boca. O som foi de um baque molhado. O cuspe escorreu por suas mãos, pelo uniforme e pela mesa. A irmã Antoinette fez Lydia ficar e limpar todas as mesas do refeitório com um pano e um líquido marrom com cheiro de vinagre que, como disse Lydia ao pai à mesa do café da manhã, era muito mais nojento que uma boca cheiona de cuspe.

Tomas baixou o jornal e se inclinou, apoiado nos cotovelos. Lydia parecia pálida enquanto mexia seu cereal empapado. Uma poça grossa de leite espirrou da tigela.

"Preciso proibir você de brincar com a Carol?"

"o raj também estava lá."

"Vou assinar", disse ele. "Mas chega das brincadeiras da Carol, entendeu?"

Lydia mastigou uma trança do cabelo e assentiu, mas ele sabia que ela não estava levando a sério.

Ali à mesa, Tomas conseguia sentir sua menininha se afastando dele e começou a ficar desesperado para trazê-la de volta. Os olhos dele vagaram pela cozinha. A geladeira amarela estava tão coberta de desenhos de Lydia que ele havia passado a colá-los nas paredes da cozinha, e agora achava que parecia obsessivo, até brega. Em algum lugar, enterrada debaixo daquele papel todo, havia uma antiga foto de Rose, mãe de Lydia, e Tomas se pegou com tanta saudade dela que sentia dor na mandíbula.

"Vem aqui comigo", disse ele.

Então levou Lydia até o quarto dele. Da prateleira de cima do closet, pegou uma caixa de metal e, pela primeira vez na vida, mostrou a Lydia as cartas e os cartões que ele e Rose trocavam no Valentine's Day e nos aniversários de casamento. Lydia leu cada bilhetinho fino escrito a lápis e cada cartão grosso e colorido. Inspirado pela concentração dela, Tomas pegou no fundo do closet o álbum de fotos da lua de mel. E, da velha lata de biscoitos em que guardava prendedores de gravata e moedas antigas, desenterrou até o anel de rubi de Rose, ainda preso ao pedaço de gaze do hospital. Enquanto desdobrava a gaze e colocava o anel na palma da mão da filha, ele imaginou um futuro noivo (um menino estudioso com óculos de armação de metal que podia quebrar uns dentes por aí, se a ocasião pedisse) vindo pedir a mão dela.

"posso ficar com ele?", perguntou Lydia.

"Claro, quando você se casar. Aos 35 anos."

"combinado!"

Lydia sorriu, enrolou de volta o anel na gaze com cuidado e até correu para o banheiro para cortar um novo pedaço de esparadrapo e prender a gaze, garantindo que o anel não caísse. Era raro vê-la se portar com tanta reverência.

"As coisas vão melhorar", disse ele, mais para si mesmo.

Mas, enquanto Carol estivesse por perto, Tomas começava a perceber, as coisas não iam melhorar, e ele continuou sofrendo com as consequências de longo prazo da nova amizade de Lydia. Ele não entendia, num sentido cósmico, por que, de todas as crianças em quem Lydia poderia grudar, tinha que ser naquela que lhe dava nos nervos. Simplesmente não fazia sentido...

E então, naquela mesma semana, ele conheceu Dottie O'Toole, mãe de Carol, e o mundo revelou sua perfeita simetria.

É claro que Tomas já havia notado Dottie antes de ela entrar na biblioteca naquela tarde de terça-feira, mas antes daquele dia ele não sabia que era mãe de Carol. Até então era apenas uma jovem estrela ao longe, a ruiva de pele macia, com quadris que rebolavam quando ela entrava na quadra da escola e cujos comportamentos pareciam projetados para desarmar aqueles que a rodeavam. Dottie tinha trinta e poucos anos, cabelos curtos e cacheados, cílios postiços e sombra azul que subia dos olhos como asas. Nas poucas vezes em que Tomas viu Dottie, nos eventos escolares, ela estava de suéter de manga curta com cores e estampas que ele só tinha visto em sofás — cor de abóbora, verde-água —, sempre com um decote triangular logo abaixo da linha do pescoço que o fazia pensar numa barraca aberta.

E aqui estava ela, perto o suficiente para Tomas sentir seu perfume de *piña colada*. Ela esticou a mão por cima do balcão de atendimento e se apresentou.

Tomas não ia a um encontro desde a morte de Rose e, de qualquer jeito, nunca foi muito bom em ler os tais *sinais*, mas tinha quase certeza de que Dottie estava segurando sua mão por mais tempo que o apropriado. Num momento de puro pânico, ele se ofereceu para lhe mostrar a biblioteca bagunçada. Ela automaticamente agarrou o antebraço dele com as duas mãos — admiravelmente — e disse com um sotaque francês terrível: *Mostre o caminho, monsieur bibliotecário*. Ele meio que esperava que ela fizesse uma bola de chiclete e a estourasse.

No porão da biblioteca, Tomas ficou envergonhado ao encontrar Carol e Lydia no tapete, seus rostos a quinze centímetros um do outro, cercadas de revistas femininas jogadas ao redor delas. Em seu fracasso compartilhado, ele e Dottie pareciam a encarnação da negligência parental, e esse julgamento piorou ainda mais quando notaram a desconfortável proximidade de um homem lendo que fedia como se tivesse se borrifado com desodorizador de banheiro para disfarçar o próprio bolor. Os tênis do homem estavam caídos ao lado dos seus pés descalços. Assim que Tomas e Dottie chegaram, ele semicerrou os olhos, mal-humorado, por cima do livro de Isaac Asimov.

"Elas estão atrapalhando?", perguntou Tomas.

"Elas?", respondeu o homem. "São calminhas."

"Tem certeza?"

"São calminhas."

"Meninas, guardem as revistas e nos encontrem lá em cima."

Para grande alívio de Tomas, as meninas obedeceram.

"Não tem mesmo problema elas ficarem por aqui?", perguntou Dottie.

"Claro que não, é só ficarem quietinhas, comportadas e arrumarem a bagunça."

"Não", disse ela, "quero dizer com todos esses homens tristes lendo. Isso aqui parece um Clube dos Corações Solitários."

Quando Tomas inclinou a cabeça para analisá-la — meio assustado, meio divertido —, ela estava cutucando uma unha pintada, aparentemente já pensando em outra coisa. Em outras circunstâncias, ele poderia ter dito a ela que havia encorajado pessoalmente *esses homens tristes* que leem a fazer da biblioteca sua casa durante o dia. E poderia ter dito que, recentemente, havia sido repreendido por algum burocrata da cidade que descobriu o banco de alimentos improvisado que ele gerenciava lá fora, nos fundos da biblioteca. A biblioteca é um paraíso para todos, poderia ter dito, não só para os limpos e produtivos. Mas sua explicação se esvaiu com a agitação de Carol e Lydia subindo a escada atrás deles. Talvez tivesse a chance de se explicar em algum outro momento.

Numa tarde úmida, alguns dias depois de se apresentarem, quando estava indo buscar Lydia na quadra da Little Flower, Tomas viu Dottie encostada numa parede de tijolos marrom-claro fumando um cigarro. Ele abriu a porta para entrar, mas ela o deteve.

"Como está o senhor bibliotecário hoje?"

Conversaram sobre banalidades: a popularidade dos Broncos e a chegada da temporada de esqui em breve. Ela lhe ofereceu uma tira de chiclete e riu quando ele a dobrou em três antes de colocá-la na boca, como se estivesse colocando uma carta num envelope.

"Seu marido", disse ele. "Ele é o encanador, não é?"

Ela ergueu uma sobrancelha.

"Eu vi a caminhonete dele", acrescentou.

"Você viu na biblioteca?"

"Pelo bairro só. Ele trabalha muito."

"Ele nunca está em casa", disse Dottie, "mas pelo menos leva a Carol para o trabalho, às vezes. Se ela pudesse escolher, largaria a escola hoje mesmo e assumiria o negócio da família".

Tomas deu um sorriso malicioso. Não sabia dizer se Dottie estava olhando fundo nos seus olhos ou observando as lentes manchadas dos seus óculos. De qualquer forma, ele estava nervoso.

"Pelo menos ser encanador dá um bom dinheiro", disse ele.

"Não o suficiente."

Tomas riu um pouco e mascou seu chiclete. Antes de entrar para encontrar sua filha, ele se virou e observou com admiração Dottie pressionar delicadamente a ponta da língua no lábio.

CAPÍTULO 7

Na cozinha de casa, Lydia mordiscou a crosta da sua torrada com mel e esperou, impaciente, o café terminar de passar na sua cafeteira velha. Quando levantou os olhos, David estava ali, enrolado na toalha, vermelho por causa do banho, cheirando a creme de barbear mentolado. Ele deu uma olhada dentro do engradado de leite de Joey, no meio da mesa do café da manhã, onde Lydia o havia deixado na noite anterior.

— Mais livros? — perguntou ele, pegando o empoeirado livro didático infantil vitoriano de Joey e virando-o nas mãos.

— Nunca é demais — respondeu ela com leveza.

— Sério. Eu gosto dessa coisa que você tem com livros. Me sinto mais inteligente só de ter tanto livro por perto.

— Imagina se a gente conseguisse fazer você ler alguns deles.

— Não preciso. É como ter pontos de QI grátis em cada cômodo. Em cada superfície existente.

— Fico feliz em ajudar.

— Alguns chamariam você de acumuladora — disse ele. — Mas não eu. Eu chamo de *colecionadora*.

— Esse é o espírito da coisa — disse ela.

Lydia percorreu o braço de David com os olhos e viu seus cabelos limpos e molhados e o brilho remanescente do banho e sentiu o desejo de apoiar sua mão na dele.

— São do Joey — disse ela, indicando com a cabeça a caixa na mesa. — Os livros.

A cafeteira assobiou e David lhe serviu uma xícara. Ela cantarolou constrangida, sentindo-se grata enquanto tomava um gole. David levantou um pouco um lado do engradado e deu uma olhada nas obras jogadas dentro dele.

— Joey, o BookFrog? — perguntou ele, e se sentou na cadeira ao lado dela.

— O próprio.

— E o amigo dele ainda não apareceu?

— Lyle? Ainda não.

— Estranho?

— Estranho — respondeu ela, dando um tapinha na borda da caixa. — E ainda tem essas coisas. Estavam no apartamento dele. Minha herança, aparentemente.

— A última boa ação dele — disse David, assentindo. — É meio fofo. Ele obviamente sabia que você daria valor a eles.

— É um jeito de encarar a situação — comentou ela.

— Imagino que o apartamento dele não parecesse uma visão do paraíso, certo?

— Mais para uma visão do inferno. Olha, eu sei que você precisa ir, mas... — Ela contou sobre sua visita ao apartamento de Joey na noite anterior, sobre os livros que ele tinha deixado para ela de herança e o estranho fato de que os livros estavam recortados, cheios de buracos.

— Buracos? — perguntou ele.

— Várias janelinhas — respondeu ela.

— Por que ele faria isso? — perguntou ele no tom racional que usava ao descrever como tinha resolvido algum problema de programação no trabalho ou descoberto qual sensor no carro estava fazendo o motor falhar. — Quer dizer, qual é o propósito de dar esses livros para você se estão todos recortados?

— Esse é o xis da questão.

— A menos que tenha algo neles — disse ele e tamborilou os dedos sobre o exemplar de Joey de *A volta do parafuso*. — Porque palavras cortadas lembram bilhetes de resgate.

— Não são palavras cortadas, exatamente — disse ela. — Só pequenos retângulos aleatórios. Eles cortam as letras ao meio, então sem chance de usá-las para, sei lá, um bilhete de resgate, ou de suicídio, ou...

— Ou de amor?

— Não tinha nada disso entre a gente — retrucou ela, sem saber se aquilo era uma demonstração de ciúme ou brincadeira.

— Mas você tem certeza de que os buracos são aleatórios? — perguntou ele. — Talvez haja algum tipo de padrão, uma criptografia.

Enquanto David falava, a voz dele ia sumindo, e ela percebeu que ele estava se perdendo em pensamentos, silenciosamente percorrendo seus registros mentais da Enigma, cartões perfurados de Fortran, rolos de piano mecânico e todo tipo de coisas codificadas.

— Dá uma olhada — disse ela, entregando-lhe o exemplar picotado de *História universal da destruição dos livros*.

— Uau.

— Pois é.

— Tem outros?

— Picotados? — Ela apoiou a mão no engradado. — Todos eles.

— *Todos?* — disse ele.

— Alguns mais que outros, mas sim, todos eles têm buracos recortados. Retângulos.

David arrastou a cadeira para trás, foi até a pia, bebeu um copo de água e voltou a se sentar. Parecia que agora sim ele estava pronto.

— Isso é muito louco — disse ele, então foi direto ao ponto: — Então para que deixar tudo para você?

— Exatamente. Talvez para mandar algum tipo de mensagem. Não sei.

David se inclinou sobre o engradado e moveu algumas obras de um lado para o outro.

— Olha esse aqui — disse ela e lhe entregou o livro autopublicado com encadernação de espiral chamado *Pássaros e béqueres*. Diferente de todos os outros no engradado, esse livro estava *completamente* salpicado de janelas recortadas, a ponto de parecer que as páginas poderiam simplesmente se desintegrar. À sua maneira, essa desfiguração tinha uma beleza, como uma pilha encadernada de flocos de neve de papel. — Esse aqui definitivamente é o ponto fora da curva. Buracos demais para seguir qualquer tipo de ordem.

— Parece tão desleixado em comparação com os outros — disse ele. Depois de passar alguns minutos dando uma olhada nos buracos, ele colocou o livro num espaço vazio na mesa e descansou a mão em cima dele por um instante, como se o processasse por osmose. — Não tenho ideia do que fazer com ele. Já com *esses*... — Ele mexeu dentro do engradado, empurrando delicadamente os livros como se fossem filhotinhos de cachorro. Ocasionalmente, pegava um, abria e passava os dedos pelos buracos cortados nas páginas, e ela percebeu que ele estava procurando um padrão, como se fosse uma pilha de cartões de dados e não um livro. — Eu devia ligar para o trabalho e dizer que estou doente — disse ele. — Isso aqui é muito melhor que o trabalho.

Ela sabia que, se pedisse, David faltaria ao trabalho com prazer, se curvaria na cadeira ao lado dela e começaria a examinar essas pilhas. De certa forma, era a ideia que ele tinha de programa perfeito. Ele pegaria um bloco de notas amarelo, uma lapiseira e uma infinidade de quebra-cabeças para se inspirar.

David passou alguns minutos analisando os títulos, examinando os livros de todos os ângulos, objetivamente, como se estivesse observando uma frigideira de omelete ou uma estrela de bicicleta. A lombada, a capa, a pequena etiqueta da Ideias Brilhantes colada na quarta capa — tudo era digno da investigação de David.

Em determinado momento, ele levantou os olhos da tarefa e pareceu surpreso por Lydia ainda estar ali.

— São todos da livraria?

— A maioria é — disse ela. — Todos os novos eu tenho certeza de que ele comprou comigo, quando eu estava no caixa. — Lydia tirou do engradado alguns livros com páginas amareladas e capas antigas e arranhadas: *A história oficial da família Osmond*, o livro didático vitoriano de leitura para crianças, uma coleção de poesia água com açúcar. — Esses são ou de sebos, ou de vendas de garagem, ou de brechós. Enfim, definitivamente usados. Não vieram da loja. Nós só vendemos livros novos.

David pegou esses em seguida, virando-os nas mãos.

— Se esses são usados — disse ele —, por que têm etiquetas da Ideias Brilhantes?

— Não têm.

— Têm, sim.

— Não deveriam ter.

— Mas têm — disse ele, virando-os um por um. — Todos eles têm.

— Me deixa ver — pediu ela, cética.

Pegando um por vez, Lydia virou os livros e viu que David tinha razão. Não só o canto inferior de cada quarta capa tinha uma etiqueta da Ideias Brilhantes como também, ao olhar de perto para ler as etiquetas — título, código de barras, ISBN, seção, data de chegada e preço —, ela percebeu que as informações atochadas ali em caracteres minúsculos eram de livros totalmente diferentes.

Lydia resmungou e apoiou a testa na mão.

— O que foi? — perguntou David.

— As etiquetas estão todas erradas — disse. Levantou o exemplar de *História universal da destruição dos livros* e deu uma batidinha na etiqueta na contracapa: *Almanaque do xixi na cama.* — Isso aqui devia estar colado num livro completamente diferente.

— Todos eles estão assim?

— Todos eles. Os novos e os velhos, todos estão com a etiqueta errada.

Lydia fechou os olhos. Era inteiramente possível, pensou ela, que *um* dos livros de Joey tivesse sido etiquetado errado na Ideias Brilhantes — afinal, ela e seus colegas viviam sobrecarregados e eram mal pagos —, mas era inteiramente *impossível* que *todos* estivessem com a etiqueta errada. E ficar trocando a etiqueta dos livros não fazia nenhum sentido, a menos que Joey estivesse fazendo algo bem estúpido, tipo trocar a etiqueta para pagar menos no caixa como adolescentes às vezes fazem quando trocam a etiqueta de preço das roupas nos provadores das lojas de departamentos para comprar um vestido de formatura pelo preço de uma calcinha. No entanto, mais importante que qualquer especulação era o fato de que foi *ela* quem vendeu para Joey a maior parte daqueles livros, então sabia que não estavam com a etiqueta errada quando ele os levou até ela no balcão. Ao registrá-los no sistema do estoque, ela teria percebido que o livro na tela não correspondia ao livro em sua mão, o que significava que aquilo não era um caso de mera estupidez.

— Você queria saber o que o Joey estava tramando com os livros picotados? — perguntou David. — Aí está a sua resposta.

— Como assim? — questionou Lydia.

David tocou uma das etiquetas trocadas.

— Isso não está aqui por acaso. Ele está direcionando você para esse livro também. O Joey.

— Por que ele faria isso?

— Não faço ideia — disse David, dando de ombros. — Mas, se existe uma resposta, provavelmente está no outro livro.

— Então, o que eu faço? Sigo a etiqueta?

— Siga a etiqueta. Encontre o livro a que ela pertence. — Ele olhou para o relógio. — Você quer que eu fique? Eu adoraria ficar. Peça para eu ficar.

— Você precisa ir.

— Merda — disse ele, sorrindo. — Eu sei.

Ele correu até o quarto para terminar de se arrumar, depois voltou à mesa e a beijou. Enquanto pegava o laptop e o casaco e começava a sair do apartamento, David agitou a mão ruim na direção do engradado como se estivesse lançando um feitiço nos livros de Joey.

— Foi muita sacanagem isso que ele fez com você. Quer dizer, é legal, mas é...

— Problemático — disse ela. — Eu sei.

— Talvez você devesse tentar... sabe... não ficar bolada com isso.

— Tarde demais — respondeu ela e, embora sorrisse como se estivesse brincando, assim que a porta se fechou e a ausência de David se transformou em silêncio, o universo do seu apartamento cheio de livros começou a se contrair e Lydia desapareceu por completo dentro do engradado problemático de Joey.

CAPÍTULO 8

Tomas estava registrando a saída de uma pilha de livros ilustrados que uma jovem mãe com um bebê subindo pelo ombro dela pegava emprestado quando o telefone tocou no balcão e o assustou. Ele carimbou uma data de devolução na unha do polegar.

"Droga. Desculpa."

Era um funcionário da administração municipal que havia ligado para falar do Festival de Inverno, uma comemoração anual que havia começado naquela manhã na cidade de Breckenridge, famosa pela estação de esqui. Naquele exato instante, Tomas foi informado de que deveria estar lá com a biblioteca móvel estacionada na rua principal, servindo chocolate quente e distribuindo marcadores de livros em nome da rede de bibliotecas públicas de Denver. A viagem tinha sido planejada meses atrás pelo pessoal de relações públicas, no centro da cidade, como uma espécie de gesto de boa vontade para incentivar a alfabetização no estado e estreitar as relações com as bibliotecas de cidades pequenas, e Tomas foi lembrado disso tantas vezes que havia marcado em letras vermelhas e grandes no seu calendário de mesa, no de bolso e até no de cartolina que Lydia havia feito e lhe dado de Natal, preso com fita adesiva na geladeira de casa...

E, apesar disso, ele conseguiu esquecer. Porque esse era o nível daquela semana.

"Eu esqueci, não sei como", falou ele ao telefone.

"Você é pago para se lembrar, não interessa como."

Felizmente, explicou o administrador, cheio de sarcasmo, o Festival de Inverno duraria o fim de semana inteiro e, visto que a cidade ficava nas montanhas, a pelo menos duas horas de carro, e visto que estava nevando em Denver naquele momento, e visto que estava escurecendo mais a cada minuto, ele não sabia de que outra maneira Tomas poderia resolver esse problema senão colocando correntes nos pneus da biblioteca móvel e dirigindo até lá hoje à noite mesmo. Sim, hoje à noite. Sim, na neve. Se tivesse sorte, o bibliotecário em Breckenridge pegaria as chaves e o deixaria ir para casa e, se tivesse muita sorte, alguém do festival poderia lhe dar uma carona de volta para a cidade. Caso contrário, ele teria que tentar encontrar um hotel ou pegar um dos ônibus noturnos que levavam e traziam esquiadores do centro da cidade. E pagar do próprio bolso.

"Você quer mesmo que eu vá dirigindo para lá hoje à noite?"

"Só se quiser manter o emprego", respondeu ele. "Pode tratar de ir."

Tomas olhou pela janela, viu os faróis e as lanternas difusas na rua e sentiu um aperto no peito. A neve que tinha começado a cair estava ficando cada vez mais espessa, deixando brancas as calçadas, pesando nas árvores e dando à luz cinzenta do crepúsculo um brilho atômico. Ele temia a longa viagem que o aguardava lá fora, mas um medo ainda maior o cercava quanto à notícia que em breve teria que dar a Lydia: não haveria festa do pijama essa noite.

A festa do pijama daquele dia foi o principal assunto de Lydia e Carol naquela semana, e elas fizeram inúmeras listas coloridas de tudo o que queriam fazer: derreter giz de cera em latas de atum para fazer velas, fazer uma panela de pipoca com marshmallow, contar histórias de terror com lanternas à noite — mas agora elas ficariam arrasadas. Carol não poderia passar a noite na casa de Lydia, no fim das contas. Não se ele precisasse levar a biblioteca móvel para um canto coberto de neve das Montanhas Rochosas.

Quando Tomas pensou que aquela tarde não podia piorar, olhou pela janela congelada da biblioteca e viu a caminhonete amarela de Bart O'Toole com seus racks na caçamba entrando no estacionamento até parar no ponto exato que bloqueava a caixa de devolução de livros. O coração de Tomas começou a bater forte. Ele correu os olhos pela biblioteca e viu cadeiras e cantos vazios; quase todos os clientes tinham ido embora, tentando evitar a tempestade de neve. Então ele se pegou olhando para o relógio de pulso — 4:17, pisca, 4:17 — como se para guardar o momento, feito um médico registrando o horário da morte de um paciente.

O'Toole subiu os degraus da biblioteca saltando dois de cada vez, parecendo mais rápido, com mais barba por fazer e mais corpulento do que Tomas se lembrava. Ele empurrou a porta com força demais ao entrar, e ela se escancarou e o ar frio varreu a biblioteca, agitando folhas de jornal e fazendo o aquecedor ficar sobrecarregado. Tomas se encolheu.

"E aí, parceiro?", disse O'Toole.

Tomas contornou o balcão e respondeu com um olá desajeitado, mas, antes que pudesse pensar em algo mais a dizer, as meninas chegaram do porão da biblioteca, rindo animadas, de jeans, suéter listrado e colares que tinham feito com anéis de lata. Elas passaram igual foguetes por ele e agarraram as calças de O'Toole quando ele entrou no hall revestido de livros.

"Você não vai adivinhar o que aconteceu", disparou Carol para o pai, como se tivesse esperado horas para lhe contar. "Um menino chorou muito na escola hoje. Abriu um *berreiro!*"

O'Toole entrou na brincadeira, batendo as mãos nos joelhos, abaixando-se, fingindo estar profundamente interessado nas fofocas de escola de Carol.

"é que ele estava morrendo de vontade de ir para a minha festa do pijama", disse Lydia.

"Quem pode julgar?", exclamou Carol, revirando os olhos feito uma diva. "Eu também choraria."

As meninas deram risadinhas, e Tomas, ciente de que deviam estar falando de Raj, coçou o pescoço, desconfortável. Era raro ver esse lado de Lydia, que sentia um prazer tão cruel em excluir o amigo, mas, em vez de intervir, ele continuou concentrado em O'Toole, tentando identificar a natureza da visita. O'Toole apenas limpou as botas no tapete, limpou a neve dos ombros, tirou e recolocou o boné jeans.

"Você passa mesmo o dia inteiro aqui?", perguntou a Tomas. "Eu estaria subindo pelas paredes."

"Eu fico muito ocupado", respondeu Tomas. "Prazer em conhecê-lo, aliás."

Trocaram um aperto de mãos, e Tomas pensou que o aperto de O'Toole era forte e suave ao mesmo tempo, assim como o próprio sujeito. Com a outra mão, O'Toole segurava uma bolsa de viagem rosa.

"Eu trouxe as coisas da Carol para a festa do pijama."

Carol agarrou a bolsa e, com Lydia agachada ao lado, abriu o zíper e começou a revirar tudo. Um pijama caiu, depois uma fita cassete coberta de adesivos de coração e um saquinho de elásticos.

"Você está bem, meu parceiro?", perguntou O'Toole, inclinando-se para a frente com um sorriso e interceptando o olhar de Tomas. "Parece que alguém botou água no seu chope."

"Desculpa", disse Tomas, "é só que apareceu uma coisa para hoje à noite. Coisa de trabalho."

"Coisa de trabalho hoje à noite? Que é isso, você também é encanador?"

Tomas secou as mãos na calça e explicou o drama da biblioteca móvel. Ele precisava ir logo para Breckenridge e não devia voltar antes da meia-noite, talvez até mais tarde, por causa da tempestade de neve.

"Resumindo", disse Tomas, "nada de festa do pijama. Vamos ter que deixar para outro dia. Sinto muito mesmo, meninas. Eu sei que vocês estavam..."

As meninas se levantaram num pulo e começaram a implorar.

"Não acredito nisso!"

"você *prometeu!*"

"Ei", disse O'Toole, "eu posso levar as duas para a nossa casa."

"Não precisa", disse Tomas.

"De verdade. Dottie e eu não vamos fazer nada. Você resolve as suas coisas de trabalho nas montanhas e Lydia passa a noite com a gente. Vamos fazer pipoca e chocolate quente, e amanhã de manhã trago as meninas para cá. Qual o melhor horário?"

Lydia nunca tinha passado a noite fora, e a ideia de a primeira vez ser sob o teto de Carol lhe dava a sensação de estar entregando as rédeas da vida para forças que não podia controlar.

"Acho melhor não", disse Tomas, olhando para o relógio de pulso, como se os seus motivos estivessem presos atrás do vidro arranhado.

"Você é quem sabe", disse O'Toole. "Mas pode ter certeza de que não é problema nenhum para a Dottie e para mim. Tenho certeza de que a Carol tem um pijama extra e uma escova de dentes que possa emprestar."

"*Eeeeca*", chiaram as meninas.

Tomas tentou encontrar uma boa justificativa, mas até para ele próprio estava parecendo cri-cri demais, especialmente com as meninas revirando os olhos e O'Toole mandando as duas ficarem quietas e não fazerem malcriação. E assim, com o cheiro de neve no ar e faróis começando a perfurar a escuridão lá fora, Tomas cedeu. Lydia podia passar a noite na casa de Carol.

"Venham para cá amanhã de manhã e me ajudem com a hora da história. Combinado?"

"combinado!"

Lydia mal o abraçou antes de sair atrás de Carol e do Sr. O'Toole pelas portas da biblioteca. Tomas ficou na janela e observou as garotas correndo pelo estacionamento cheio de neve e depois a nuvem de fumaça da caminhonete amarela de O'Toole. Quando as luzes traseiras desapareceram no crepúsculo, ele pensou em Dottie colocando a filha dele para dormir naquela noite fria, beijando-a na testa e, com o coração apertado, procurou as chaves da biblioteca móvel, sem ter a mínima ideia da escuridão que a noite traria.

Naquela noite, no jantar, Lydia não conseguia parar de encarar a família de Carol. Enquanto a Sra. O'Toole servia os pratos de macarrão com salsicha, o Sr. O'Toole deu às meninas o primeiro golinho de cerveja — direto de sua lata de Coors na mesa — e as deixou comer marshmallows frios com o jantar. A Sra. O'Toole implicou com ele por deixar suas ferramentas de encanador espalhadas pela casa toda, então ele fez uma cena arrastando a caixa de ferramentas do balcão da cozinha para a varandinha dos fundos; e, quando voltou para dentro, salpicou neve na cabeça das meninas e riu feito um bobo. Mesmo com todo o desconforto que Lydia sentiu sentada à mesa deles — o Sr. O'Toole dando leves arrotos de cerveja, depois piscando para Lydia e Carol; a Sra. O'Toole dobrando e desdobrando o guardanapo —, percebeu certa plenitude naquela casa, no equilíbrio deles como família.

A Sra. O'Toole estava especialmente estonteante. Durante todo o jantar, enquanto Carol tagarelava sobre os planos delas para aquela noite, Lydia não conseguia tirar os olhos de Dottie — do brilho laranja e encaracolado dos seus cabelos, do dente da frente levemente lascado, dos anéis que ela ficava girando nos dedos —, talvez porque fosse impossível não ficar pensando em como ela seria como mãe. Por toda a casa de Carol, Lydia percebeu detalhes diferentes da sua própria casa, como a pinha brilhante convertida em castiçal na prateleira e a toalha de mesa laranja que combinava com as flores laranja no papel de parede, com os riscos laranja na pedra da bancada, e até com o fio laranja de uma mandala na parede. Um toque materno.

A noite se desenrolou em pratos sujos, televisão e sorvete, e, conforme a hora de dormir se aproximava, a neve pesada que caía em Denver não mostrava sinais de trégua. Lydia se esqueceu por completo do Sr. e da Sra. O'Toole enquanto ela e Carol afastavam a mesa de centro e outros móveis para montar uma cabana de cobertores e almofadas ao redor do sofá, bem no meio da sala de estar. Quando ficou tarde, elas desenrolaram os sacos de dormir dentro da cabana e afofaram os travesseiros. Com lanternas na mão, ouviram os pais de Carol murmurando no quarto, no fim do corredor, e gradualmente caírem no sono. Elas ouviram a neve e o vento bater mais forte na porta da frente e nas janelas da sala de estar. Então as meninas ouviram uma à outra. Dentro de sua cabana quentinha, elas riram de quando Lydia viu o pinto de Raj aparecer pelo short de futebol, parecendo um patinho marrom depenado, leram um pouco o livro de histórias de terror de Carol e logo decidiram que estava na hora de contarem as próprias histórias — sobre banheiras mágicas e um ralo que sugava crianças pelos canos prateados e as arrastava para um mundo de bueiros prateados e nuvens prateadas e casas prateadas...

Mas a história delas foi interrompida quando a porta dos fundos se escancarou e bateu com força na parede da cozinha. Portas dos fundos sempre batiam assim, só que já passava da meia-noite e a porta bateu com tanta força que os ossos delas estremeceram a um cômodo de distância. As meninas travaram. Lydia se perguntou se era algum truque maldoso do Sr. O'Toole, mas ela ainda ouvia os roncos ressoando no final do corredor, então sabia que não era ele. Dentro da cabana, Carol pegou as lanternas e as desligou.

"*Shhh!*", sibilou ela rapidamente.

Lydia e Carol ficaram paralisadas debaixo dos cobertores que montavam a cabana enquanto alguém desconhecido fechava a porta dos fundos e andava pela cozinha. Para a sala de estar. A Sra. O'Toole tinha deixado a luz do corredor acesa para que Lydia pudesse encontrar o banheiro, se precisasse, mas o homem ali fora deu um tapa no interruptor, apagando a única luz acesa. A escuridão que se seguiu foi imensa, mas ainda assim Lydia viu, através da fresta na cabana:

Uma luva de látex branca apertada numa mão masculina peluda. Na luva, um martelo.

O homem ali fora segurava um martelo, mas Lydia não registrou isso por completo até mais tarde, quando o espaço vazio ocupado pelo martelo foi preenchido por sua memória: um martelo com cabo de madeira, unha e cabeça pintadas em preto industrial. E se encaixava perfeitamente na mão dele.

O resto aconteceu devagar. O Homem do Martelo seguiu pelo corredor para o quarto do Sr. e da Sra. O'Toole. Dentro da cabana, Carol agarrou com força o pulso de Lydia pelo que pareceram horas, depois soltou abruptamente. Quando Lydia estendeu os braços para abraçá-la, não havia nada além de um cobertor tremulante. Ela não conseguia ver nada de onde estava, mas seus ouvidos jogavam imagens em sua mente. Ela ouviu os joelhos de Carol se esfregando no carpete e entrando no corredor, e também ouviu Carol gritando: "Papai! Papai! Papai!" O Homem do Martelo se virou, e suas costas bateram na parede, como se tivesse perdido o equilíbrio momentaneamente. Vidro se quebrou e um retrato emoldurado da família deslizou parede abaixo e se espatifou no carpete.

Por um brevíssimo instante, a casa ficou silenciosa. Até que Carol gritou de novo, e, entre os gritos, ela parecia estar lutando para respirar, se virando no corredor, correndo para fugir. O Homem do Martelo logo recuperou o equilíbrio, e os próximos sons a seguiriam para sempre: as botas grossas do homem seguindo Carol, os gritos de Carol, e os gritos de Carol interrompidos.

Um ovo caiu. Outro ovo caiu. Outro.

Quase imediatamente, a porta do quarto dos O'Toole rangeu ao se abrir, e Lydia ouviu o Sr. O'Toole resmungando, confuso, então ouviu as costas de alguém batendo com força na cômoda, na porta, no batente. Ela ouviu enfeites sendo derrubados de uma prateleira, a parede de gesso se quebrando, e também ouviu gritos masculinos quando os ovos começaram a cair, um por um, no carpete do quarto.

Com o cobertor da cabana pendendo no ombro, Lydia ouvia gemidos na escuridão. Achou que o barulho vinha só dela mesma, até perceber que seu choro se juntava a outros no fim do corredor: a Sra. O'Toole, gemendo, depois implorando, depois gritando. Lydia ouviu as molas do colchão rangerem quando alguém pulou em cima dele. Ouviu o suspiro do colchão, então ouviu ovos caindo por lá.

Naquele instante, algo raro aconteceu dentro de Lydia: ela apagou da mente tudo o que aconteceu. Escolheu não saber o que tinha acontecido e, ao fazer isso, conseguiu se mexer. Não tinha nada acontecendo no fim do corredor. Não tinha nada acontecendo, então por que não sair de baixo desse cobertor e atravessar o carpete até a cozinha, cruzar a cozinha até a porta dos fundos, sair pela porta dos fundos para a noite cheia de neve? Ela encontrou as mãos, os joelhos, sentiu o cobertor acima das costas e partiu. Enquanto engatinhava o mais rápido possível, viu através da escuridão o brilho alaranjado da neve no vidro da porta dos fundos. Ela se arrastou pela sala de estar, queimando os joelhos no carpete, e se movia mais rápido agora, ganhando velocidade a cada deslizada que dava, então bateu a testa no canto da mesa de centro e viu estrelas na escuridão. Seu rosto ficou molhado com o sangue que escorria até a boca, mas ela continuou engatinhando. Seus olhos estavam molhados. O nariz, os lábios e o queixo estavam molhados. O carpete se transformou no linóleo frio da cozinha, e a palma da sua mão esmigalhou um floco de cereal, e, em seguida, a outra palma esmagou uma poça de neve derretendo, trazida pelas botas do Homem do Martelo. A porta dos fundos estava a poucos metros dela, e a neve lá fora parecia se elevar num êxtase com a luz da rua, mas ela ouviu os passos pesados do Homem do Martelo se aproximando, mais e mais, e, antes que percebesse, virava subitamente para a esquerda, segurando um puxador do armário, e logo estava debaixo da pia da cozinha, espremendo-se ao lado de baldes e produtos de limpeza, fechando a porta do armário e pressionando a bochecha no cano frio e metálico.

Silêncio debaixo da pia. Não tinha nada acontecendo lá fora, mas ele certamente a tinha visto. E certamente a tinha escutado. Ela não se mexia, não respirava e, em seu silêncio, pensou ter ouvido algo sendo derramado: um galão de leite sendo virado no carpete do corredor, *glub--glub-glub*, misturando-se com ovos quebrados, como numa receita para o bolo de aniversário do seu pai.

Minutos se passaram e ela sentiu a escuridão molhada e pesada no rosto. Encontrou uma esponja ressecada debaixo do pé, pressionou-a na testa e ela ficou grudada na pele. Juntou os joelhos e descansou o cotovelo na borda de um balde. Uma das meias dela, grossa e rosa, tinha sumido do pé. Tinha ficado no chão da sala de estar. Dentro da cabana de cobertor. Ou ali mesmo, do lado de fora da porta do armário. Talvez ela nunca soubesse.

Ouviu botas se aproximando, então um borrão de luz iluminou a fresta entre as portas do armário: uma lanterna, o círculo difuso apagando o mundo à sua volta. Quando ele se aproximou da pia, as botas pararam e sua sombra escureceu tudo. Ela conseguia ouvir a respiração dele, os músculos dela se contraíram e o triturador de lixo parecia uma pedra apoiada no seu ombro. A poucos centímetros, ela sentia a pressão dos joelhos do homem na porta do armário.

Plec. Mas a porta não abriu. Não abriu.

Em vez disso, o Homem do Martelo jogou o martelo dentro da pia e Lydia ouviu perfeitamente ao lado da orelha aço batendo em aço. Ele largou a lanterna e abriu a água quente, escaldante, e ela sentiu o cano de drenagem quente na bochecha. Mesmo quando começou a queimar, ela não se afastou. Uma onda de mofo fez seu nariz coçar. O Homem do Martelo enxaguou as mãos e passou os dedos pelo jato de água — um som de tamborilar com os dedos, como se estivesse enfiando espaguete pela borracha preta na entrada do triturador de lixo. Então ele ligou o triturador, e a ira das lâminas fez os dentes de Lydia vibrarem. Este momento — o gorgolejo de sangue, cabelo e ossos estilhaçados zunindo na sua mente — era o único momento na vida de Lydia.

Este foi, diriam alguns, o momento decisivo em sua vida.

Naquela noite, Denver brilhou com a neve. Limpa-neves saíram para as ruas. Pessoas dormiram dentro de casa.

E, no fim da manhã, Tomas teve seu próprio momento decisivo — aconteceu depois que Lydia e Carol não apareceram na biblioteca para ajudá-lo com a hora da história de sábado de manhã, como tinham planejado.

Ele leu *Onde vivem os monstros* para algumas criancinhas que mastigavam as luvas, e, quando elas se agasalharam e saíram, ele ligou para os O'Toole. Ninguém atendeu. Tomas tinha ouvido ontem no rádio que o estado deveria se preparar para outra *nevasca da feira do gado*, a onda de frio que vinha todo ano em janeiro e coincidia com a maior feira de gado do país, mas ele não esperava que seria assim. Aquilo era fora do comum. Enfim a neve tinha diminuído, mas o vento estava gelado e implacável, esculpindo montinhos no branco estéril. Nenhum carro na rua. Ninguém na biblioteca além dele. A manhã estava vazia e congelada, e Tomas estava exausto. Ultimamente ele andava no limite, e a excursão solitária até as montanhas na noite passada só piorou as coisas. Ele pegou o último ônibus para a estação de esqui de Breckenridge e só chegou ao centro da cidade quase meia-noite. Depois, com a tempestade, levou uma eternidade para conseguir um táxi para casa. Agora estava na terceira xícara de café e, mesmo assim, mal conseguia manter os olhos abertos. Mais uma vez, olhou pela janela. A camada de neve lá fora, com uns bons trinta centímetros de gelo em movimento, estava mais grossa do que ele tinha pensado. O suficiente para encerrar o expediente.

Com um sentimento de gratidão, pendurou uma placa na porta, trancou a biblioteca e foi andando até a casa dos O'Toole; dez quarteirões que pareciam vinte com os pés lutando para atravessar as ondas de neve.

Enquanto andava, viu lugares onde algumas crianças corajosas do bairro tinham feito anjos nos montes de neve ou tentado montar um boneco de neve, mas nenhum tinha durado muito. Quando Tomas finalmente chegou à casa de um andar dos O'Toole, não encontrou vivalma na frente, nem viu pegadas em lugar nenhum. Mas fazia sentido: era sábado de manhã, e Carol claramente era do tipo que gostava de ficar assistindo a desenhos animados. Ele assobiou na frente, no caminho completamente branco de acesso à garagem, e ficou surpreso por Bart O'Toole, trabalhador como era, ainda não ter limpado a neve do caminho.

Tomas subiu os degraus da varanda e espiou pelo pequeno vidro da porta. Sua visão ficou turva e ele prendeu a respiração quando viu, na parede branca do corredor, logo abaixo de um interruptor de luz de plástico, uma marca de mão manchada de sangue.

A porta da frente estava trancada, mas, em questão de segundos, Tomas deu a volta na casa e encontrou a porta dos fundos entreaberta, com flocos de neve soprados pelo chão da cozinha. Ele atravessou a cozinha, disparou pelo corredor e encontrou Carol, Bart e Dottie O'Toole empilhados no carpete ensopado do quarto de casal logo depois da porta. Para dizer que nunca tinha visto tanto sangue na vida ele precisaria ter visto sangue antes, mas não tinha visto — não assim, desse jeito. Sentiu como se engasgasse. A família parecia estar pelo avesso. Pulverizada. Ele os puxou pelos ombros e remexeu os membros, procurando em pânico pela filha. Seria capaz de qualquer coisa se...

Lydia não estava entre eles, e logo ele estava na cozinha cuspindo na pia e tentando não olhar para o martelo, vermelho e pegajoso, com a ponta para fora do triturador, como um osso quebrado. Sem pensar, pegou um pano úmido dobrado ao lado da pia, secou os lábios e o colocou de volta. Ele queria gritar por Lydia, mas lembrou que não havia nenhuma pegada na neve lá fora, o que significava que ninguém tinha saído recentemente e que quem quer que tivesse feito aquilo poderia ainda estar na casa. Então agarrou o martelo e partiu feito um furacão para o corredor e para os quartos, saltando a pilha de corpos. Havia urina no vaso sanitário e um pequeno quadrado de papel higiênico boiando, do jeito que Lydia deixava quando se esquecia de dar a descarga em casa. Ele estava se sentindo enjoado; correu pela cozinha e até desceu de um pulo os degraus para o porão inacabado. Bateu portas. Girou em círculo. E, finalmente, gritou.

"Lydia!"

Ninguém respondeu.

De volta à cozinha, ligou para a polícia e notou alguns fios de cabelo ruivo presos no v da unha do martelo. O atendente o enfureceu com sua calma e complacência, e ele estava prestes a atirar o martelo pela janela quando viu as marcas ensanguentadas das próprias botas espalhadas pelo chão, como passos de alguma dança diabólica. Ele percebeu as gotas aqui e ali, os respingos, as manchas. Fez uma pausa. O atendente disse que os policiais chegariam em no máximo dez minutos e, por favor, senhor, fique em segurança. Mas, com as ruas cobertas de neve daquele jeito, Tomas pensou que vinte minutos era uma previsão otimista.

Bateu o telefone no gancho enquanto o atendente ainda estava falando, levou a mão à boca e olhou para o corredor, onde o braço de Dottie tinha caído da pilha, rígido e escurecendo, a mão curvada numa garra. Rapidamente se virou de novo para a cozinha e, sem saber por quê, abriu a geladeira e viu uma panela de salsicha, um pote de ketchup pegajoso e soro de leite coalhado e, pelo amor de deus, pensou ele, aquilo tudo era parte da última refeição de Lydia.

Então, da pia, veio um som.

Ele girou nos calcanhares com a porta da geladeira aberta e frascos e garrafas dentro dela tilintaram feito sinos de igreja. Ele colocou um dedo em riste sobre os lábios como se pedisse que o barulho parasse. O som de um pássaro. Um choramingo bem baixinho. Curvado, com o nariz o mais perto possível do chão sem cair, ele seguiu os gemidos como se fossem migalhas de pão de contos de fada, até que pararam debaixo da pia e, no momento em que ele estendeu o braço para abrir a porta do armário, a porta do armário se abriu sozinha. Por instinto, ele ergueu o martelo, mas então Lydia saiu de lá — a frente da blusa encharcada depois de chupá-la a noite toda, o rosto e a testa cobertos de sangue — e correu para seu peito num abraço desesperado.

CAPÍTULO 9

Lydia coçou a leve cicatriz na testa enquanto ia, de cabeça baixa, para a seção infantil da Ideias Brilhantes. Carregava a bolsa de couro surrada pendurada no ombro e o exemplar de Joey de *História universal da destruição dos livros* enfiado debaixo do braço. Hoje era a folga de Lydia, mas ela chegou à loja vinte minutos antes de abrir. Gostava de passear pelas estantes enquanto ainda estava cedo e vazio assim, sentindo a promessa tranquila de todos aqueles livros à espera — hoje, porém, estava concentrada numa missão: Joey.

Quando Lydia chegou à seção infantil, sua colega Wilma, uma octogenária de língua afiada e coração enorme, estava no meio da alcova de livros ilustrados, usando, como sempre, calça azul-marinho, blusa de crochê de gola rulê e óculos de brilho perolado. A alcova ainda estava bagunçada por causa do coquetel da noite anterior, e Wilma se achava no meio dela segurando um livro de papelão de sessenta centímetros de altura que tinha olhos esbugalhados, braços peludos, luzes, campainhas, sinos e tentáculos de borracha que balançavam em direção aos sapatos dela feito molas malucas.

— Wilma?

— Em que mundo isso é um *livro*? — perguntou ela, com a boca contraída como se tivesse pelo de gato na língua. — Como é que se lê *isso* para uma criança?

— Acho que ele se lê sozinho — respondeu Lydia.

— Lá se vai a humanidade — disse Wilma, então se virou para uma prateleira de bichos de pelúcia e deu um tapa num macaco de meia, jogando-o longe, só porque teve vontade.

— Você sabe alguma coisa sobre isso aqui? — perguntou Lydia, entregando a Wilma o exemplar de *História universal da destruição dos livros*, mas apontando para a etiqueta na quarta capa.

Wilma ergueu os óculos e semicerrou os olhos para ler a etiqueta, depois virou o livro e olhou para a capa.

— Obviamente foi etiquetado errado — disse ela. — Está tudo bem?

— Antes de virar vendedora de livros, Wilma passou décadas trabalhando como bibliotecária de uma escola primária, e algo no jeito dela de baixar a voz e virar a cabeça fazia com que Lydia se sentisse uma criança machucada.

— Para ser sincera, eu não sei — respondeu Lydia.

Wilma assentiu e conduziu Lydia pelo antebraço até o espaço de livros para pais, depois pegou um livro com a foto de uma cama desarrumada na capa. Numa fonte séria, lia-se *Almanaque do xixi na cama*: folclore, lendas urbanas e tratamentos ao redor do mundo. Estava sem a etiqueta, de fato, mas nenhuma das suas páginas havia sido cortada e ele estava em perfeitas condições. Na verdade, além da fonte ser um pouco maior que o normal, nada nele parecia se destacar.

— Aquele seu namorado faz xixi na cama? — perguntou Wilma, indicando o livro.

— Só quando está bêbado.

Wilma sorriu, depois ficou séria.

— Tem a ver com o Joey, não é?

Lydia assentiu e Wilma gentilmente a conduziu até a cadeira de balanço perto dos livros pop-up. O lugar preferido de Joey.

— No começo eu não gostava desse garoto, o Joey — disse Wilma, batendo os dedos frágeis feito papel na prateleira de contos de fadas, ao lado delas. — Ele vinha aqui e monopolizava a cadeira de balanço enquanto as mães davam de mamar para os bebês em pé. Eu achava que ele era sem noção, talvez um pouco sinistro. Nem sei quantas vezes cheguei aqui e o peguei sentado naquele mesmo lugar, balançando para a frente e para trás, encarando as criancinhas por cima do livro. Assustador, né?

— É, acho que sim — disse Lydia. — Mas o Joey não era do tipo assustador, na verdade...

— Mas aí eu percebi uma coisa — continuou Wilma, interrompendo Lydia com um dedo erguido o mínimo possível. — Sabe o que dá para ver sentado daquela cadeira? *Tudo.* Pelo menos tudo da seção infantil. E sabe quando o Joey mais ficava ali? Nos sábados de manhã. Você sabe como é esse lugar no sábado de manhã?

— Uma zona.

— O horário mais movimentado da semana. — Wilma apontou para o par de livros no colo de Lydia. — O horário mais *improvável* de ele conseguir ler qualquer coisa.

— Não estou entendendo.

— Ele não vinha aqui observar as crianças, Lydia, nem vinha para ler. Ele vinha aqui observar as *famílias*. Por algum motivo, ele gostava de observar as mães, os pais e as crianças interagindo. É uma coisa bonita de se ver, de verdade. Ajuda a se manter jovem. A maioria das pessoas nem se dá conta disso até virar um maracujá de gaveta que nem eu.

— Isso é bem a cara do Joey mesmo.

— Depois que percebi isso — disse Wilma —, eu me senti mal por julgá-lo. Aquele garoto tinha um buraco enorme no coração. E ele se sentava ali para tentar preenchê-lo.

Lydia engoliu em seco e, quando se levantou da cadeira, ela balançou de volta, para a frente, e a acertou na parte de trás dos joelhos.

— Você não tem visto o Lyle, tem? — perguntou ela.

— Agora que você mencionou — disse Wilma —, não, não tenho visto. Não desde a morte do Joey.

— Me avisa se ele aparecer, por favor? — disse Lydia, e levantou o livro do xixi na cama. — E obrigada por isso aqui. Devolvo em alguns dias.

— Sem pressa — disse Wilma, afastando-se. — Não é o nosso livro mais vendido.

Lydia não se apressou mesmo; ficou na alcova de livros para pais estudando os dois livros lado a lado, tentando descobrir por que Joey havia etiquetado um com o outro. Até onde conseguia ver, eles não tinham nada em comum, exceto que, em algum momento, ambos passaram pelas mãos de Joey. Ela estremeceu e desistiu. Quando saiu da seção infantil, com os dois livros debaixo do braço, Wilma estava ajoelhada numa almofada, sozinha, lendo um livro ilustrado, secando o nariz com um lenço de papel.

Aquele garoto tinha um buraco enorme no coração, disse ela, e, se havia alguém capaz de medir a profundidade desse buraco — se havia alguém capaz de deixar cair uma pedrinha em seu poço e escutar o *ploft* —, esse alguém era Wilma.

No calçadão a poucos quarteirões da Ideias Brilhantes, Lydia se sentou sozinha num banco. A manhã estava fria mas ensolarada, esculpida com as sombras duras da 16th Street.

Ela deixou o café e os dois livros ao lado no banco e pegou uma caixinha de passas do bolso do casaco. Com toda a delicadeza do mundo, colocava os dedos na caixinha, levava uma passa por vez à boca e mastigava. Enquanto beliscava, analisou a caixa vermelha até que os sons do trânsito desaparecessem. A mulher impressa na caixa das passas estava como sempre: jovem e radiante, usando um toucado vermelho na cabeça e segurando uma porção generosa de uvas na frente de um sol amarelo gigante. Pega, mastiga, engole, Lydia era criança de novo. Passas! Como pôde se esquecer das passas? De como as sementes miúdas ficavam presas nos dentes. De como se sentia quando seus dedos eram pequenos e...

Uma sombra cruzou suas pálpebras. Um caminhão de entregas passou com um zumbido. Um homem parou ao lado do banco.

— É você mesmo? — disse o homem. O sol brilhava atrás dele, e Lydia teve dificuldade para ver seu rosto.

— Hein?

— Você é a Lydia, não é? Claro que é! Meu deus. Oi.

Ele se aproximou um passo dela, e Lydia quase se esquivou. Por um segundo, achou que ele tivesse algo na mão, mas era só a mão.

— Quem você pensa que é? — reclamou ela, mas ainda tinha passas na boca e, como de costume, soou mais tímida que irritada.

— Isso deve parecer estranho — disse ele, recuando. — Aparecer assim, do nada.

Os olhos de Lydia estavam se ajustando à silhueta dele ao sol, e logo seus traços ficaram evidentes. A pele dele tinha um tom intenso e marrom, os cabelos pretos estavam limpos e bagunçados, e o castanho dos seus olhos era tão castanho, e o branco tão branco, que ela tinha a impressão de estar olhando para o negativo de uma foto. Ele usava um blazer de camurça, calça jeans rasgada, cinto bordado. Era um pouco gordinho, mas de postura firme, confiante — irritante.

— Lydia? Você não está mesmo me reconhecendo? Little Flower?

Agora ela o reconhecia.

— Ai, meu deus — exclamou ela e deu um leve suspiro quando pensou naquele homem, ainda menino, de macacão com fivela e olhando para ela com adoração. — *Raj?*

Ele abriu os braços e Lydia, depois de hesitar assustada, se levantou e o abraçou.

— Olha só para nós — disse ele —, os dois vivos.

Lydia deu um passo atrás e pôs a mão na nuca. Seu impulso foi correr pela calçada tão rápido quanto seus pés estabanados conseguissem, mas, em algum lugar lá no fundo, sentiu uma luzinha brilhante e foi recebida com uma imagem simples dos dois quando crianças, sentados no carpete na biblioteca do seu pai, um de costas para o outro, cercados por livros.

Ela quase sorriu.

— Não acredito que você está aqui, Raj. Porque faz, tipo...

— Tipo vinte anos.

— Uau. Vinte? Nossa. — Ela assentiu no frio, depois pegou o café e colocou os livros no colo. — E aí? Senta aqui comigo. Isso, senta logo.

Ficaram ambos sentados no banco de madeira. Um pombo passou voando na rua.

— Eu vi a sua foto no jornal — disse Raj.

— Você não foi o único — respondeu ela. — Você sabe que foi, tipo, duas semanas atrás.

— Para ser sincero, levei esse tempo todo para criar coragem de vir aqui. — Ele indicou com a cabeça a direção da livraria, poucos quarteirões a oeste dali. — Não esperava encontrar você no caminho.

— Eu costumo sentar aqui.

— Sorte a minha — disse ele. Seus dentes ainda reluziam, exatamente como quando eram crianças, e seu cabelo ainda era todo desgrenhado, e sua pele ainda brilhava. — Eu nem sabia se você queria me ver de novo. Caso contrário, você teria...

— Caso contrário, eu teria procurado você quando me mudei de volta para cá? Não foi de propósito, Raj, de verdade.

— Não precisa se explicar, Lydia. A gente tem bastante bagagem.

— É — disse ela, sorrindo —, verdade.

— E bem pesada — disse ele. — Especialmente *você* — acrescentou, e delicadamente fechou os olhos. — Foi mal. Essa não deve ser a melhor coisa a dizer.

— Só porque é verdade — disse ela e deu um soquinho leve no braço dele.

— Acho então que vejo você daqui a mais vinte anos.

Ambos sorriam agora, não conseguiam evitar. Lydia surpreendeu a si mesma ao pegar a mão de Raj. Não disse nada, ele também não, mas depois de um minuto Raj se soltou e deslizou para sua metade do banco.

— Então, faz quanto tempo que você voltou?

— Para Denver? Nossa, uns seis anos?

— E esse tempo todo eu achei que você estivesse se escondendo nas montanhas — disse ele. — Endereço desconhecido.

— Por muito tempo eu estava mesmo.

— Um dia, apareceu uma placa de VENDE-SE no seu gramado e lá se foi a minha amiga Lydia.

— O plano era manter contato — disse ela —, mas aí... você sabe.

— Eu sei.

— Eu tentei.

— Eu sei.

E Lydia estava sendo sincera: quando ela e o pai fugiram de Denver no meio da quarta série para a pequena cidade de Rio Vista, Colorado, ela fez o possível para escrever cartas para Raj, mesmo que só para ele saber que ela estava viva, em segurança e com saudade da amizade dele. Ela passava mais tempo decorando as margens das cartas com flores e criaturas da floresta do que com os detalhes sombrios do seu dia a dia. Seu pai sempre lia e rasurava suas cartas cuidadosamente antes de dirigir até cidades distantes — Salida, Gunnison, Leadville — e postá-las sem um endereço de remetente. Como ninguém podia saber onde eles se instalaram, Raj nunca teve a opção de escrever uma resposta.

Por fim, como era de esperar, ela parou de escrever.

Lydia olhou para os blocos de granito cinza e rosa da calçada, dispostos de forma que lembravam as escamas de uma cascavel rastejando pelo centro da cidade. Silêncio entre eles. Ela esticou o braço e deu uma sacudidinha no pulso dele.

— É bom ver você de novo — disse ela. — De verdade.

— Sinto muito pelas circunstâncias — disse ele. — Mas estou morrendo de curiosidade de saber o que houve com o seu nome. A legenda no jornal acertou a parte do "Lydia". Mas "Lydia Smith"? O que aconteceu com o "Gladwell"? Você se casou? Me deixa ver as suas mãos de novo. Não estou vendo aliança.

— Meu pai trocou o nosso sobrenome quando a gente se mudou. Era para sermos anônimos.

— Então você não está casada.

— Hunf — disse ela. — Não.

— Isso me surpreende um pouco — disse ele, depois cruzou as pernas e puxou um fio meio solto da bainha da calça.

— Mas sou comprometida — completou ela, embora tenha soado como uma pergunta.

Raj se agitou no banco.

— Ele nunca foi pego, né? — perguntou ele.

Lydia encarou os manequins com roupas de estampa de losango e as pipas com desenhos de arco-íris na vitrine em frente e uma jovem de cabeça raspada que andava na calçada carregando o violão no ombro.

— Raj — disse ela —, eu prefiro não tocar nesse assunto.

— É coisa do passado mesmo.

Ela achou que devia dizer mais alguma coisa, mas sentiu de repente um nó na garganta e as familiares ondas de desconforto subindo e descendo a espinha, que vinham junto com a maioria das suas lembranças de infância. Pensou em pedir a ele que não comentasse sobre o seu passado com ninguém, mas bastou olhar nos olhos dele — um castanho--escuro suave como vidro marinho, gentil e cauteloso como sempre — e ela soube que seu passado sempre estaria seguro com Raj.

Ela respirou fundo.

— E você, Raj? O que anda fazendo?

Ele deu de ombros e apontou vagamente para a Union Station.

— Eu moro ali em cima de um bar, aquele lugar que está em obras, sabe? E sou caixa numa copiadora, mas acho que estou tentando ser designer gráfico. — Ele abriu a carteira, tirou um cartão e entregou para ela. — Eu falo que é a minha própria empresa — disse ele —, mas na verdade é qualquer trabalho que eu filo no balcão da copiadora.

Lydia analisou o cartão.

— E o seu pai? — acrescentou Raj. — Ele está...

— Louco? — disse ela. — Nossa, e como.

— Eles só ficam mais malucos com a idade, né?

— *Ele* ficou, com certeza.

— O meu também — disse Raj. — Os dois. Então, me conta.

— A gente não está se falando — disse ela. — Meu pai e eu, acho que a gente... Como eu posso dizer? Já deu o que tinha que dar.

— Sério? Porque o seu pai era tão...

— Foi mal — disse ela —, acabei de me dar conta. — Ela se levantou espontaneamente e pegou o café, depois catou os livros de Joey, como se representassem algum negócio sério. — Preciso resolver umas coisas. Do trabalho.

Raj também se levantou e enfiou as mãos nos bolsos, e, por um instante, pareceu de novo aquele menino taciturno e inteligente, e, na luz certa, era facilmente tão bonito quanto David.

— Mas a gente pode combinar outra hora? — acrescentou ela.

— Claro — respondeu ele. — Estou vendo que você toma café. Podemos fazer isso juntos.

— Sim — disse ela —, vamos fazer isso. Em breve.

Quando estava a uns bons vinte metros de distância, ela o ouviu gritar.

— Meu número está no cartão!

Ela girou e fez um joinha no alto para ele, e duas mulheres que passavam usando casacos de esqui e batom brilhantes olharam para ela como se estivesse bêbada.

Lydia não planejava voltar para a livraria, assim como não planejava fugir de Raj, mas, agora que seguia na direção da Ideias Brilhantes, sentiu uma mistura inesperada de clareza e inquietação. Precisava encerrar esse assunto de Joey, decidiu, e lavar as mãos da morte dele. Devolveria o *Almanaque do xixi na cama* ao lugar na estante de livros de cuidado parental e pensaria seriamente em doar o engradado com os livros retalhados de Joey para um sebo. Enquanto se dirigia à Ideias Brilhantes, sentiu os passos se alargando, colocou a bolsa de volta no ombro e segurou os livros de Joey juntos na palma da mão.

Almanaque do xixi na cama. História universal da destruição dos livros.

Ela passava tanto tempo carregando livros escada acima e abaixo na loja que ficou satisfeita em ver como esses dois se encaixavam bem na mão. Eram *confortáveis*, fáceis de carregar, sem ficar desajeitados ou escorregando um do outro, quase como duas peças de Lego...

Lydia parou de repente no meio da calçada. Um homem de rabo de cavalo correndo com um carrinho de bebê bufou e se desviou dela. Lydia murmurou um pedido de desculpa, mas seu foco já estava nos livros que segurava.

Olhou para os livros lado a lado, lombada com lombada, quarta capa com quarta capa.

História universal da destruição dos livros. Almanaque do xixi na cama.

Pressionou os livros um sobre o outro. Eles não tinham mais ou menos o mesmo tamanho, tinham *exatamente* o mesmo tamanho. Sem bordas, sem excedente, nenhuma diferença além das palavras.

Tá, Joey. Palavras.
Últimas palavras?
Palavras perdidas?
Palavras. Palavras. Palavras...
Faço os códices falarem.

Ali na calçada ela abriu o *História universal* na primeira página recortada — página 128 — e abriu *Almanaque do xixi na cama* também na página 128, que estava completamente intacta. Foi um processo chato — dobrar o livro da página recortada completamente para trás sem danificar a lombada —, mas, quando ela os encaixou e os alinhou perfeitamente um em cima do outro, página 128 com página 128, as pequenas janelas recortadas agora estavam preenchidas pelas palavras e letras do livro de trás. Um encaixe perfeito.

Uma chave encontrando sua fechadura. Uma mensagem do túmulo:

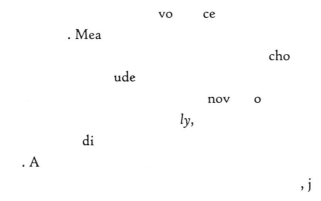

CAPÍTULO 10

As habilidades de Lydia como vendedora de livros vinham em grande parte, acreditava ela, da sua capacidade de ouvir. Um caso agudo de bibliofilia sem dúvida ajudou, assim como poucas necessidades financeiras, mas foi a capacidade de educadamente ser alugada por outras pessoas que de fato selou seu destino profissional. Fosse em pontos de ônibus, festas, ou pelos andares da loja, Lydia era o modelo de boa ouvinte, uma interlocutora disponível a todos ao redor. Estranhos, conhecidos e o ocasional amigo desabafando de hora em hora — adicione um pouco de álcool e passa a ser de cinco em cinco minutos —, e as principais contribuições de Lydia para a conversa consistiam em ocasionais "Pois é" ou "Humm" ou "Ótimo" ou "Caramba" ou "Ai" ou "Eita" ou "Uau".

A voz do desabafo da vez era de Pedro, um BookFrog de meia-idade afetuoso que usava suspensórios vermelhos e tênis brancos, que encurralou Lydia vinte minutos atrás perto do vaso de fícus na seção de ficção. Pedro não conseguia ficar parado enquanto falava, então, durante todo o falatório, ele foi podando a árvore com a mão, deixando cair uma folha por vez no piso de madeira, como que para enfatizar seus argumentos. Falava dos seus autores de ficção científica preferidos, explicando os mundos que eles criaram nos mínimos detalhes para que Lydia imaginasse plantas de naves espaciais, e ela escutava educadamente — "Pois é", disse ela, e "Humm" e "Ótimo" e "Caramba" e "Ai" e "Eita" e "Uau" —, não tão interessada nos mundos em si, mas no fato de Pedro estar tão perdido em seu êxtase que não conseguia parar de compartilhar detalhes sobre eles.

Enquanto isso, Lydia assentia, admirando a predileção dele pelos detalhes e achando fofo ele não estar dando em cima dela; e, provavelmente, mais que qualquer coisa, sentindo-se grata por poder se concentrar em algo além da mensagem que ela tinha descoberto no dia anterior nos livros de Joey — "Você me achou de novo, Lydia" — e algumas outras mensagens que conseguiu decodificar hoje cedo antes do trabalho.

Tinha ficado apavorada com as palavras de Joey, por isso a lenga-lenga de Pedro era uma distração que a acalmava. Enquanto se preparava para ouvir sobre outro mundo de ficção científica, ela passou os olhos pela livraria e viu Lyle descendo as escadas, bebericando chá num copo descartável.

— Só um segundinho! — disse a Pedro. — Lyle!

Quando o alcançou, Lyle já estava folheando o *Times* de domingo numa mesa bamba na cafeteria.

Ela desabou na cadeira de madeira diante dele. Lyle ajeitou os óculos no alto do nariz.

— Lydia — disse ele com calma, com um sotaque brâmane afetado: *Lid-ii-ááá*. — Gostaria de me fazer companhia?

A primeira vez que Lydia viu Lyle, seis anos atrás, achou que ele fosse algum tipo de artista, ou pelo menos que tivesse vindo de Nova York, porque o jeito como se vestia se encaixava perfeitamente no perfil: cabelos grisalhos desgrenhados, óculos meia-lua, casaco preto de marinheiro, calça de sarja pescador, camisa xadrez abotoada até o pescoço e sapatos oxford marrom e branco. Tranquilamente na casa dos sessenta, Lyle era mais velho que a maioria dos BookFrogs, e Lydia achava que, em algum momento, ele podia até ter levado uma vida convencional. Tinha ouvido pela rádio corredor da Ideias Brilhantes — uma fonte bem pouco confiável, na verdade — que ele era rico e independente e que, antes da existência como BookFrog, passou uma década numa clínica perto de Aspen que Plath chamou de "metade hospício, metade estação de esqui".

Dado o tempo que Lyle e Joey costumavam passar juntos, o fato de Lyle não estar com o amigo na noite do seu suicídio era completamente bizarro, uma anomalia estatística. Igualmente estranho era o fato de

Lyle, que passava tanto tempo na Ideias Brilhantes quanto qualquer outro BookFrog, ter deixado a livraria por volta do dia da morte de Joey e não ter voltado desde então. Por duas semanas, Lydia prestou mais atenção à ausência dele do que à presença de qualquer outra pessoa. Em cada seção, cada corredor, cada sofá, faltava a silhueta de Lyle.

— Lyle, onde raios você se meteu? — perguntou ela com a voz carregada de urgência. — O que aconteceu com você?

Lyle olhou por cima dos óculos e para baixo da ponta do nariz, parecendo estar meio confuso, meio indignado.

— *O que aconteceu?* — disse ele. — Meu melhor amigo se matou ali em cima, foi isso *o que aconteceu*. Estive providenciando a cremação dele. A cremação de *Joey*. Quem você achou que ia cuidar de tudo? O Rotary Club? Os pais de classe média e a família de irmãos lamentando por ele? Ele não tinha ninguém, Lydia. Só *a mim*.

— Claro — disse ela. — Sinto muito.

— Você devia sentir mesmo.

Ela sentia. Com tantos pensamentos ziguezagueando na cabeça ultimamente, Lydia acabou se esquecendo do destino do corpo de Joey. Claro que alguém precisaria cuidar do velório. Além disso, não lhe ocorreu que voltar à livraria devia ser muito doloroso para Lyle.

— Ele não tinha ninguém mesmo?

— Ele tinha a mim e a você. Fora isso, era sozinho no mundo — disse Lyle, cruzando as pernas e se recostando na cadeira. — Por falar nisso, se quiser prestar alguma homenagem, ele está no zoológico.

— No zoológico. Tipo, *no* zoológico?

— Joey gostava de passear pelo zoológico nos dias livres. Eu não sabia mais onde colocá-lo. Pensei em deixá-lo em alguma prateleira aqui no andar de cima, com Flannery O'Connor, John Fante, ou Arthur Rimbaud. Mas imaginei que devia ter alguma norma proibindo deixar corpos aqui.

— Provavelmente.

— Então coloquei as cinzas dele numa bolsa de viagem, fiz um buraquinho no fundo e andei pelo zoológico todo. Mas o buraco não era grande o suficiente, então ficaram uns *pedacinhos* minúsculos na bolsa. Eu os sacudi na grama. Mas aí todos os gansos acharam que ele era migalha de pão e começaram a me atacar. A forma como o engoliram foi horripilante, Lydia. Um frenesi. Joey teria abominado toda aquela atenção.

— Imagino que sim.

— Procurei abutres no céu — disse Lyle, olhando dramaticamente para as vigas lascadas acima. — Havia crianças por todo lado. Balões de animais e chocolate quente. E lá estava eu, desovando Joey. *Joey.* Ah, se as monitoras soubessem.

— Mas me diz por que você não estava com o Joey naquela noite — disse ela, e só quando as palavras saíram da sua boca foi que ela percebeu o quanto soava triste e desesperada. — Você estava *sempre* com ele, Lyle, então por que não naquela hora?

Lyle a encarou em silêncio. Sem o menor constrangimento, colocou um comprimido na língua e o engoliu com um gole de chá verde. Ergueu do copo o saquinho de chá, enrolou-o num guardanapo, colocou-o no bolso do casaco e o abotoou, para ser reutilizado depois. Secou a ponta dos dedos com um lenço de pano que depois dobrou e guardou no bolso da camisa.

— Você já parou para observar com atenção as pessoas aqui? — perguntou ele. — O jeito como a maioria delas olha os livros, é como se elas tivessem entrado num templo ou numa igreja. Não olham como olhariam para cabides na arara de liquidação, nem jogam num carrinho como se fosse uma lata de milho. Não, aqui elas *vagam*. Até soa lento: *vagar*. O coração bate mais devagar. O tempo desaparece. Pessoas com pé no chão voltam a ser sonhadoras. Elas brincam de estátua no chão, roem as unhas, puxam as abas de livros pop-up.

— Por que você está me contando isso, Lyle?

— Joey adorava vir aqui — respondeu ele. — *Adorava*. Este lugar lhe deu algo sagrado. Deu um pouco de paz à mente dele. Era sua mesa de Ação de Graças. Seu forte feito na sala de casa com lençóis e almofadas. Ele poderia se perder aqui como em nenhum outro lugar do mundo. Eu estou lhe dizendo isso, Lydia, porque, em toda a sua vida, ele nunca sentiu isso, pelo menos não de forma consistente. Não quero exagerar, mas esta loja foi a coisa mais próxima de uma casa que Joey já teve.

— Ele não tinha ninguém mesmo?

— Como eu disse, tinha a mim e a você. É difícil imaginar como um garoto como *aquele* foi descartado de um jeito tão terrível, mas foi isso o que aconteceu. Joey era um daqueles rapazes brilhantes e problemáticos que nunca foram nada além de pessoas tuteladas pelo Estado. Não tenho certeza se ele sabia dos detalhes, mas parece que desde que era bebê morou numa casa grande e decrépita da zona norte, em algum lugar para lá do Federal Boulevard, e tinha seis ou sete irmãos de várias idades e origens, e todos foram adotados por esse mesmo casal mais velho... guatemalteco, acho, ou salvadorenho... que nunca teve filhos. Sr. e Sra. Molina.

Lydia se lembrou do certificado pendurado na parede do banheiro de Joey, a única vez que viu seu sobrenome: *Joseph Edward Molina*.

— Joey se lembrava muito pouco deles porque ele era muito novo, mas comentou sobre as várias refeições feitas no quintal, se amontoar num sofá com os irmãos e as irmãs e ouvir o pai tocar trompete e ler histórias bíblicas. Joey disse que se lembrava de ser uma criança feliz, mas que a felicidade durou muito pouco. Quando tinha talvez 3 ou 4 anos, o seu pai morreu de repente. Joey nunca soube bem a história toda, só que, depois que o seu pai se foi, ficou impossível para a mãe manter todas aquelas crianças. Financeiramente, suponho. Então *todas* elas voltaram aos cuidados do Estado, espalhadas por aí que nem lixo, sabe, e essa foi a experiência de família que Joey teve. Depois disso, ele passou de família de acolhimento, orfanato ou reformatório para outro. Não sei por que ninguém mais se propôs a acolhê-lo. Talvez fosse uma criança difícil, ou talvez simplesmente não fosse um recém-nascido branquinho, que aparentemente sai feito água no mercado de adoção, infelizmente. Seja qual for o motivo, depois desses primeiros anos, ele ficou desamparado. Imagine se a sua única ligação com a família, as suas únicas lembranças do que chamamos de *lar* durassem tanto quanto o período pré-escolar. É trágico.

Lydia estava usando um pingente de prata da peça de cachorro de Monopoly que David lhe deu depois que decidiram aguardar alguns anos para pegar um cachorro, e, enquanto Lyle falava, ela puxava o pingente nervosamente para cima e para baixo na corrente. Lyle continuou:

— Quando o conheci, a maior parte do estrago estava feito. Acho que foi há oito anos ou mais, quando Joey tinha talvez 12 anos, e eu o via de vez em quando naquela velha livraria bolorenta perto da basílica na Colfax. Quando eu tentava dizer oi, ele me ignorava. Não era o adolescente mais sociável, mas nasceu para ler. Em geral, ele preferia pequenas livrarias à biblioteca pública, talvez para evitar encontrar inspetores que o pegariam fora da escola, ou talvez simplesmente porque gostava do ambiente. Nossos caminhos se cruzavam algumas vezes por semana, e percebi que toda vez, pouco antes de sair, ele devolvia à prateleira o livro que estava lendo, puxava uma caneta permanente preta do bolso e escrevia algo pequeno nas costas da mão. Depois de vê-lo fazer isso algumas vezes, perguntei o que estava escrevendo; talvez por já me reconhecer àquela altura, ele levantou a mão e mostrou. Tinha uma série de numerozinhos anotados em preto na pele das costas da mão, uma ou duas dezenas de números, a maioria sumindo, mas alguns novos e escuros, e os números se dividiam em quatro ou cinco colunas simétricas com uma ou duas letras no topo. Achei que tinha a ver com loteria, ou numerologia, ou alguma sequência de Fibonacci, o tipo de saber matemático que eu depois associaria às maravilhosas peculiaridades de Joey. Mas, lamentavelmente, era muito mais mundano e muito mais triste: ele usava a caneta para anotar a página em que tinha parado, para saber de onde retomar quando voltasse à livraria. As colunas marcavam as diferentes livrarias que visitava, ou possivelmente os diferentes livros que estava lendo. Talvez os dois. Não lembro. O que lembro é que Joey não tinha dinheiro para comprar livro, nem mesmo usado. Um dólar? Dois dólares? Quatro? O menino não tinha *nada*.

Lyle olhou para a parede de tijolos aparentes que ladeava a mesa deles.

— Foi quando você... começou?

— A ajudá-lo? É, acho que sim. Ele saiu da livraria naquele dia e eu comprei o livro que ele estava lendo... *Crime e castigo*, creio eu... e fui atrás dele pela rua para lhe entregar. Joey ficou parado no lugar por muito tempo, com as mãos nos bolsos do casaco de moletom preto, olhando para mim de dentro do capuz com aqueles olhos verdes loucos dele, recusando-se a pegar o livro, como se ele fosse ser sufocado por qualquer segunda intenção que eu pudesse ter. Claro que não havia segunda intenção nenhuma, mas ele obviamente teve dificuldade para confiar em mim. Então coloquei o livro na calçada, aos pés dele, e fui embora. Quando o vi de novo alguns dias depois, lendo outro livro na livraria... *A metamorfose*, se não me engano... ele não exatamente agradeceu, mas sorriu para mim, ou pelo menos mostrou um dente ou dois. Depois disso, comecei a vê-lo pela cidade. Supus que frequentasse alguma escola, mas não tinha certeza. Uma vez o ajudei na biblioteca, ele estava tendo alguma dificuldade para conseguir se cadastrar, por causa da idade ou do endereço ou algo assim... Talvez só não tivesse algum documento. Às vezes, na primavera, eu o via fumando perto do lago do City Park, e de vez em quando eu comprava um livro para ele ou, se ele não estivesse bêbado ou chapado, colocava cinco dólares na mão dele para o almoço, ou só perguntava se precisava de alguma coisa. Nós conversávamos um pouco naquela época, em geral sobre o que ele estava lendo, mas, na maioria das vezes, ficávamos juntos em silêncio, lado a lado, ou perambulando pelas ruas com um destino meia-boca em mente. Uma casquinha de sorvete, uma tigela de chili, ou um par de meias de inverno. Por um tempo, achei que Joey tivesse síndrome de Tourette ou algum tipo de tique involuntário, porque, de vez em quando, ele tinha uns leves *rompantes* de gemidos que pareciam quase um relincho. No início eu os ignorava, sabe, ou perguntava casualmente se já tinha procurado um posto de saúde para ver aquilo, ou se tinha algum remédio prescrito que eu pudesse ajudar a comprar, e aí um dia eu percebi, completamente envergonhado, que, quando ele fazia aquele som, ele estava *chorando*. Aquilo era um jeito de disfarçar o choro, de fazer parecer nasal, ou uma tosse abafada, mas eram lágrimas.

— Eu sei de que som você está falando — disse Lydia, pensando nas vezes que ouviu aquilo enquanto passava por Joey, largado numa cadeira, com o rosto enterrado num livro.

— Enfim, apesar das mais de quatro décadas de diferença, começamos a passar mais tempo juntos. Ele parecia estar sempre entre diferentes lares comunitários, pegando um ônibus aqui ou andando até ali, em diferentes partes da cidade. Às vezes eu não o via por uma ou duas semanas, mas, quando o encontrava, ele vinha direto falar comigo e me atualizar sobre seus achados recentes. O garoto bebia demais, e eu sabia que às vezes ele tentava se dar bem aqui ou ali, conseguir um trago disso ou daquilo, mas me respeitava o suficiente para não me envolver em nada disso. Então, um dia, ele simplesmente desapareceu. Eu visitei todos os refúgios dele, mas o garoto tinha *sumido*, e percebi que não havia ninguém a quem pudesse perguntar. Eu não sabia onde ele morava, nem se ia à escola, a quem devia satisfações, se é que havia alguém, e me ocorreu que, se *eu* sabia tão pouco sobre ele, se ele podia desaparecer assim para *mim*, imagine como era inexistente para o resto do mundo. Isso partiu meu coração, Lydia. Ele podia estar boiando no rio Platte ou agonizando num beco em Five Points. Eu prometi a mim mesmo que, se voltasse a vê-lo, cuidaria melhor dele. Tentaria dar um pouco de autoestima para o garoto, sabe? Enfim, não o vi por muito, muito tempo.

— Uns dois anos, imagino — disse Lydia.

Lyle assentiu.

— Pouco mais. Então ele contou da prisão.

— Contou.

— Ele não era uma pessoa violenta — disse Lyle, meio na defensiva.

— Eu sei.

— Ele cometeu um erro — disse Lyle, arqueando as sobrancelhas — e aprendeu com isso.

— Eu sei, Lyle.

Lyle cerrou o punho. Levou um tempo para se recompor.

— Joey me encontrou uma semana depois de sair da prisão. A primeira coisa que fez foi pedir, daquele jeito estranho dele, que lhe comprasse um terno. Um terno! Eu pensei: ótimo! Supus que fosse para entrevistas de emprego ou da condicional, mas nunca o vi de terno. Fiquei tão feliz por ele não estar morto numa caçamba qualquer que respeitei o espaço dele, mas fiz questão de estar presente. Ele não conversou comigo sobre o período atrás das grades, mas saiu de lá com uma nova lista de autores preferidos. Parecia ter crescido um pouco. Estava mais esperançoso, com certeza. Conversou mais que nunca comigo, o que me fez pensar que deve ter sido corroído por toda aquela solidão da prisão, por toda aquela autodefesa silenciosa. Ele passou até a me acompanhar nas minhas caminhadas diárias. Pensei em apresentá-lo à Ideias Brilhantes, mas no fim das contas ele já a tinha descoberto sozinho. Pensei que, se eu lhe comprasse livros, ele se manteria ocupado e teria menos chances de beber um frasco de xarope para tosse ou soltar blocos de concreto na rodovia. Ou...

— Eu sei, Lyle.

— Ou se enforcar.

— Eu sei.

Lydia esperou que ele continuasse, mas Lyle apenas bebericou seu chá e folheou o jornal, como se estivesse tentando se livrar dessas duas palavras: *se enforcar.*

— O que aconteceu naquela noite, Lyle?

Lyle enfiou a mão no bolso do casaco e jogou o conteúdo dele na mesa. Uma bandeira dos Estados Unidos num palito de dentes. Um charuto pela metade. Uma única carta de baralho erótico com uma mulher pelada. Uma pastilha para tosse embrulhada no papel. Ele desembrulhou a pastilha para tosse e a colocou na boca, depois enfim olhou para Lydia.

— Você não tem culpa pela morte dele — disse ela. — Espero que não pense que tem.

— Joey foi horrível comigo — disse Lyle.

— Naquele dia?

— Ele estava sendo tão grosso. Ninguém nunca foi tão cruel comigo desde que eu era criança. Ele foi mais cruel que o idiota no parque que arrancou meu brinco e abriu o lóbulo da minha orelha por eu ser uma *bicha.* Joey nunca tão foi cruel assim. Não quero me lembrar dele desse jeito.

— Me conta.

Lyle começou a tossir.

— Ele estava para baixo tinha umas semanas. Eu estava achando que o tinha irritado de alguma forma. Tentei falar com ele, mas ele nem me dava bola. E aí veio aquela manhã.

— O que aconteceu?

— Naquela manhã, a coisa ficou *feia*. Eu me cansei de como ele estava me tratando, então fui até o lar comunitário dele, me preparando para confrontá-lo, e, quando ele saiu andando para o centro da cidade, fui bem ao lado dele. Quando ele me afastou, eu não recuei. Ele costumava ser um cara silencioso e sonhador, e tudo bem, mas naquele dia ele estava meio que reclamando e murmurando, chiando para as pessoas e os carros que passavam, e parecendo... Como posso dizer? *Indecifrável.* Tá, tudo bem. Alguma coisa estava acontecendo com ele, como acontece com todos nós às vezes, e eu era um amigo, então ficaria ao lado dele, porque é isso que se faz. Mas então, quando chegamos aqui, na Ideias Brilhantes... Eu não quero mesmo contar isso para você.

— Eu o encontrei enforcado, Lyle.

— Quando chegamos aqui — disse ele —, Joey estava usando aquele casaco de moletom preto e largo que sempre usava, e o levantou e começou a tirar livros de baixo da camisa, da cintura. Cinco ou seis livros, pelo menos. Eu pensei... Lydia, eu pensei que Joey estivesse *roubando* livros. Só que ele os *tirava* das roupas e os deixava nos sofás, nas prateleiras, meio que os espalhando pela loja, como se estivesse *devolvendo* os livros. Como se estivesse *plantando* os livros aqui. Eu não sabia o que ele estava tramando, mas estava furioso com tanta coisa... Se ele estava devolvendo, isso queria dizer que, em algum momento, ele os havia roubado, certo? O que queria dizer que estava traindo esse lugar que tanto amamos. E me traindo também, porque ele sabia muito bem que eu compraria os livros para ele, era só pedir. E, claro, havia o risco de ele voltar para a prisão por uma estupidez. Eu fiquei muito chateado, Lydia. Muito chateado. Eu o levei até o beco nos fundos da loja e soltei tudo. Que ele era um cara inteligente, bonito, que tinha a vida toda pela frente. Você imagina tudo o que falei. Em certo momento, segurei-o pelos ombros e o sacudi de leve, suplicando. Eu ofereci fazer um cheque para ele, como se fosse pai dele. Disse que pagaria para ele se mudar para um pequeno apartamento, se quisesse tentar sair da casa comunitária. Disse que ia ajudá-lo a fazer terapia, ou entrar para a faculdade, ou se mudar para outra cidade, mas que só queria que ele fosse esperto, ficasse em segurança e parasse de fazer coisas que o machucavam. Disse que lhe daria qualquer coisa no mundo que estivesse ao meu alcance, mas que ele *tinha* que começar a se abrir comigo, senão o que eu poderia fazer? Ele simplesmente ficou parado, Lydia, e eu estava tão chateado que o abracei. Eu *implorei*, Lydia, para que ele me dissesse o que estava acontecendo. É tão humilhante. É tão...

Lyle engoliu o choro. Ele se forçou a se sentar direito.

— Mas sabe o que foi pior, Lydia? Sabe o que ele me disse? Ele me chamou de "bicha velha" e "veado velho". Disse que eu só queria "dar uma chupada nele", que o "pau" dele era "a fonte da juventude", que tudo o que fiz por ele era só um jeito de conseguir provar aquele "docinho marrom". Vou te dizer, Lydia, aquilo me fez perder o controle. Ele me humilhou. Não só porque o que ele disse era mentira, completa mentira, mas também porque, por mais que eu tenha vergonha de admitir, era algo que me preocupava. Algo que ele *sabia* que me preocupava: eu sabia que as pessoas ficavam olhando para nós dois, esse velho solteirão com algum dinheiro e esse pobre garoto de rua que mal tinha o que vestir. Eu sabia que as pessoas achavam que eu o estava usando. Mas não era nada disso.

— Sei que não.

— Enfim, acabei falando algumas coisas horríveis para ele naquele beco, e talvez ele merecesse. Eu o chamei de "lixo humano". Eu disse que não era de admirar que ele estivesse sozinho no mundo, se era assim que tratava as pessoas que o amavam. Era um garoto tão bonito, mas o olhar dele naquele dia... Ele estava tão *feio*.

— Ele não estava com a cabeça no lugar, Lyle.

— Eu sei — disse ele —, e justamente por isso foi tão horrível o que eu fiz. Eu sou um homem maduro. Deveria ter agido melhor, mas não agi. Me deixei levar pela raiva. Saí batendo o pé e o deixei sozinho, exatamente o que ele queria que eu fizesse.

— E foi naquela noite...

— A noite em que ele tirou a própria vida. Minha querida Lydia, foi por *isso* que não voltei à livraria.

A respiração de Lyle estava pesada, e ele encarava uma antiga mancha de café na mesa. Lydia colocou a mão no punho dele.

— Joey não estava roubando — disse ela. — Ele estava picotando os livros.

— Não. Ele não faria isso.

— Faria. Fez. Vem comigo.

Lydia não levou mais que alguns minutos para pegar sua bolsa na sala de descanso e avisar ao gerente que estava saindo mais cedo para o almoço. Então levou Lyle até um espaço tranquilo entre as estantes de livros de educação. Sentaram-se num sofá bordado com folhas e frutinhas que estava na loja havia anos e carregava uma marca fantasmagórica de mil leitores esquecidos.

— O que você quis dizer com Joey estar picotando livros? — perguntou Lyle em voz baixa e cautelosa.

— Ele estava vandalizando os próprios livros, mas pegando emprestado outros da loja também. Tirando as etiquetas. Usando-os como guia, eu acho.

— Mas por que ele faria isso? Um *guia* para quê?

— Para mim — respondeu ela e sentiu os pelos se arrepiarem na nuca. — Ele estava fazendo isso para mim. Deixando mensagens para mim.

— É sério isso? — Lyle se sentou na ponta do sofá, matutando e aparentemente aceitando essa ideia. — Estou intrigado o suficiente. Continue.

Ela tirou da bolsa um exemplar de capa dura do romance noir de Denis Johnson, *Resuscitation of a Hanged Man*, e o jogou no colo de Lyle.

— Estava no apartamento do Joey — disse ela. — Um dos livros que ele deixou de herança para mim.

— Meu deus — disse Lyle, virando o livro nas mãos. — O título é um tanto sugestivo. Será que foi intencional?

— Só pode ter sido.

— E é dessa mensagem que você está falando? *Ressurreição de um enforcado*?

— Na verdade, não. Olha bem.

Lyle ajustou os óculos e lambeu a ponta dos dedos. Passou a palma da mão sensualmente pela lombada — uma avaliação preliminar típica dos BookFrogs. Leu os parágrafos iniciais e suspirou com admiração, depois folheou o livro até chegar aos pequenos retângulos, pouco maiores que uma mosca, que haviam sido recortados em várias páginas.

— O que são esses buracos?

— Algum tipo de código — respondeu ela.

Ali, no sofá, Lyle analisou o romance com vigor renovado, impressionado pelos recortes nas páginas. Ela achava que ele seria mais cético.

— Isso é a cara do Joey, com aquelas conversas de Nova Ordem Mundial e panfletos sobre os Illuminati. Espero que você nunca tenha cometido o erro de perguntar a ele sobre o Banco Central. Ou sobre ratos-toupeira-pelados. Bem sinistro. Continue.

— De início, achei que era algum tipo de quebra-cabeça — disse Lydia —, que ele tinha recortado as palavras para organizar numa colagem ou algo do tipo.

Lyle riu tapando a boca.

— Joey partindo para o dadaísmo? Superestranho. — Mas de repente ele se sentou e seu sorrisinho se retorceu. — Os cortes nos dedos dele. Foram *disso*?

— Até onde eu sei, sim — respondeu ela. — Olha a etiqueta no verso.

Lyle virou o livro e leu em voz alta.

— *Alice no País das Maravilhas*? — disse ele. — A etiqueta está errada. Não entendi.

Seu rosto ficou pálido quando Lydia tirou da bolsa o exemplar comentado de *Alice no País das Maravilhas* que ela encontrou de manhã numa estante da seção de ficção.

— Os dois livros têm o mesmo tamanho — disse ela, depois os empilhou e os entregou para Lyle. Assim como havia feito antes sozinha, Lydia abriu os dois livros na página 34, dobrou para trás a capa do romance de Denis Johnson e o alinhou por cima do clássico de Lewis Carroll. Mais uma vez, as pequenas janelas vazias estavam agora preenchidas com palavras.

— Lê os buracos, Lyle. Onde aparecem as novas palavras.

Lyle pigarreou por causa de algo febril e se esforçou para ler em voz alta:

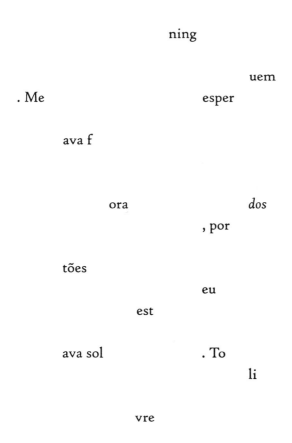

— "Ninguém me esperava fora dos portões... Eu estava solto... livre..." É isso o que está escrito? Espera... Isso é sério mesmo?

— É sério.

— Mas como você sabe que são mesmo mensagens? Não poderia ser, sei lá... outra coisa? Algo que não seja do Joey?

Lydia explicou que, pelo que ela notou, Joey tinha escolhido o segundo livro porque a fonte era maior, o que facilitava a leitura pelos buracos. Então contou a ele sobre o par de livros — sobre a destruição de livros e xixi na cama — que ela havia decifrado no dia anterior, no meio da calçada.

— Ele me chamou pelo nome — disse ela. — "Você me achou de novo, Lydia." E assinou "J". E deixou aquele livro separado dos outros, penso eu, para que eu o descobrisse primeiro, antes desses outros.

— Mas o que isso significa: "Você me achou de novo"?

— Eu o achei uma vez, quando se enforcou — disse ela —, e de novo quando achei as suas mensagens. Eu encontrei a voz dele, acho.

— Suas últimas palavras — disse Lyle.

Lydia olhou para as próprias mãos, sentindo-se pesarosa.

— Eu não pedi nada isso.

— Eu sei. Mas pelo menos agora nós sabemos o que ele estava fazendo nos seus últimos dias. O que mais está escrito nos outros livros?

— Eu só consegui juntar outros dois. Esse par — ela gesticulou para os dois livros que Lyle estava segurando e depois deu um tapinha na bolsa — e um outro. Vai em frente, alinha as próximas páginas.

Lyle passou para a página 89 de *Resuscitation of a Hanged Man*, e Lydia teve que ajudá-lo a abrir o livro de forma que apenas aquela página ficasse exposta, e depois a colocá-lo sobre a página 89 de *Alice no País das Maravilhas*. Depois de alinhados, Lyle se esforçou para ler as minúsculas janelas naquela página e nas seguintes:

e

, so

z.

inho

Co
mo

s

Em pre

só

m

ai

sc

resc

ido

mais as

sus

Ta

doe

. Cient

ede

Que

a vi

da se

”, ria

sem

pre
nin

gue

m,

for

ado.

s po

rto

. Es

Lydia sacou o caderninho de girassol no qual havia rabiscado sua descoberta anterior.

— Acho que ele está falando da prisão aqui: "Ninguém me esperava fora dos portões... Eu estava solto... livre... e sozinho como sempre... só mais crescido... mais assustado e ciente de que a vida seria sempre... ninguém fora dos portões."

— Definitivamente é da prisão — disse Lyle, então seu rosto desmoronou. — Mas, meu deus, que *deprimente*. Quando enfim foi solto, não tinha ninguém lá para recebê-lo. É horrível, Lydia. Que coisa terrível. Sinto um aperto no coração só de pensar, sabe?

— É tão sem esperança — disse ela. — E ele acreditava que a vida inteira seria assim?

— Era só ele me pedir — disse Lyle —, e eu estaria lá.

Lydia mexeu na bolsa.

— Só tem mais essa mensagem das que descobri até agora — disse ela, então pegou um exemplar enorme e retalhado de *A History of the Sect of the Hasidim*, que tinha encontrado no apartamento de Joey, e o deslizou por cima de um livro igualmente grande sobre pescaria chamado *Emergers*, que encontrou numa estante na seção de esportes. Ela se inclinou para a frente o suficiente para Lyle conseguir enxergar através das janelinhas enquanto ela virava a página para ler a mensagem:

eu

engo

lir

ia

aran

has

mas

tiga

ria

vi. D

ro arr

. An   cari

au

nhas

eden

. T   ess

o para fa

zer p

ARTE.

— "Eu engoliria aranhas, mastigaria vidro, arrancaria unhas e dentes... só para fazer parte" — leu Lyle. — Bem, que fofo da parte dele. Mas onde está o resto? Só para fazer *parte* do quê? Dos escoteiros? Do elenco de *Arquivo X*? Da Igreja de Jesus Cristo dos Santos dos Últimos Dias? Desculpe, mas não consigo evitar de me sentir insultado aqui. Eu dei àquele garoto tudo o que pude.

— Talvez tenha a ver com algo que você não pudesse oferecer — disse ela. — Há um padrão aqui, como quando ele saiu da prisão. Precisando se sentir querido. Não se sentir abandonado... Só fazer "parte".

— Mas ele fazia "parte" — disse Lyle. — Fazia parte dessa livraria. Fazia parte de *nós*.

Lyle folheou as páginas e estremeceu.

— Por que eu sinto como se Joey fosse chegar de fininho por trás de mim a qualquer momento?

— Eu entendo você — respondeu ela. — Isso tudo está me deixando surtada.

— Como se ele estivesse aqui, entre mim e você, tentando nos dizer algo.

Ambos olharam para a almofada vazia entre eles, depois rapidamente para o chão. Lydia ajeitou os ombros e começou a folhear o caderninho onde anotava os livros de Joey, as etiquetas trocadas e transcrevia as mensagens. Encontrou uma página que havia rabiscado na outra noite, no apartamento de Joey: DRCC?

Lyle se inclinou para a frente.

— *Droc?* Isso é uma das mensagens de Joey?

Ela virou o caderno para ele.

— D-R-C-C — disse ela. — Não é uma mensagem, estava impresso num envelope.

— Num envelope velho qualquer?

— Um que Joey tinha queimado no apartamento — respondeu ela.

— É claro que Joey queimaria correspondências — disse Lyle. — Ele devia ter um queimador de correspondência especial, encomendado diretamente da revista *Contatos Imediatos*.

— Alguma ideia do que isso quer dizer?

Lyle balançou a cabeça e ficou sério.

— D-R-C... Deve ser Divisão de alguma coisa do Colorado. Ou Departamento. Alguma instituição estatal. O que poderia ser qualquer coisa, conhecendo Joey, relativo à condicional e ao tempo de prisão, às famílias de acolhimento, aos abrigos e programas sociais. — Ele apontou para uma mesa próxima. — Lista telefônica?

Em segundos, Lydia estava sentada à mesa, correndo o polegar pelas páginas azuis da lista telefônica, na seção reservada para informações do governo. Lyle estava de pé atrás dela, com as mãos nas costas, respirando alto pelo nariz. Ele cheirava a loção embolorada. Ela levou só um minuto para encontrar a informação certa.

— Departamento de Registro Civil do Colorado — disse. — Alguma ideia do que eles fazem?

— Registram coisas de interesse civil, aparentemente — respondeu Lyle, dando de ombros. — Coisas necessárias para uma vida civilizada. Como livros. Uísque. Waffles. Filmes noir.

Enquanto anotava o endereço do cartório de registro civil no caderninho, Lydia ouviu Lyle se afastando da mesa e vagando para as profundezas da livraria.

— Sorvete — disse ele a ninguém em particular. — Trombones. Peter Falk.

E continuou murmurando sua lista de coisas civilizadas...

— Salgadinho de milho. Brincadeiras de criança. Hitchcock.

... mesmo sem Joey ao lado.

CAPÍTULO 11

O funcionário no balcão do Departamento de Registro Civil do Colorado, com seus quase 50 anos, era um sujeito careca e esgotado com sobrancelhas peludas e um bigode de pontas longas e curvadas para cima. Havia alguns bonecos de *Star Trek* em cima do monitor, uma bola Koosh e um adesivo que dizia: *Quem pariu Mateus que o embale.* Ao lado do teclado, uma travessa pela metade de mac'n'cheese preparado no micro-ondas.

— Se eu der o nome de uma pessoa — perguntou Lydia, tamborilando com os dedos no balcão —, você pode me dizer quais registros ela solicitou?

O homem levantou os olhos da comida e fungou. Cruzou as mãos sobre a barriga e se balançou na cadeira giratória.

— Você está de brincadeira, né?

— Era um amigo meu.

— Ã-hã.

— Ele se matou. Só estou tentando descobrir por quê.

— É?

— E ele tinha um envelope dessa repartição. Só que ele queimou.

— Certo — disse ele. — Você não está de brincadeira. — Ele se inclinou para apertar o botão do painel eletrônico, pronto para seguir adiante: *Próximo.*

— Espera — pediu ela. — E se eu der o nome do meu amigo e você me der todos os registros que tiver dele? Qualquer coisa que tiver. A gente pode fazer assim?

— Qualquer coisa?

— Qualquer coisa.

— Olha — disse ele —, vou falar o que posso fazer. Se você subir até a Broadway e depois andar mais uns quarteirões para o sul, vai chegar na Biblioteca Pública de Denver. Está em reforma, como tudo nessa cidade abandonada, então não tem como não achar. Entra e pergunta no balcão de informações se eles podem mostrar para você uma cópia da Constituição. A Constituição dos Estados Unidos. Pode ser um bom lugar para começar.

Lydia deu um tapa no balcão.

— Eu tenho uma camiseta com a Declaração de Direitos! — exclamou ela.

O homem torceu o bigode.

— Você está livre para uma bebida mais tarde?

Lydia saiu batendo o pé, ofendida, mas, quando chegou ao quadro de avisos perto da porta, a voz dele a deteve.

— Você tem que *ser* alguém' — disse ele, então ela se virou e voltou para o balcão. — Juridicamente falando. Parente, cônjuge ou advogada dele, *alguém*. Não pode ser só você. — E completou, em voz baixa: — Por mais adorável que seja.

— O que foi que você acabou de dizer? — perguntou ela, os olhos arregalados, inclinando-se para a frente, de saco cheio do ar de superioridade dele.

— Nada — retrucou, depois apontou para o painel pendurado no teto atrás dele. Com pequenos números e letras de plástico, o painel listava os documentos que o DRCC podia fornecer, como se fossem sabores de milk-shake numa lanchonete. — Se me disser o que deseja, posso dizer de que documentos vai precisar para conseguir a informação. A gente tem todo tipo de certidões e documentos, do berço ao túmulo. Nascimento, óbito, adoção, casamento, divórcio, dissolução, algumas vacinas e genealogia. Algumas outras coisas também, mas são bastante incomuns.

— Meu amigo se matou e me deixou todos os pertences dele — disse ela.

— Certo, então talvez a certidão de nascimento e de óbito sejam um bom começo — disse ele, balançando a cabeça —, porque você precisa delas para muita coisa. Traz a papelada: uma cópia do testamento público ou particular dele para mostrar que você tem direito aos registros. Se tiver o original, com firma reconhecida, economiza tempo. — Ele fez uma pausa, mordiscou o bigode. — Pelo jeito que está me olhando, acho que você não tem nada disso.

— Tenho um Post-it com o meu nome escrito a lápis — disse ela. — A proprietária do apartamento dele tirou o papel do sutiã.

— Certo — disse o funcionário, mordendo os lábios. — Provavelmente não vai servir. [Então ele explicou que ela até poderia preencher o formulário de requerimento para, por exemplo, ter accsso às certidões de nascimento e óbito de Joey, e poderia explicar no requerimento por que precisava dos documentos, e, sem a documentação ou as credenciais legais necessárias, *às vezes, raramente*, um funcionário poderia entrar em contato com ela e sugerir uma via diferente para conseguir a informação, ou mesmo a incentivaria a requerer uma dispensa.

— Mas, para uma dispensa, você precisa de um bom motivo — disse ele —, e ajuda se você souber o que quer. E me desculpe por... sabe, antes.

— Você está se referindo à babaquice toda? Ou a todo o lance kafkiano? Qual dos dois?

— Por favor — pediu ele. — Só uma bebida.

— Melhor não — disse ela antes de se virar e desaparecer no gelado crepúsculo de Denver. O funcionário estava certo sobre uma coisa, pensou ela: saber o que quer realmente ajudaria.

Quando Lydia entrou em seu apartamento vazio, a primeira coisa que viu foi o terno preto de Joey pendurado feito um homem sem cabeça num cabide na porta do quarto. Ela se assustou e quase deixou as chaves caírem, mas, quando se recuperou, viu o terno com novos olhos, mudando de ideia sobre sua presença.

Lyle mencionou ter comprado esse terno para Joey, mas, até onde ele sabia, nunca tinha sido usado. Lydia percebeu que sabia tanto quanto ele e que tinha tirado o terno do apartamento de Joey e o trazido para o dela sem nem mesmo examiná-lo. Sentindo-se nauseada e invasiva, virou a cabeça de lado, enfiou a mão sob a capa de plástico, como se fosse uma camisola de hospital, e começou a tatear os bolsos do terno. Esperava encontrar etiquetas da Ideias Brilhantes ou pequenos retalhos de papel cortados, ou talvez até um bilhete de suicídio, mas encontrou apenas uma embalagem de papel-alumínio azul que um dia serviu para embrulhar um bombom de chocolate, provavelmente igual ao que derreteu e deixou cheiro no jeans de Joey, depois que ele se enforcou. Nada mais. Mesmo depois de jogá-la fora, sentiu o estômago embrulhado.

Depois de enfiar o terno no guarda-roupa, ela lavou as mãos e colocou a calça de moletom do Broncos e o casaco de moletom rasgado da *Thrasher* de David. Antes de terminar de esquentar seu arroz e feijão no micro-ondas, e antes mesmo de colocar o Tabasco e um copo de água na mesa na cozinha, e antes mesmo de escolher o livro que acompanharia o jantar — comer e ler sozinha eram um prazer que ficava apenas uma posição abaixo de sexo com David, e apenas uma acima de pedir comida chinesa quente nas noites frias de inverno —, antes de qualquer um desses rituais noturnos, Lydia se instalou na mesa da cozinha, abriu a bolsa e catou o novo par de livros que havia pegado emprestado mais cedo do trabalho. Se as etiquetas trocadas de Joey estivessem corretas, esses livros permitiriam que ela ouvisse mais alguns fragmentos da voz desencarnada dele.

Enquanto Lydia estava ali dançando com os mortos, David ia passar uns dias em Colorado Springs, trabalhando num estande em uma convenção sobre ensino doméstico. Depois de mais de um ano trabalhando nos degraus mais baixos do TI, ele foi convidado a testar sua atuação como representante da empresa em algumas convenções de educação pelo estado. *Ninguém sai vivo daquele buraco*, David costumava dizer, então era impressionante, para seus colegas de profissão, que um programador que colocava a mão na massa tivesse sido recrutado para ter contato direto com possíveis clientes. Lydia vinha havia dias tentando passar segurança para ele, dizendo que era a pessoa certa para aquele trabalho, mas não conseguia evitar o sentimento de culpa pelo prazer de saber que o apartamento seria só seu naquela noite.

Lydia tirou o jantar do micro-ondas e começou a mexer no engradado de Joey, procurando os livros recortados que poderia emparelhar com aqueles que trouxe do trabalho. Encontrar os títulos nas prateleiras da livraria mais cedo foi mais difícil do que esperava. No seu caderninho de girassol, fez uma lista de todos os títulos impressos nas etiquetas na quarta capa dos livros de Joey, mas, durante sua busca, descobriu que muitos não estavam mais nas prateleiras. Tinham sido vendidos ou reservados, estavam sumidos, encomendados ou perdidos em algum buraco negro do estoque. Sem esses livros complementares, não havia como ler algumas mensagens, mas tinha o suficiente para se ocupar. Pelo menos naquela noite.

Lydia pegou um dos livros recortados da caixa — uma edição de bolso de *Geek Love*, de Katherine Dunn, que havia vendido pessoalmente para Joey — e conferiu a etiqueta que ele tinha colado no verso para ter certeza de que estava emparelhando os títulos corretamente: era do romance *The Last Gentleman*, de Walker Percy, um dos livros que ela pegou mais cedo na loja. Quando colocou um sobre o outro, viu que os dois eram exatamente do mesmo tamanho, como esperado. No meio do exemplar de *Geek Love* de Joey, ela encontrou pequenas janelas recortadas em umas quatro páginas — 34, 89, 144, 233 — e começou a colocá-las, uma de cada vez, por cima das páginas correspondentes em *The Last Gentleman* até surgirem as palavras dele:

O   Es

    ta

                Do

   era m

, eu   p

. A i

o ba

n   co

de   al ime

N

tos!" As   ca

mas p

o br   es

"E as

la, va

nde   rias

e. R

am

Min

há m

ãe   e de

pois v
ei o

mi   nh

a uni

ca,

. E   la.

Lydia folheou os livros para ver se tinha se esquecido de algum buraquinho, e, quando teve certeza de que tinha visto todos, olhou para os fragmentos mais uma vez — "o Estado era meu pai... o banco de alimentos, as camas pobres e as lavanderias eram minha mãe... e depois veio minha única Ela" — e a última palavra chamou sua atenção: *Ela*.

Lydia arrastou a cadeira para trás no piso de linóleo, e o barulho deu uma sensação parecida com dedos correndo pela espinha. Ela já sabia que, tirando seus primeiros anos com a família Molina, Joey havia ficado sob a tutela do Estado e que isso devia ser grande parte do motivo para ele se sentir tão sozinho no mundo. Mas essas últimas palavras — "e depois veio minha única Ela" — sugeriam uma vida após a tutela do Estado.

Uma vida com "Ela". Isso era novidade: Joey se sentindo resgatado daquela vida, se sentindo salvo, por uma mulher.

Lydia se permitiu evocar uma imagem de Joey parado atrás de uma garota bonitinha de vinte e poucos anos — com presilhas de flor nos cabelos curtos — balançando a cabeça no show de uma banda em algum lugar escuro tipo o Lion's Lair ou o 7-South; ou os dois esfregando a mão nas garras de bronze do urso-pardo em frente ao Museu de História Natural de Denver; ou mesmo Joey de pé no balcão de um cartório, usando o misterioso terno preto e murmurando os votos de casamento com um chocolate no bolso. Talvez, mais tarde, depois do fim desse relacionamento, Joey tenha entrado em crise e queimado a certidão de casamento e a papelada do divórcio...

Mas espere aí, pensou Lydia. "Ela".

Agora Lydia se pegou evocando uma imagem da menina que Joey quase matou. Lydia a imaginou sentada em sua cadeirinha na minivan com a boca cheia de Cheerios quando um bloco de concreto surgiu diante dos seus olhos e explodiu no seu joelho. A vítima de Joey tinha só 1 ano na época, o que significava que agora ela devia estar... No quê? No jardim de infância? Na primeira série? Será que Joey a procurou depois da prisão, pediu seu perdão, se tornou algo como um tio ou um irmão mais velho, levando-a ao zoológico?

Mas espere aí de novo. "Ela".

Lydia foi atingida por um pensamento repentino e perturbador. E se *ela* — Lydia — fosse "Ela"? E se Joey estivesse apaixonado por *ela* em segredo e essas mensagens, aquela foto (e *como* ele conseguiu aquela foto?) e o enforcamento fossem uma tentativa deturpada de declarar seu amor? A versão de Joey de uma orelha cortada.

— Ah, vai se ferrar, Joey — disse em voz alta no apartamento vazio. Ela balançou a cabeça e levantou as mãos. — Que não seja isso, Joey, por favor, que não seja...

Uma batida repentina fez Lydia pular da cadeira. Uma segunda batida a fez olhar para a porta. Por instinto, jogou os livros no engradado e o deslizou para baixo da mesa da cozinha. De repente, desejou que David estivesse ao seu lado.

Outra batida, desta vez mais forte.

Quando espiou pelo olho mágico, segurando uma faca de legumes nas costas, ficou surpresa ao ver Raj. Ele se encostou na parede do corredor com um olho coberto por uma mecha de cabelo e segurando uma caixa de donuts com cobertura. Hesitando bastante, ela abriu a porta, mas deixou a corrente presa. Pensou ter sentido cheiro de vodca nele.

— Raj — disse ela sem conseguir passar muita firmeza. — Está bem tarde para aparecer assim.

Raj olhou no fundo dos olhos dela mas não falou nada. Desde o reencontro dos dois na calçada, outro dia, ele apareceu na livraria algumas vezes, com uma frequência que talvez beirasse a perseguição, se não fosse pelo fato de ele morar no mesmo bairro e, claro, ser seu amigo mais antigo.

— Volta outra hora — disse ela, e começou a fechar a porta. — Tá bom? Mais cedo.

— Eu queria ver você — disse, então, quase como se tivesse acabado de pensar nisso, acrescentou: — e mostrar uma coisa. — Ele passou a caixa de donuts para a outra mão, meio sem jeito, para conseguir pegar algo do bolso. Ao vê-lo atrapalhado assim, Lydia sentiu uma pequena fagulha no peito, a centelha de uma velha chama.

— Foi mal — disse ela, estendendo a mão para segurar o braço dele. — Tudo bem. Entra, entra. — Ela lembrou a si mesma de que Raj não deveria precisar de um motivo para visitá-la, mesmo à noite. — É que fico um pouco assustada quando o David sai da cidade.

Lydia não tinha intenção de trair David com Raj; no entanto, enquanto ele cruzava a soleira e entrava no apartamento, roçando por acidente em seu peito, ela se perguntou se David algum dia a trairia. Sabia que não precisava se preocupar com ele torrando o salário num clube de strip-tease ou numa casa de massagem — não fazia o estilo dele, até onde ela sabia —, mas às vezes se perguntava o que ele faria se encontrasse uma mulher menos problemática e mais alegre que ela, alguém que fosse mais o *tipo* dele. Talvez por causa da convenção de educação da qual ele estava participando, ela se pegou imaginando David dividindo muffins de germe de trigo com uma daquelas professoras particulares bonitonas, do tipo que se vestia como Laura Ingalls Wilder e tomava leite direto da teta da vaca. Ela se abrira mais com David que com qualquer outra pessoa na vida — contou sobre seu medo de multidões, as pontadas de tristeza que costumava sentir no seu âmago, sua preferência por sexo à tarde —, mas tinha plena consciência da única coisa que nunca poderia revelar:

sua noite com o Homem do Martelo. Só esperava que não o estivesse afastando por isso.

Raj perambulou pelo pequeno apartamento segurando a caixa de donuts debaixo do braço. Seu jeans era cortado na altura das canelas, e ele usava meias simples e sandálias de couro preto, apesar do frio. Ela não conseguiu deixar de notar que ele estava um pouquinho rechonchudo, como sempre foi, mas ainda assim era atraente e tinha uma aura de conforto e solidez. Quando ele parou em frente aos livros dela — cada um uma cápsula do tempo empoeirada das tantas horas que ela havia passado com ele —, Lydia ficou com vergonha das suas estantes de segunda mão, com o dobro, às vezes o triplo da capacidade de livros, e essa visão a fez se sentir obsessiva e antissocial. Mas, enquanto analisava o perfil de Raj, observando-o abraçar seus donuts, pensou que ele parecia igualmente obsessivo, igualmente antissocial.

— Você faz alguma outra coisa além de ler? — perguntou ele.

— Não muito.

— Deve ser bom.

Raj bisbilhotou o apartamento, e em certo momento parou em frente à escassa prateleira de livros de David — manuais grossos de programação e alguns obrigatórios da faculdade, como *O teste do ácido do refresco elétrico* e *Medo e delírio em Las Vegas* — e pegou um robozinho que David havia feito com tampas de garrafa. Talvez Raj tenha se lembrado da própria infância, já perdida, montando carrinhos de plástico no quarto.

— E como estão os seus pais, Raj? Estão bem?

— Acho que sim — respondeu ele, dando de ombros. — Às vezes me preocupo com a minha mãe. Ela nunca se dá um descanso. Queimou a mão recentemente, bem feio dessa vez, mas no dia seguinte estava de volta ao trabalho, com a mão enrolada em gaze. A mulher se recusa a tirar um dia de folga.

— Como sempre foi, então — disse Lydia com um sorriso pensativo.

— Como sempre foi: meu pai, um rabugento, e minha mãe, um caco sorridente. Você devia passar para ver os dois qualquer hora. De verdade. Se não for muito pesado para você.

— Eu já passei em frente — disse ela, dando de ombros. — Só nunca parei.

E era verdade. Lydia passou inúmeras vezes pelo Gas 'n Donuts no ônibus da Colfax, ou de carro com David, ou indo para brechós com Plath, mas a nostalgia pelo lugar nunca foi forte o suficiente para superar o medo de desenterrar o passado. Apesar da pintura descascando na fachada, o prédio continuava um marco da *art déco*, envolto em neon, com paredes curvas de estuque e tijolinhos de vidro ladeando a entrada. Ela viu o Sr. Patel algumas vezes pelas janelas que davam para a rua, pegando pesado no trabalho sob a bandeira dos Estados Unidos manchada de fumaça ainda pendurada na parede atrás do balcão. Sua barba estava mais espessa e a barriga tinha o tamanho de um bloco de motor; mesmo de longe, tinha certeza de que ele ainda usava aquelas camisetas brancas apertadas e redinhas de cabelo cinza puídas; e ele ainda andava exatamente como quando ela era criança — o que significava que se deslocava pelo mundo como se quisesse mostrar quem é que manda. Quanto à Sra. Patel, Lydia só a viu de passagem uma vez: sorriso largo, de avental sobre o sári, segurando educadamente a porta para um cliente que carregava uma caixa de donuts e uma bandeja de café — como sempre fazia quando Lydia era criança.

— Eu devia mesmo dar uma passada para dar um oi — disse ela. — Você tem razão.

— Eles adorariam ver você. Estou falando, aquele lugar é um túnel do tempo. Não mudou nada.

Ela observou Raj com um sorriso melancólico.

— Não me leva a mal — disse ela —, mas você também parece o mesmo de sempre. Não mudou nada. No bom sentido.

— Tudo bem — disse Raj, assentindo e se divertindo um pouco. — Minha vez. Não me leva a mal, mas achei que você estaria *muito* diferente. Você não parece nada perturbada.

— Somos todos perturbados, Raj. É a vida moderna.

— Mas olha só esse lugar. É tudo tão *pé no chão*. Não tem pratos sujos na pia. Nem batom nas janelas. Nenhuma tarântula de estimação. Você conseguiu mesmo superar aquela merda toda.

— Eu trabalho numa livraria — disse ela. — Não chega a ser um escritório de direito societário nem nada do tipo.

— Mas eu esperava que você estivesse em posição fetal em algum manicômio por aí. Na verdade, meio que queria isso.

— Para poder me salvar?

Um sorriso se abriu em seus lábios.

— Para a gente ter mais coisa em comum.

Raj se inclinou na janela saliente e olhou para fora. Do ângulo certo, durante o inverno, quando as folhas caíam das árvores, dava para ver a cúpula dourada do Capitólio brilhando ao longe.

— Posso perguntar uma coisa? — perguntou ela, e as palavras saíram de supetão, antes que conseguisse se conter. — Como foi para você depois que eu fui embora? Eu escrevi todas aquelas cartas, mas você não tinha como responder, então é algo que sempre fiquei me perguntando. Se é que você se lembra.

— Como foi? — disse ele, virando a cabeça, mas sem virar o corpo.

— Para você.

— Horrível. Não do mesmo jeito que foi para você, mas, ainda assim, horrível.

— Imaginei — disse ela. — Tudo bem. Você não precisa...

— Vamos ver... — disse Raj. — Logo depois dos assassinatos, acho que a pior parte para mim foi saber que você tinha passado por tudo aquilo e não poder ver você. Eu implorei para ir ao hospital, mas o seu pai não permitia nenhuma visita. Então eu e os meus pais ficávamos na loja vendo noticiário e ouvíamos os boatos, como todo mundo na cidade. Você não acreditaria nas histórias. Não tinha nada mais assustador que o Homem do Martelo. À noite, ele batia o martelo nas janelas dos quartos, no encanamento debaixo das festas do pijama. A gente imaginava que ele tivesse tatuagens de martelo pretas nos dois braços. Depois dos assassinatos, quando a casa da Carol estava à venda, as crianças do bairro desafiavam umas às outras a entrar na casa, se enfiar debaixo da pia e dizer "Homem do Martelo" dez vezes. Tipo a loira do banheiro, sabe? Ninguém passou de cinco. Não tinha dinheiro que pagasse fazer aquilo. Ele podia ser qualquer um, sabe? Porque nunca foi pego.

— Fiquei sabendo — disse ela.

— E também falavam muito de você. Sempre a *pequena Lydia*, como diziam no noticiário. A gente fez calendários e livros de receitas na escola para arrecadar dinheiro para você. E o memorial na escola... Nossa. Foi bem *intenso*.

— Como assim?

— As pessoas começaram a aparecer na Little Flower e construir um memorial improvisado para Carol do lado de fora. Todos aqueles presentinhos, a maioria de estranhos, meio que brotavam na cerca do parquinho, e em pouco tempo as flores, os balões, as fitas e os cartões acabaram sendo um pouco demais. As freiras tentavam fazer a gente esquecer o que tinha acontecido, mas passávamos o dia inteiro vendo, pelas janelas das salas de aula, estranhos empilhando esses lembretes na tela da cerca. Velas, fotos e ursinhos de pelúcia. Cartazes para as pessoas assinarem. Aí um dia começou a nevar, aquela neve úmida, lamacenta, que sempre estragava o recreio, e a irmã Noreen nos disse para correr até o parquinho e levar o memorial para dentro, um bicho de pelúcia por vez, um bilhete escrito com giz de cera por vez, e logo a gente não aguentou mais e começou a chorar, cada um de nós, enquanto montava o memorial nas arquibancadas do ginásio. É uma memória tão forte, da gente saindo e voltando correndo para a escola, todo mundo chorando junto, e as freiras aos prantos também, e...

Raj parou de repente e ficou apenas piscando por um tempo. Ele parecia tão surpreso quanto Lydia com esse fluxo louco de lembranças.

— Não sei o que dizer, Raj.

— Pesado, né? — Ele enfiou um dedo no bolso detrás da calça. — Enfim, trouxe uma coisa para mostrar para você. Não sei se já viu isso.

Então tirou do bolso uma folha de revista dobrada e entregou a ela. Estava toda amassada e rasgada na beirada. De um lado, havia uma propaganda desbotada do xampu Prell. Do outro, uma impressionante foto em meio-tom de uma edição antiga da revista *Life* com uma pequena sobrevivente chamada Lydia, enrolada num cobertor, cercada por policiais, no colo do pai, descendo os degraus cheios de neve na entrada de uma casa. Ao ver aquilo, uma onda de choque passou pelo seu corpo, e ela deixou a foto cair na mesa de centro, virada para baixo.

— Me desculpa — disse ele. — Eu achei que seria... Não sei.

— Está tudo bem — disse ela. — Só que é difícil, para mim, ver isso.

— Para mim também, para ser sincero — respondeu Raj. — Aqueles primeiros meses, depois que você foi embora, devem ter sido os mais difíceis. Isso foi antes de eu receber qualquer uma das suas cartas. Não ajudou muito o fato de o casamento dos meus pais estar por um fio. Sem você, percebi que não tinha uma vida fora de casa e do posto de gasolina, e a minha vida em casa já era um desastre havia muito tempo.

— Eu lembro — disse ela.

— Não são uma boa propaganda para casamentos arranjados, sabe, mesmo que tecnicamente não tenha sido arranjado.

— Não teve uma briga por causa de um corte de cabelo? — perguntou Lydia, meio que do nada, com um sorriso sombrio, feliz pela mudança de assunto. — Eu me lembro vagamente de uma briga por causa disso.

— Nossa — disse Raj —, aquela foi a *pior* de todas.

— Sua mãe cortou o cabelo e o seu pai... fez o quê? Surtou?

— Para dizer o mínimo — disse Raj, assentindo de um jeito que parecia meio envergonhado, meio divertido. — Então, você se lembra da cena em *O bebê de Rosemary* quando a Mia Farrow corta o cabelo todo? Ela sai e faz aquele corte joãozinho, lembra?

— Vidal Sassoon — disse ela. — Grande momento na história dos cabelos. Cassavetes fazia o papel do marido.

— Exatamente — disse Raj, assentindo, impressionado. — Então, Rosemary chega em casa do salão, toda fofa e recatada e ansiosa para mostrar o novo corte curto, e você lembra o que ele diz para ela? "Não vai me dizer que você pagou por isso." Juro para você, Lydia, o meu pai teve essa mesmíssima reação quando a minha mãe chegou em casa com o seu corte novo em folha que parecia o da Dorothy Hamill. Minha mãe estava toda animada, e o meu pai basicamente disse: "Não vai me dizer que você pagou por isso." Talvez não exatamente essas palavras, mas ele ficou puto. Nem foi nada drástico, né? Boa parte das mulheres usava aquele corte. Os dois nasceram na Califórnia, mas o meu pai esperava que ela fosse uma espécie de camponesa medieval. Acho até que ela dormiu no sofá por um tempo. Enfim, foi muito difícil para a gente quando você foi embora. Minha mãe sempre te amou muito.

— Eu sempre amei a sua mãe — disse Lydia.

— Foi demais para ela — disse ele. — Ela já estava tão cansada de toda a violência no bairro, e o que aconteceu com você acabou fazendo tudo parecer ainda mais próximo. Quando eu era pequeno, você sabe como ela e o meu pai sempre me tratavam meio feito bebê...

— *Meio?* Raj dos Donuts.

— Pode acreditar — disse ele, sorrindo. — Só piorou depois que você foi embora. Eles ficaram tão *preocupados* comigo, e a minha mãe falava que não dava para viver nos Estados Unidos. Foi violento demais aquilo tudo. — Raj imitou a voz suave da mãe, sem sotaque, mas com vogais longas e arrastadas. — "As pessoas daqui são loucas, Raj!" Sem contar todo o aborrecimento que ela suportava diariamente na Colfax. Lembra que sempre rolava umas brigas na calçada? Um dia tinha uma briga de faca no ponto de ônibus, no outro, meu pai tinha que expulsar um bêbado ou chamar a polícia por causa de algum babaca tentando roubar gasolina. Quando ela era mais nova, no sul da Califórnia, todos os parentes dela de Gujarat que vinham visitá-los contavam como era na Índia, aquelas histórias sobre vilarejos perfeitos e o campo aberto cheio de flores silvestres e cachoeiras... puro desenho animado, né? Um cartaz num restaurante indiano. Por um tempo, ela só falava em se mudar para lá, mas é claro que o meu pai se recusava a sequer cogitar a ideia. Então ela decidiu que eu iria com ela, e tentaríamos encontrar um negócio para comprar no vilarejo onde as suas tias e avós moravam, mas o meu pai bateu o pé. Eu acho de verdade que, se eu tivesse ido com ela, nunca teríamos voltado para os Estados Unidos.

— E ela foi mesmo assim?

— Foi — respondeu ele. — Acho que ela só precisava de um choque de realidade, porque logo voltou, o cabelo dela tinha crescido um pouco, e ela largou toda aquela conversa de libertação feminina. Ela deve ter percebido que todo lugar tem seus problemas, sabe? Talvez a Colfax não fosse tão ruim.

— Meu pai teve praticamente a mesma reação — disse Lydia, assentindo com a cabeça, desanimada com o rumo que aquela visita tinha tomado. — Ele fez exatamente a mesma coisa: saiu da cidade o mais rápido possível. Rio Vista era a Índia dele. Só que a gente nunca voltou.

— Eu nunca pensei nisso desse jeito, mas faz todo o sentido — disse Raj. — Não dá para culpar os pais por se preocuparem com os filhos, por quererem nos criar num lugar seguro.

— A gente era muito mais feliz em Denver — disse ela —, com a biblioteca, a loja de donuts e tudo mais, pelo menos por um tempo. Muito mais feliz... e de repente simplesmente *acabou*.

Lydia olhou de relance para a página da revista ainda virada na mesa e, quando levantou o olhar, notou que Raj a encarava. Ela pegou o papel e o virou. Ela nem precisava dizer "Tudo por causa disso", porque Raj também estava olhando para a foto naquele momento, e ela sabia exatamente o que ele estava pensando: *Tudo por causa disso*.

CAPÍTULO 12

A foto ganhou capas de jornais por todo o Oeste e apareceu até na edição das fotos do ano da revista *Life*, bem ao lado da imagem de um helicóptero do Exército dos Estados Unidos se afastando de uma multidão de refugiados. O fotógrafo freelancer, depois de receber a dica de um amigo do Departamento de Polícia de Denver, fez o clique bem no momento em que Tomas descia os degraus da varanda da casa vizinha aos O'Toole, onde ele e Lydia tinham ido esperar ajuda. A foto os registrou mergulhando na multidão de paramédicos e policiais, com Lydia olhando para a câmera, de olhos arregalados de terror, rosto coberto de sangue, braços e pernas enroscados no pai. Um cobertor cinza se arrastava atrás dela, e dava para ver um policial se abaixando para levantá-lo da neve.

Depois de a foto ter sido tirada, Lydia passou vários dias vivendo num quarto de hospital lotado de flores, balões e cartões com desejos de melhoras amarrados com barbante. Além de todas as visitas de médicos e enfermeiras, ela foi interrogada por dois policiais mandões que fumavam demais e nunca conseguiam fazer o gravador funcionar. Pior ainda, os policiais ficavam levando seu pai para longe e, sempre que ele voltava, parecia esgotado, como se eles estivessem arrancando e colecionando pedacinhos da sua alma. Pouco depois, os policiais foram substituídos por mulheres de suéter de gola alta e colar de contas que pareciam professoras. Elas eram gentis, escovavam o cabelo dela e sempre perguntavam como estava se sentindo. Ela olhava para o pai — que ficava cutucando no curativo na palma da própria mão, coçando a barba — e dizia às mulheres que estava muito bem. Sem pesadelos? Ela sorria e mentia. Nada que ela lembrasse. Não estava triste? Sentia falta dos amigos, só isso. Sem dor? Os pontos na testa estavam começando a coçar. Uma vez, quando seu pai saiu para buscar gelatina, elas perguntaram se ela sabia alguma coisa sobre os *amigos especiais* dele, mas, quando Lydia perguntou "Que amigos?", elas só afofaram seu travesseiro e a incentivaram a dormir um pouco.

Logo Lydia estava andando pelo saguão do hospital, trocando apertos de mão com enfermeiros, enquanto Tomas a conduzia até o banco detrás da perua de segunda mão comprada durante uma das sonecas dela. Ele disse a ela que se escondesse debaixo das bolsas de viagem e dos cobertores lá atrás, e isso pareceu a coisa mais natural que ela fazia em muito tempo.

"Ninguém pode ver a gente", disse ele. "Esse é o combinado."

Três horas depois, o restante do combinado ficou claro enquanto eles arrastavam as malas para um chalé triangular de dois quartos nas montanhas, ao norte de Rio Vista. Ao que parecia, Tomas havia comprado o chalé, junto da imensa oficina e de um zimbral de três hectares, sem ver a propriedade antes. O lugar estava desocupado havia anos e tinha custado quase nada, mas, para chamá-lo de lar, ele ainda precisaria desembolsar praticamente cada centavo do seguro de vida de Rose. Embora tenha levado seis meses para vender a casa em Denver e tenha passado boa parte desse período em pânico financeiro, o pai dela nunca mencionou voltar para a antiga cidade.

No início, a Lydia de 10 anos pensou que a mudança para Rio Vista era uma aventura digna de um livro de contos. Tomas encheu o carrinho de compras com comida congelada e sacos de doces e encomendou móveis de quarto estilo Holly Hobbie do antigo prédio de tijolinho da ponta de estoque da JCPenney, em Colorado Springs. Ele lhe assegurou que até o outono — dali a sete meses — ela nem precisaria pensar em escola, lição de casa, ou em fazer amigos. Tudo nessa nova vida parecia um sonho, especialmente a minúscula cidade de Rio Vista. O vale cheirava a fogueiras e gelo, e as calçadas de madeira da rua principal estalavam sob seus pés quando ela corria. Ao fundo, o rio Arkansas rugia seguindo para o sul, suas margens rochosas grampeadas com trilhos de trem e calhas de mineração. A névoa que subia do rio era tão misteriosa, e os picos das montanhas tão imponentes, que muitas vezes sentia como se ela e o pai tivessem se mudado para um parágrafo de um conto de fadas...

Lydia só ficava incomodada com o fato de, mesmo com todo o tempo que passavam juntos, eles nunca falarem sobre Aquela Noite, especialmente porque parecia que aquilo tinha avançado no tempo e consumido todas as outras noites da sua vida. Às vezes ela ouvia o pai chorar no chuveiro, ou o pegava levando o telefone para a despensa e sussurrando no escuro. Uma vez, quando ele caía no sono numa pilha de almofadas no chão, ela olhou para ele por cima do seu livro — a barba ficando grisalha e desgrenhada, o suéter de lã desfiando, os óculos de armação de chifre tortos no nariz — e sussurrou, só para ver o que acontecia:

"o Homem do Martelo, papai. cadê o Homem do Martelo?"

Ele gemeu dormindo, e ela se perguntou se os pesadelos dele eram tão ruins quanto os seus.

O conto de fadas de Lydia em Rio Vista perdeu o brilho por completo quando Tomas, depois de gastar suas economias, decidiu aceitar o único emprego que encontrou: como agente penitenciário na prisão estadual no limite sul da cidade. Quando ele contou a novidade numa noite, enquanto comiam waffles de torradeira, Lydia reclamou muito. Não só Tomas *se colocaria em risco* — uma frase que ela o ouviu dizer um zilhão de vezes — como teria que passar a noite toda fora.

"Todo mundo começa no turno da noite."

"mas eu vou ficar sozinha."

"Pensei que você estava bem."

"eu estou."

"Então, qual é o problema?"

O problema era que, como Lydia logo descobriu, ficar sozinha a noite toda lhe dava muito tempo para pensar — não só nas férias de sete meses que estavam chegando ao fim mas também na única coisa em que não deveria pensar: Aquela Noite.

Lydia começou a quinta série mais ou menos na mesma época em que Tomas começou a trabalhar na prisão e, na primeira semana de aula, a Sra. Wahl, a professora de educação física peituda com cabelos platinados e agasalhos de corrida acetinados, sentiu pena dela e separou um tempo depois da aula para treiná-la na arte da higiene pessoal. Desde que se mudaram para as montanhas, nem ela nem Tomas se interessaram muito em domar seus cabelos embaraçados, o que somado à cicatriz na testa e aos olhos assustados a deixavam com uma aparência mais selvagem do que ela era. (No espelho, sozinha, à noite, ela de fato às vezes sentia certa semelhança petrificante com Carol O'Toole.) Mas domar a aparência era a menor das suas preocupações. Como Lydia era a novata da cidade, seus colegas de turma tendiam a analisar cada movimento seu ou a querer acabar com a sua raça. Ela não entendia bem se essas crianças melequentas da montanha deveriam ser suas amigas, como Raj, como Carol — nossa, *Carol*! —, mas nunca se deu ao luxo de resolver essas questões. Quando a rodearam no terreno baldio atrás do parquinho e a interrogaram sobre como tinha arrumado aquela cicatriz na testa, ela não podia dizer a verdade, é claro, e em pouco tempo sentiu como se um balão permanente tivesse sido inflado entre ela e o resto do mundo.

"bem-vinda à sua nova vida", disse a si mesma.

Todo dia, Lydia conseguia sobreviver à volta para casa no ônibus escolar e, ao entrar em casa, abria todas as cortinas e acordava o pai. Comiam panquecas ou ovos na bancada da cozinha, e ele olhava solenemente para o relógio de galinha cacarejando na parede.

Depois começava a passar a camisa fornecida pelo estado e a polir as botas pretas de cano curto. Ela às vezes observava o pai se arrumar e se perguntava se ele era um impostor. Desde que saíram de Denver, ele agia cada vez menos como seu pai. No começo, eram coisinhas pequenas, como quando ele se despedia com um beijo e desviava o olhar rápido demais, ou quando ela perguntava alguma coisa e ele não parecia ouvir, mesmo que fosse importante. Até a aparência dele começou a mudar. Pouco depois de começar esse trabalho na prisão, ele trocou os óculos com armação de chifre por grandes óculos de aviador com armação de metal e tirou a barba. Com o cabelo raspado bem baixinho, conforme o regulamento, e o bigode dividido, ele parecia menos seu pai e mais (*hora de encarar os fatos!*) um agente penitenciário.

Embora não entendesse a transformação do pai, sabia que ele jamais agiria assim a menos que a situação estivesse muito ruim. Por isso ela ficou tão calada, e isso começou a acontecer nas noites que ele passava fora.

"Você tem certeza de que vai ficar bem?"

"vou, sim."

"Passa a corrente na porta quando eu sair."

O carro dele cuspia cascalho a caminho da prisão e de repente ela estava sozinha no chalé. O silêncio a rodeava como um convite.

A primeira vez que Lydia acordou debaixo da pia da cozinha no chalé, o sol surgia entre as frestas e Tomas estava esmurrando a porta, chamando-a.

"Lydia!"

Ela saiu de lá de baixo e disparou pelo corredor. Antes de soltar o trinco da porta, passou os olhos pelo chalé e viu que estava vazio, exceto por ela. Claro que estava.

Quando Tomas entrou, acariciou seu cabelo todo bagunçado e olhou de relance para ela. Deve ter notado alguma coisa, porque levantou o rosto dela, segurando-a pelo queixo, como se estivesse examinando um olho roxo.

"dormi demais."

"Você está atrasada para a escola."

Ele então pegou uma armadilha de formigas do chão da cozinha e a jogou debaixo da pia, onde era seu lugar.

À medida que os meses transcorriam, as noites de Lydia debaixo da pia se tornavam quase inevitáveis. Uma, duas, três vezes por semana, enquanto Tomas patrulhava os corredores da prisão ao som de roncos, Lydia repetia o ritual da hora de dormir com o entusiasmo de alguém trocando um rolo de papel higiênico. Na cama, ela se perdia num livro e mascava chiclete até mal conseguir manter os olhos abertos. Então grudava o chiclete na mesa de cabeceira, apagava o abajur e tentava dormir logo. Às vezes, funcionava. Mas, às vezes, quando estava quase caindo no sono, ouvia um rangido no espaço de rastreamento ou um tinido na geladeira. Portas abrindo. Leite derramando. Seus músculos se tensionavam e ela pulava da cama, disparava pelo corredor e se encolhia em segurança debaixo da pia da cozinha, em geral pelo resto da noite.

Quando Lydia ficava escondida lá, às vezes acreditava ouvir o Homem do Martelo logo ali, do outro lado da porta do armário, as botas rangendo no sangue cheio de neve no chão da cozinha. Mas o que sentia mesmo era um medo e uma ansiedade generalizados, como se ela fosse Píppi Meialonga presa no barril escuro começando a rolar cachoeira abaixo.

Passou-se um ano assim, depois dois. E então, num sábado de manhã de outubro, em vez de ser acordada pela chave do pai virando na fechadura, ela foi acordada por um telefone tocando. Ela saiu de baixo da pia e catou o telefone na parede.

"Vou ter que ficar aqui mais um plantão de doze horas."

"pai?"

"O dinheiro vai vir a calhar. Você vai ficar bem sozinha em casa?"

Ela olhou para o relógio de galinha cacarejando: cinco da manhã.

"Ou você pode ir para a casa de uma amiga. Não tinha uma menina na sua aula de artes?"

"vou ficar bem aqui."

Lydia segurou o telefone até o zunido virar silêncio. O pai que tinha em Denver não era perfeito, mas nunca a deixaria sozinha por tanto tempo. Sempre que pensava em como ele era naquela época — na sua leveza ao entrar nos lugares, em como inclinava a cabeça quando outros falavam —, ela ficava muito, muito triste, como se o pai da sua memória tivesse morrido naquela noite com todos os outros.

O sol não passava de um sonho a leste, e ela tinha o dia e o chalé inteiros para si. Andou de um lado para o outro de meias, espiando no silêncio, sentindo as cãibras e as dores da noite ali embaixo desaparecerem. Quando chegou ao quarto do pai, ela se sentou na beirada do colchão e abriu a caixa de metal que ele guardava debaixo da cômoda. Olhou alguns envelopes e algumas fotos, depois pegou uma folha amassada de papel toalha marrom, do tipo que se vê em banheiros de escolas e hospitais. Quando o abriu — esperando um dente da fada do dente ou um cacho do seu cabelo quando pequena —, ficou surpresa ao ver o anel de rubi da mãe no papel amassado feito uma flor no chão do cemitério. Ele enfim tinha jogado fora a gaze.

Quando estava colocando o anel de volta na caixa de metal, parou de repente, virou a cabeça e se perguntou se tinha de fato acabado de ouvir os passos de um homem no corredor. Não viu ninguém quando olhou pelo batente, mas seu coração batia forte. Conferiu a porta da frente, que estava trancada, mas mesmo de dia o fato de saber que a porta não se abriria até o anoitecer só fazia o silêncio se apertar em torno dela. Passaram-se alguns segundos, e ela estava prestes a se acalmar... então, claro, ela ouviu: em algum lugar nos fundos do chalé, um ovo se espatifando no chão de madeira.

A porta do armário clicou quando ela a fechou, logo depois de entrar.

Doze horas depois, mais alto que os sons que pareciam pássaros ecoando pela cuba da pia, Lydia enfim ouviu os pneus no cascalho da entrada. O ar ao redor dela começou a se partir, e ela abriu a porta da sua caixa escura. A parte inferior do seu corpo estava tão dormente que parecia revestida de concreto. Era impossível andar, mas conseguiu se levantar o suficiente para olhar pela janela acima da pia.

Lá fora, na parte mais alta da ladeira que havia na entrada, ela viu o pai, com a camisa do trabalho desabotoada, pegando uma caixa de papelão pesada do banco traseiro da perua. Ele desceu direto para a oficina e não pôs o pé no chalé até muito depois de Lydia já ter jantado sozinha, tomado banho, ido para a cama e — finalmente, felizmente — lido até cair no sono.

CAPÍTULO 13

Quando acordou e seus olhos se ajustaram à luz, Lydia percebeu que tinha sido despertada por alguém roncando. Seu primeiro pensamento, em pânico, foi de que David não roncava. Olhou para a pilha de travesseiros e lençóis decorados ao seu lado, mas a cama estava estranhamente vazia. Quando seguiu os roncos, encontrou Raj no chão ao lado da sua cama, dormindo pesado no saco de dormir de David.

No chão, disse a si mesma. Não na cama. Ufa.

Agora se lembrava: ontem à noite, eles conversaram até tão tarde que Lydia sugeriu que Raj ficasse por lá. Ele aceitou a oferta.

A manhã estava fria, então Lydia decidiu ficar mais um pouco na cama, mas, quando o telefone tocou na cozinha, pulou por cima de Raj sem acordá-lo. Ela estava com a calça e o casaco de moletom de David, e, enquanto olhava para o telefone, imaginou que era ele, David, ligando para dizer que estava voltando para casa mais cedo em busca de sexo ou *bagels*.

No cômodo ao lado, Raj ainda roncava. O telefone parou de tocar.

Enquanto contemplava o café, viu o engradado de Joey debaixo da mesa. Pegou os dois livros que planejava decifrar na noite anterior quando foi interrompida pela batida de Raj. Um era um volume fino de poemas chamado *The Devil's Tour*, e ela ficou surpresa, enquanto o folheava, de encontrar apenas um punhado de minúsculas janelas cortadas em suas páginas. Essa era, até onde sabia, a mensagem mais curta que tinha visto até então. A etiqueta no verso era de um livro diferente, é claro, um pequeno romance chamado *Sula*, que ela pegou emprestado da livraria ontem, e sentiu a visão ficar um pouco borrada quando o levantou da mesa, aberto nas páginas correspondentes, e deslizou seu texto sob os poemas recortados. Quando as páginas ficaram perfeitamente alinhadas, algumas poucas palavras apareceram:

Min

ha.

Ult

ima

mens. A

ge

m, en

Co

nt

re

ela

...

"Minha última mensagem..." só que Lydia ainda tinha uma pequena pilha de livros na caixa para decifrar. Então, embora essa talvez fosse a última mensagem que Joey recortou, Lydia se deu conta de que não seria a última que decodificaria. Mesmo assim, a instrução era clara: "Encontre ela..."

Lá estava novamente: "ela".

Lydia sentiu os braços pesarem quando percebeu, com grande alívio, que a mulher nas mensagens de Joey — "Ela", que Lydia foi instruída a encontrar, sabe-se lá como — provavelmente não era ela mesma. Na primeira mensagem, Joey se dirigiu diretamente a Lydia, chamando-a inclusive pelo nome, então era plausível imaginar que "Ela" fosse outra pessoa. Mas quem?

O apartamento estava silencioso, mas ela conseguia ouvir os primeiros traços de trânsito na Colfax, assim como os pássaros piando entre os galhos dos abetos que acariciavam sua casa. Quando olhou para o quarto, viu Raj se retorcendo para sair do saco de dormir de David e calçando as sandálias. O cabelo dele era uma bagunça só.

Lydia fechou os livros e os largou no engradado.

— O que é isso tudo? — perguntou Raj, entrando na cozinha.

— Minha herança. Pelo jeito, quando alguém se mata na livraria, sente necessidade de me deixar um presente.

— Eita. — Raj olhou para o engradado. — Posso dar uma olhada?

— Acho melhor não — respondeu ela.

Ele deu de ombros.

— O telefone estava tocando? — perguntou ele.

— David volta para casa hoje.

— Então deve ser melhor eu ir embora.

— Deve mesmo.

Enquanto Raj enrolava o saco de dormir e usava o banheiro, Lydia, sentindo-se culpada por lhe negar acesso à caixa, abriu a gaveta de meias e pegou a foto da festa de aniversário que estava com Joey quando ele se enforcou. Raj também estava na foto, e talvez soubesse de algo sobre aquilo. Quando ele saiu do banheiro, com os cabelos molhados e penteados para o lado, ela sentiu o cheiro da pasta de dente no hálito dele e se perguntou se ele tinha usado o dedo para limpar os dentes ou a escova de dentes dela — ou, deus me livre, a de David. Ele pegou a foto e arregalou os olhos ao analisá-la: Lydia soprando as velinhas, Raj olhando para ela e Carol, um borrão no canto da foto.

— Reconhece isso? — disse ela.

Mas Raj não disse nada, só continuou olhando.

— Somos nós — disse ela, na esperança de quebrar seu transe. — Bem na época em que aquilo aconteceu.

— Era o que eu estava pensando — disse ele, quase inaudível. — Bem naquela época.

— O que foi? Você está olhando a foto de um jeito...

— Olha só a minha cara, caidinho por você — disse ele.

Lydia aproveitou a ocasião para mexer na cozinha — levantar a chaleira, enxaguar a esponja — em vez de responder.

— Onde é que você arrumou isso? — perguntou ele.

— Com o Joey. O cara que se enforcou.

— Sério? — disse Raj, olhando mais uma vez para a foto. — Que bizarro. Como ele conseguiu isso? Você deixou essa foto na livraria ou algo assim?

— Seria mais fácil se fosse esse o caso — disse ela. — Eu nunca tinha visto essa foto até a noite em que ele morreu. Não que eu me lembre, pelo menos.

O fato era que ela ainda não fazia ideia de como Joey tinha conseguido aquilo, ou mesmo por que ele iria querer aquela foto. Nada naquela situação fazia sentido, embora tenha se perguntado se um detetive particular, ou um teórico da conspiração, ou um jornalista investigativo poderia ter de alguma forma envolvido Joey na missão de descobrir a nova identidade da pequena Lydia. Mas ela não conseguiu ir além disso.

— É a sua antiga cozinha na foto — disse Raj —, então dá para imaginar que foi o seu pai que tirou.

— Deve ter sido ele.

— Então o Joey teria conseguido a foto com ele.

— Com o meu pai? Tá, mas isso não explica quando eles teriam se cruzado. Ou como.

Enquanto Raj continuava analisando a foto, preso em algum ciclo de lembranças, a mente de Lydia vagava em novas direções. E se seu pai tivesse persuadido Joey a ajudá-lo a se reconectar com a filha afastada? Ou então pedido a Joey que ficasse de olho nela?

Ela sentiu um arrepio: "encontre Ela", dizia a mensagem de Joey. Encontre a pequena Lydia? Talvez ela tivesse se precipitado em se descartar...

— Você está bem? — perguntou Raj, puxando delicadamente um fio solto do casaco dela.

— Estou — disse ela, recompondo-se. — Foi mal.

— Joey era de Rio Vista ou algo assim?

— Joey era de lugar nenhum, até onde sei.

— E você continua sem falar com o seu pai? Porque você poderia simplesmente perguntar para ele.

— Ele tem tentado me ligar — contou ela. — Mas não retornei a ligação.

— Talvez seja para falar disso aqui — disse Raj, balançando a foto.

Lydia a pegou das mãos dele. Raj levantou as meias e fechou as sandálias.

— Acho que está na hora de eu ir — disse ele.

Ele foi até a porta e a abriu, mas parou com a mão na maçaneta.

— Sabe — disse ele, de frente para o corredor vazio —, a polícia veio me ver depois que vocês saíram da cidade. Quando a gente estava na quarta série.

— Faz sentido terem feito isso.

— Dois detetives. O detetive responsável pelo caso e um outro cara. Um ou dois meses depois de vocês se mudarem, talvez mais. A gente se encontrou numa mesa na loja de donuts depois da aula. Foi meio sério, o meu pai até fechou a loja mais cedo para não ter nenhuma distração.

— Por que você está me contando isso, Raj?

— Eu achava que os policiais estavam lá para perguntar sobre a Carol, então eu estava preparado para contar um monte de histórias e fofocas da Carol, mas eles não pareciam interessados nela. Eles só queriam saber do seu pai. Queriam saber tudo sobre ele. Tipo, *tudo*.

Lydia apoiou a palma da mão na parede texturizada.

— Sobre o meu pai?

— As coisas que eles ficavam me perguntando, Lydia... Era como se ele não fosse o cara que eu conhecia. Como se estivessem falando de algum outro homem completamente diferente.

— Isso é bem a cara dele — disse ela, fechando lentamente a porta, despedindo-se de Raj.

CAPÍTULO 14

Lydia encontrou Plath ao pé da ampla escada da livraria, encostada numa das colunas de madeira arranhadas do prédio feito uma detetive particular debaixo de um poste de luz de num filme noir. Inicialmente Lydia pensou que a amiga estivesse fumando, mas logo percebeu que estava apenas chupando um Tootsie Pop. Tirando isso, não parecia estar fazendo nada.

— Muito profissional — comentou Lydia, apontando para o pirulito.

Plath sorriu e um fiapo de baba marrom escorreu pelo seu queixo. Uma cliente que passava cobriu a boca com a mão.

— O que você está fazendo, afinal? — perguntou Lydia.

— Pirulit... ando. — Passou os dedos por uma série de lombadas e suspirou. — Me lembra de nunca pedir demissão desse lugar.

— Porque você pode chupar pirulito no trabalho?

— Lydia, você acabou de mencionar a única coisa que a gente tem em comum com strippers. Mas não, eu só adoro esse lugar. Só isso.

— Ah, é?

— É.

Lydia estava feliz por ter encontrado Plath. Ela sempre a deixava feliz, e hoje, mais do que nunca, Lydia precisava mesmo de ânimo. Depois que Raj saiu do seu apartamento, ela decidiu, com uma certeza que não era do seu feitio, pela primeira vez em vinte anos, que precisava se encontrar com o detetive Moberg para perguntar não só sobre a mensagem no cartão-postal — *para o caso de um dia você querer saber mais* — mas também para perguntar por que ele interrogou o Raj de 10 anos sobre o pai dela e quem mais ele encurralou em busca de informações. Parecia coisa demais para esconder na gaveta de meias.

— Posso pegar o seu carro emprestado? — pediu ela. — Preciso subir para as montanhas...

— Não precisa dizer mais nada — disse Plath, e, com o pirulito entre os dentes, pegou um molho de chaves do bolso detrás da calça e tirou uma chave. Plath tinha cortado recentemente os cabelos prateados, quase num corte militar, e usava grandes argolas de prata que chacoalhavam feito uma ilusão de ótica. — Precisa de companhia?

— Hoje não — respondeu ela.

— Tem certeza? Nem de um ombro?

— Eu estou bem.

— E que tal uma bebida?

— Cedo demais para isso, tipo, umas doze horas antes da hora.

Plath segurava uma pilha de papel, disfarçadamente enrolada num tubo. Um carrinho de livros estava parado ali perto.

— É uma lista de devoluções? — perguntou Lydia.

— Você não tem montanhas para conquistar? Vai embora.

— Me deixa ver.

— Vai em-bo-ra.

Uma das obrigações compartilhadas pelos colegas de Lydia era fazer periodicamente um relatório de devoluções pelo sistema de estoque e usá-lo para tirar das prateleiras livros que não eram vendidos fazia meses e devolvê-los à editora. A ideia era cortar títulos que poderiam estar atrapalhando os negócios, mas Lydia não faria parte de uma prática tão cruel. Na verdade, depois de muitas tentativas fracassadas de reabilitação, ela não estava mais autorizada a participar do processo de devolução, porque não houve uma vez que ela não tenha sido pega perdendo de propósito páginas da lista ou tirando do lugar alguns dos seus livros preferidos para poupá-los do facão. Ela simplesmente não conseguia não levar para o lado pessoal: escolher e enviar um título de volta para a editora era como mandar um cachorro em perfeito estado para a carrocinha, sabendo que seria sacrificado.

— Isso aqui é um negócio — disse Plath, apontando para Lydia com seu canudo branco —, não uma biblioteca. Às vezes, é preciso sujar as mãos.

Havia pedrinhas e marcas de botas no chão, mas ainda assim Lydia se ajoelhou ao lado do carrinho e inclinou a cabeça na sua pose de leitura de lombadas. O cabelo entrou na boca enquanto tirava uma coleção de histórias de Grace Paley.

— Coloca de volta — disse Plath.

— Um exemplar de Grace Paley não vai fazer o banco falir.

— O banco? A porcaria do banco desistiu da gente há anos. Mas não liga para eles, e, aliás, não liga para a gente. Só pensa numa coisa: para onde vão os seus BookFrogs se a gente virar uma loja da Nike?

— São os meus BookFrogs agora?

— Sempre foram.

Lydia resmungou e continuou olhando os livros no carrinho.

— O que você está procurando, aliás? — perguntou Plath.

Lydia hesitou por um instante, depois tirou do bolso detrás da calça o caderninho de girassol no qual anotou a lista das etiquetas de Joey.

— Esses livros aqui.

Nos últimos dias, ela conseguiu riscar seis ou sete livros da lista e anotar as mensagens correspondentes, mas ainda estava com dificuldade para encontrar os títulos restantes. Lydia explicou a Plath que a maioria dos livros da lista ainda estava no estoque, mas não nas prateleiras quando procurou.

— E pode ser que estejam sem etiqueta — acrescentou. — Tem isso.

Plath fez cara feia para ela.

— O que você está tramando, sua cobrinha?

Por um momento, Lydia considerou contar a Plath sobre os livros picotados que Joey havia lhe deixado, mas esperava chegar à cabana de Moberg nas montanhas ainda à tarde, para não ter que voltar a Denver dirigindo no escuro. Ela mordeu a unha do polegar até arrancar um pedaço, depois o enfiou no bolso do jeans. Quando levantou o olhar, Plath a estava encarando.

— Eu nem quero saber.

— Posso perguntar uma coisa? — perguntou Lydia. — Joey nunca disse nada sobre ser casado, né? Estou tentando descobrir se havia alguma mulher, sabe, na vida dele. No passado.

— Além de você, você quer dizer?

— Estou falando sério.

— Escuta aqui, sua destruidora de corações. Joey sem dúvida não era casado — disse Plath. — Ele era fofo, com certeza, daquele jeito maluco dele, mas não usava aliança e dava pra perceber pelo olhar de lobo solitário que ele não era comprometido.

— Bem — disse Lydia —, alguém com certeza partiu o coração dele.

Plath apontou para o caderno nas mãos de Lydia.

— Dá uma procurada lá nos bastidores — disse ela. — Se esses livros da sua lista estiverem sem etiqueta, provavelmente estão em alguma prateleira lá atrás, esperando para ser processados. E aproveita a viagem hoje. É como dizem: *a resposta está nas montanhas*.

— Não para essa pergunta — disse Lydia, balançando o caderno enquanto seguia para as portas vaivéns que davam para o depósito da livraria.

Chamada extraoficialmente de bastidores da loja, a área atrás daquelas portas era um mundo totalmente diferente, uma caverna caótica de mesas de madeira, caixas de papelão e pilhas de livros espalhadas por toda parte. Lydia aprendeu, logo quando entrou na Ideias Brilhantes, que ir ali atrás era garantia de aumentar a inteligência e o mau humor. Muitos dos seus colegas dos bastidores eram bibliófilos tão decepcionados com as pessoas que agora buscavam o mínimo possível de interação humana. Outros desapareciam gradualmente nos bastidores, um expediente de cada vez, quando o rosto doía de tanto sorrir ou quando não sabiam do que seriam capazes se mais uma pessoa perguntasse onde ficava o banheiro. Eram como comissários de bordo cansados de bater o quadril no encosto das poltronas; como professores de inglês cansados de corrigir redação. Lydia pensou que, algum dia, poderia se sentir em casa ali atrás.

Andou meio sem rumo até ver Ernest a uma mesa fechando caixas com fita adesiva. Ela só o tinha visto de passagem desde a noite do suicídio, havia pouco mais de duas semanas, quando ele subiu no banco e soltou a forca de Joey. Estava de jardineira, com um piercing dourado no nariz e fones de ouvido de plástico daqueles fofinhos que os clientes da biblioteca do seu pai costumavam plugar nos toca-discos. No momento em que a viu, ele baixou os fones, olhou em volta para confirmar se estavam sozinhos e mergulhou num abraço inesperado e brusco.

Quando recuou, parecia perturbado, envergonhado.

— Você já conseguiu dormir? — perguntou ele, visivelmente desesperado. — Quero dizer, desde o Joey. Porque eu não consigo pregar a porra dos olhos.

— Estou com dificuldade também — disse ela. — Tenho tentado me manter ocupada.

— Eu nem consigo ir para lá — disse ele, gesticulando para a loja. — Porra, Joey. Valeu, cara. O que foi que eu fiz para ele?

Lydia apertou o ombro dele.

— Precisa de alguma ajuda, Lydia?

— Estou procurando livros que estão sem etiqueta — disse ela. Esperava algum estranhamento da parte dele, ou um turbilhão de perguntas, mas Ernest só assentiu com a cabeça.

— Eles estão se acumulando — disse ele, falando enquanto a acompanhava dando a volta numa grande mesa de madeira e tirava uma pilha de livros de uma prateleira que ficava ao lado dela. — Eu desisti de imprimir etiquetas novas. Eles estão aparecendo aqui a semana toda, um por um, que nem destroços de um acidente de avião.

— Mais que o normal?

— Eu não sei mais o que é *normal* — disse ele.

— Posso ver?

Ernest se afastou enquanto Lydia analisava as lombadas dos livros. Na pilha, encontrou quatro da sua lista — quatro de que precisava para preencher as páginas recortadas de Joey.

— Vou levar esses — disse ela, levantando-os de lado para que ele pudesse ver as lombadas, os livros formando um sanduíche tão grande quanto os do Scooby-Doo —, mas amanhã trago de volta. — Enquanto enfiava os livros na bolsa, ela se virou para Ernest: — Joey não tinha intenção de fazer mal a você.

— Eu sei — disse ele. — Mas isso não apaga o que aconteceu. — Então desapareceu no meio dos fones de ouvido e apoiou a cabeça no tampo da mesa, com o rosto para baixo, como se quisesse reivindicar seu espaço nos bastidores e mostrar que não ia a lugar nenhum.

Embora agora estivesse mais de cem quilômetros a sudoeste de Denver, subindo para os picos nevados da Divisória Continental no Volvo barulhento que pegou emprestado com Plath pela manhã, Lydia não se sentiu revigorada como costumava se sentir quando dirigia pelas montanhas. Talvez por todo o seu foco estar no cartão-postal de Pikes Peak, enfiado na saída de ar do descongelador, no para-brisa, bem na sua linha de visão: *só para o caso de um dia você querer saber mais*, dizia.

Na última hora, Lydia vinha sem pressa pela pista da direita com os caminhoneiros e os pobres, sentindo-se nostálgica por todas as vezes — na adolescência e aos vinte e poucos anos — que subiu num ônibus sozinha, com uma mochila cheia de livros, bananas e uma muda de roupa, ansiosa pela vibração da estrada. Naquela época, essas viagens passavam o sentimento de caminho sem volta, a noção de que precisava mudar de ambiente, de que havia solidez e liberdade no abandono. Mas parecia que essa viagem a estava levando diretamente para aquelas coisas das quais sempre se afastou, e muito do prazer da estrada desapareceu, substituído por um cinzeiro cheio e ansiedade. Não sabia ao certo o que faria quando chegasse à cabana de Moberg, mas de uma coisa tinha certeza: de tudo o que a incomodava ultimamente, o detalhe que fazia menos sentido era o fato de Moberg ter visitado a loja de donuts para interrogar Raj sobre o pai dela. O que o seu pai tinha a ver com a investigação do Homem do Martelo, especialmente meses depois de se esconderem em Rio Vista? Não fazia sentido.

Enquanto dirigia ao longo do Platte, observando suas correntes ondularem e baterem em rochas e troncos, Lydia se deu conta de que não via Moberg pessoalmente fazia mais de vinte anos. Naquela época, seu pai havia feito acordos com ele para cooperação total na investigação em andamento do Homem do Martelo, desde que a pequena Lydia não precisasse mais ir a Denver. Ele não queria que ela ficasse mais traumatizada do que já estava. Por sorte, Moberg possuía uma cabana de fim de semana em Murphy, uma cidadezinha no meio do caminho entre Denver e Rio Vista, que poderia servir como ponto de encontro. Ela e o pai foram apenas uma vez ao refúgio de Moberg, quando, apesar de ela insistir em dizer que não tinha visto o rosto do Homem do Martelo, foi chamada à cabana dele para ver mais um álbum de fotos de suspeitos da polícia — homens de rosto torto, com barba e sem dentes — e não reconheceu nenhum deles. Moberg pareceu desolado naquele dia, quando a dispensou.

As mãos dela apertavam o volante enquanto atravessava a cidade e subia estradas secundárias cobertas de neve. Havia passado vinte minutos na delegacia de Murphy usando o cartão-postal e sua persistência para convencer o policial de plantão a revelar o caminho da cabana de Moberg. Quando enfim chegou à estrada coberta de mato, reconheceu o lugar com o vago vislumbre de algo visto apenas em sonho e percebeu que jamais teria encontrado o lugar por conta própria.

A roda de carroça. A galinha de madeira. O carrinho de mão enferrujado na neve.

A pequena cabana de creosoto e pinho ficava numa encosta íngreme. As janelas estavam bloqueadas por painéis de espuma, e um fiapo de fumaça subia do tubo de aquecimento.

Assim que Moberg escancarou a porta e semicerrou os olhos ao sol de inverno, de calça jeans preta e sem camisa, Lydia soube que tinha ido parar naquela varanda lascada por um bom motivo: à sua frente estava o equivalente a um BookFrog das montanhas. Em sua lembrança, Moberg era enorme, com muito mais de um e oitenta, ternos de veludo, cabelos castanhos ondulados e costeletas que contornavam sua mandíbula. Agora ele estava *completamente* careca. Sem sobrancelhas, sem cílios, nem um fio de pelo visível no peito ou na barriga. Uma imagem de Marlon Brando interpretando Kurtz passou pela sua cabeça. Os olhos dele estavam saltados como ovos cozidos.

— Eu teria ligado — disse ela —, mas o seu número não está na lista.

— Jura?! O que você quer?

Ela mostrou o cartão-postal.

— Mais, eu acho — disse ela.

Moberg, por trás de um rasgo na tela da porta, apertou os olhos.

— Vi a sua foto no jornal — disse ele. — Eu não deveria ter mandado isso.

— Mas mandou. Posso entrar? — perguntou ela, tentando dar um sorriso.

— Eu não tenho nada para você.

— Você não tem café, pelo menos?

— Café — disse ele. Refletiu por um instante. — Isso eu tenho.

Moberg não a convidou para entrar, mas se virou e seguiu com passos decididos pelo corredor. Lydia tomou isso como um convite e abriu a porta de tela. O chão era de um linóleo industrial tão sujo de fuligem que, por um momento, pensou que era um carpete cinza. O hall revestido de madeira estava encurvado por danos causados por água. Ela podia ouvi-lo acendendo um fogão a gás e abrindo armários. Por educação, tirou os tênis cheios de neve e os deixou perto da porta.

— Espera ali — disse ele do outro lado da parede.

Ali, depois da cozinha, era um cômodo único com uma mesinha e duas cadeiras de madeira. Uma salamandra a lenha estava entrincheirada perto da mesa. Um aquário vazio jazia no chão. Havia livros — edições de bolso de histórias de mistério — amontoados em pilhas da altura dos olhos nas quatro paredes.

Moberg apareceu, segurando um caderno espiral surrado.

— O café vai levar uns minutos — disse ele.

Deu um sorrisinho para alguma coisa acima da cabeça dela.

— Você está aqui por sua causa? — disse ele.

— Acho que sim.

— É sim ou não. Isso é para alguma matéria de jornal ou livro policial sobre crimes reais? *Minha noite com o Homem do Martelo*. Ou está aqui por sua causa mesmo?

— Só por minha causa.

— Não para resolver o caso, espero.

— Para resolver o caso?

— Você está bancando a detetive ou só botando a cabeça em ordem?

— Não sei se tem diferença.

— Que merda. — Ele riu, depois riu mais alto. — Que merda!

Quando o café ficou pronto, Moberg o trouxe numa bandeja de plástico laranja de refeitório e ofereceu cubos de açúcar.

— Você quer respostas — disse ele —, mas, se eu tivesse respostas, o caso estaria encerrado, não engavetado há vinte anos. Posso só dizer que durante toda a minha carreira eu vi talvez cinco assassinatos serem resolvidos depois de tanto tempo? O tempo passa. As pessoas esquecem. As provas são comprometidas. Depois que um assassinato se perde do contexto, é quase impossível encontrar algo novo. Às vezes a ciência recupera o tempo perdido, mas não conte com isso. DNA pra cá, DNA pra lá. Todo mundo quer. Pior que curandeiros. Encantadores de serpentes. Espero que essa não seja a sua expectativa.

— Não sei bem qual é a minha expectativa — disse ela.

— Talvez só paz de espírito. Você não vai conseguir, mas isso não significa que não valha a pena buscar. Eu vou te dizer tudo o que sei, e aí você vai embora.

E ele disse. Simples assim, Lydia ficou ouvindo Moberg puxar da memória as lembranças de trabalhar no que ele chamou de "assassinatos da família O'Toole". Seu tom era frio, mas as palavras eram claras. Não era uma história, era um caso. Não era uma experiência, era um arquivo. O ato de vê-lo folhear seu caderno e comentar suas anotações em voz alta era diferente de qualquer coisa que Lydia já presenciou. Ela apreciou a objetividade dele porque permitiu que enxergasse aquela noite, pela primeira vez na vida, com algo próximo ao distanciamento, e ela precisou se lembrar periodicamente de que estava lá, naquela casa, naquela noite em que todos aqueles detalhes adquiriram relevância.

Como talco: traços desse pó na maçaneta da porta dos fundos dos O'Toole, nos interruptores, no balcão da cozinha. Provavelmente de luvas de látex, embaladas com talco para evitar que grudassem umas nas outras. Nenhuma digital viável, então ele aparentemente usou as luvas o tempo todo, mesmo quando lavou as mãos depois. É provável que não as tenha tirado até estar bem longe da casa.

A arma do crime: um martelo de unha padrão, de meio quilo, produzido numa fábrica em Gary, Indiana, e propriedade de uma das vítimas, Bart O'Toole. Tinha gravado as iniciais na base, como fazia com a maioria das suas ferramentas: B E O. O martelo provavelmente foi removido da caixa de ferramentas de metal na varanda coberta dos fundos, ou possivelmente da caminhonete da vítima, ou até mesmo da garagem destrancada, em algum momento antes dos assassinatos.

O baseado: dois gramas de maconha de baixa qualidade foram encontrados na gaveta da cômoda de Dottie O'Toole, junto com um tubo de filme fotográfico cheio de sementes e um cachimbo Proto Pipe.

O aparelho de som: em cima da geladeira, não funcionava mais. Nada peculiar sobre ele a princípio, mas, numa inspeção mais detalhada, dava para notar que estava molhado por dentro: caíram gotas de água dele quando o viraram de lado. Possivelmente foi trazido para dentro depois de ser deixado na neve.

As pegadas: deixadas por um par de botas de trabalho Sears & Roebuck, biqueira de aço, tração pesada, tamanho 42. Tamanho comum. As pegadas por toda a casa não apresentavam irregularidades nas solas. Os investigadores descobriram que nada menos que 116 pares daquela bota, daquele tamanho, foram vendidos em diferentes locais pela cidade nos seis meses anteriores ao crime, e uma extensa série de interrogatórios revelou que nem um único vendedor havia notado nada de anormal em nenhuma dessas transações.

O casaco: jaqueta de trabalho com capuz de Bart O'Toole, que apareceu numa vala na beira da estrada, na zona norte da cidade, dois meses após os assassinatos. O corredor que a descobriu encontrou o nome de O'Toole num recibo dentro de um bolso e chamou a polícia. Vestígios de manchas de sangue no forro de pele de carneiro sugeriram que o Homem do Martelo o colocou antes de sair da casa para encobrir o sangue na própria roupa. Todo o sangue foi identificado como sendo dos três falecidos.

A lanterna: modelo econômico da Eveready, de alumínio estriado, bastante usada, encontrada no chão da cozinha. Sem iniciais, mas, como o martelo, a lanterna poderia ter sido pega na caixa de ferramentas, ou na caminhonete, ou na garagem. De acordo com a sobrevivente ("Você, no caso"), o Homem do Martelo apagou a única lâmpada acesa antes de começar o ataque, deixando a casa completamente no escuro. Inconclusivo se ele usou a lanterna para iluminar os assassinatos.

O buraco na parece de gesso do corredor: nada tão estranho, mas a presença de pó de gesso ao longo dos rodapés e dos grânulos no carpete mostraram que o buraco provavelmente havia sido feito por volta de uma semana antes do crime e a poeira tinha sido quase toda, se não completamente, aspirada. Alguém havia pendurado um porta-retratos com uma foto da família por cima do buraco, mas o porta-retratos certamente quebrou e caiu naquela noite, deixando cacos de vidro no corredor.

A sobrevivente, mais especificamente o sangue da sobrevivente: gotas do seu sangue foram encontradas num rastro borrado em parte do carpete da sala de estar e atravessando o chão da cozinha. O sangue vinha da laceração na testa sofrida enquanto ela rastejava para se esconder e atingiu o canto da mesa de centro. Grande parte do rastro de sangue já estava borrado quando a polícia chegou, mas naquela noite, quando as gotas ainda estavam frescas, o assassino as havia deixado passar de alguma forma. Mesmo com a lanterna mencionada anteriormente...

— Espera — interrompeu Lydia. — O que você está dizendo, exatamente?

Moberg levantou os olhos do caderno.

— Só que você cortou feio a testa e deixou um rastro de sangue da sala de estar até a pia da cozinha. Mas, de alguma forma, o Homem do Martelo não percebeu isso.

— Porque, caso contrário, ele teria me encontrado?

— Quase certo que sim. Todo o resto do lugar parecia um matadouro. Pegadas cheias de sangue para cima e para baixo. Poças e respingos como eu nunca tinha visto. Mas nenhuma das vítimas foi morta na cozinha, então é um tanto improvável ele não ter percebido um rastro de sangue fresco que ia diretamente para debaixo da pia, onde você estava escondida. Só isso.

Lydia sentiu um embrulho no estômago enquanto tentava processar a insinuação de Moberg.

— Posso continuar? — perguntou Moberg, e continuou antes que ela pudesse responder.

Lydia ouvia a voz clínica de Moberg, com estômago para aquilo tudo, até ele começar a compartilhar as anotações da necropsia de Carol: *um golpe forte no frontal, dois golpes fortes no maxilar, um golpe oblíquo na órbita esquerda, dois golpes na têmpora esquerda...*

Ela ouviu ovos caindo.

— Para — pediu. — Já ouvi o suficiente.

Carol O'Toole. *Carol.* De todas as imagens que bombardeavam sua cabeça, a mais difícil para Lydia foi o único vislumbre que teve de Carol enquanto seu pai a tirava da cozinha, pouco depois de encontrá-la.

"Não olha", disse seu pai, apertando-a junto ao peito. "Meu deus, não olha."

Mas, antes de virarem para atravessar a sala de estar, ela espiou por cima do ombro dele e lá estava Carol numa porta aberta no fim do corredor, caindo da pilha de corpos dos seus pais, os cabelos ruivos e a pele pálida cobertos de sangue, o crânio tão aberto que Lydia não entendeu que era o crânio da menina até muitos segundos depois, quando já estava no hall dos O'Toole, tão gelada que não conseguia se mexer, tão assustada que não conseguia apagar da mente...

— Já ouvi o suficiente. Por favor.

Moberg fechou o caderno com a indiferença de quem fecha um cardápio. Tomou um gole de café e franziu a testa.

— O que você de fato quer saber não está nas minhas anotações — disse ele.

— O que eu de fato quero saber?

— O ponto mais fora da curva era você. A gente nunca conseguiu entender você.

— O que tem eu?

— Por que você — disse Moberg. — Por que você *não*, melhor dizendo. Por que ele não matou você.

— Porque eu estava escondida.

Moberg a encarou, até que ela começou a se sentir quente, como se estivesse sob um holofote.

— Você já brincou de esconde-esconde com crianças? — perguntou ele. — Quando se brinca de esconde-esconde com crianças, você sabe onde elas estão escondidas, mas finge que não sabe.

— Você acha que ele sabia que eu estava lá.

— Vamos imaginar por um momento que o Homem do Martelo *não* ouviu você sair da cabana de cobertor e rastejar até a cozinha e *não* ouviu você bater na mesa de centro, nem abrir o armário da pia, nem empurrar alguns produtos de limpeza para o lado e se enfiar lá dentro. *Ainda assim*, você conseguiu deixar um rastro de sangue que dava diretamente para o seu esconderijo. Para mim, parece história da carochinha.

— O que isso quer dizer?

— Que tem um fato nesse caso, um único fato: você foi poupada. Tenho certeza disso, garota.

— Eu estava *escondida* — insistiu ela.

— Um dia, quando não estiver deprimida, você devia ler alguns relatos de testemunhas oculares de massacres — disse ele, inabalável. — Na maioria das vezes, quando alguém sobrevive, não é porque foi esperto. O atirador que dispara contra uma multidão jogada no chão não vai acertar seis tiros na cabeça e acidentalmente deixar um único sobrevivente. Ele *escolhe* o sobrevivente e o jogo é errar de propósito. Existem poucos acidentes com esse poder.

— O que você está dizendo?

— Você pode fingir que o seu anjo da guarda estava te protegendo, mas o fato é que ele entrou na cozinha coberto de sangue, segurando a porra de um martelo pingando sangue, e deixou você viva. Até deixou a lanterna acesa no chão da cozinha, provavelmente para você ter um pouco de luz no seu esconderijo. Você veio aqui pela verdade? Bom, isso é o mais próximo da verdade que você vai conseguir.

Lydia sentiu mãos agarrando sua nuca, como se algo estivesse subindo por ali, só que não havia nada. Sentiu as lembranças se refazendo.

— Goste ou não, Lydia, ele ajudou você a se esconder.

Só de se imaginar enfiada debaixo da pia, sentiu imediatamente cheiro de mofo e, na escuridão da mente, o peso do enorme triturador de lixo, os canos cobertos de pó, os registros de água com teias de aranha. E conseguia ouvir a família O'Toole morrendo — a respiração ficando gutural, depois silêncio; a carne ficando pesada; e os ossos se acomodando com um estalo.

Plec.

— Você sabe que eu tentei — disse ele, e Lydia não sabia ao certo do que estava falando. Ele evitou o olhar dela, e sua voz era pouco mais que um sussurro, como se algum segredo indescritível o tivesse derrotado.

— Eles não me deixaram ir atrás dele. Mas eu tentei.

— Ir atrás de quem?

— Foram os todo-poderosos — disse ele —, até a cúpula dourada do Capitólio. Acharam que seria um pesadelo de relações públicas para a polícia se eu estivesse errado. E todo mundo achava que eu estava errado. Não estou dizendo que estava certo, mas o homem tinha mais a esconder que qualquer outra pessoa.

— Quem?

— Seu pai.

— Preciso ir — disse Lydia, mas, ao se levantar, um enxame de vaga-lumes turvou sua visão e a fez se sentar de novo.

— Quer dizer que você nunca cogitou essa possibilidade? O que aquele tímido e velho bibliotecário teria a esconder? Acontece que tinha muito, mas fui desencorajado de ir atrás de qualquer uma das minhas descobertas. Mais para ameaçado, na verdade. Você não quer ouvir isso, é melhor ir embora. Não costumo falar tanto.

— Eu saberia se fosse ele.

— Ou você se convenceria de que não era — retrucou ele. — Não esquece o simples fato de que você está viva. Pensa bem: que louco mataria uma menina de 10 anos com a mãe e o pai sem hesitar, mas depois de repente teria escrúpulos e pouparia a amiguinha que foi passar a noite na casa?

— Não foi o meu pai — insistiu Lydia, escolhendo uma mancha cinza no chão para encarar. — Ele nunca faria uma coisa dessas. Além disso, o cara... o Homem do Martelo? Quando a Carol se arrastou pelo corredor, ele levou um susto. Eu ouvi tudo. Aquele porta-retratos da família quebrou e caiu da parede porque ele esbarrou no negócio quando a Carol o *surpreendeu*. Porque ele não esperava que ela estivesse lá. Talvez não soubesse que haveria crianças na casa. Meu pai, por outro lado, sabia que a Carol e eu estaríamos lá. Então não era ele, cacete, entendeu?

Moberg pegou uma caneta esferográfica da mesa, se debruçou no caderno e ficou rabiscando por um minuto antes de pousar a caneta.

— Isso é interessante — disse ele —, mas olha, assassinato é um negócio que faz muita bagunça. Tem grunhido, tropeço e pancada para todo lado. Se ele bateu na parede, deve ter sido por causa dos tremores da adrenalina ou porque estava prestes a matar a sua amiguinha. O pior tipo de onda que tem, sabe? Ou talvez esperasse que ela ficasse escondida e não precisasse matá-la. Como se ela não fizesse parte dos seus planos. Talvez tenha precisado fazer uma mudança de planos quando, de repente, ela começou a gritar com ele.

Lydia se ouviu respirar.

— Você está errado.

— Já ouvi isso antes — respondeu ele. — Me diz uma coisa, mais uma vez. Você viu o rosto do Homem do Martelo? Naquela noite, você viu?

— As luzes estavam apagadas — disse ela — e, quando ele entrou na cozinha, a única coisa que vi foi a lanterna pela fresta das portas do armário. Mas eu saberia se fosse o meu pai.

— Mas você não viu o cara — disse ele —, então poderia ser qualquer um. Você sabia que o seu pai não tinha álibi? Isso faz bastante sentido, já que ele era pai solteiro e não tinha vida social além dos tietes na biblioteca, mas ainda assim a falta de álibi é um bom lugar para começar.

— Claro que ele não tinha álibi — disse ela. — Ele teve que levar a biblioteca móvel no meio de uma nevasca até aquele festival nas montanhas. Se ele não fosse, perderia o emprego. Isso deve ter levado a noite toda.

Moberg abriu o caderno e correu o dedo pelas páginas.

— Ele deixou a biblioteca móvel em Breckenridge, depois pegou o último ônibus que fazia o translado da estação de esqui para o centro da cidade e um táxi e chegou em casa por volta da meia-noite, mesmo com a neve. Isso dava tempo suficiente para ele andar até lá. E bate com a linha do tempo. Mas na manhã seguinte, quando ele descobriu os corpos dos O'Toole, foi quando as incoerências de verdade começaram. Ele topou com a cena do crime, a mais repulsiva da história da cidade, e o que fez? Empurrou os corpos de um lado para o outro. Empilhou tudo num canto, alegando estar procurando você. Conveniente, então, ele ter o sangue das vítimas na roupa inteira, no rosto, nas mãos. Você sabia que a gente tirou pedaços de *cérebro* do colarinho dele? Cérebro, do tipo... Cérebro mesmo. Encontramos manchas de sangue dentro dos *bolsos* dele. Mas mover os corpos era pouco, então ele invadiu a casa tocando em tudo o que estivesse à vista. Suas impressões digitais cheias de sangue estavam por todo lado. O que nos leva à arma do crime. Quando a gente chegou lá, as mãos suadas dele tinham manchado tanto o martelo que todo o sangue latente tinha basicamente se transformado numa pasta e arruinado qualquer chance de conseguirmos uma digital viável... além da dele, é claro. Ao telefone, com o atendente do serviço de emergência, ele fez questão de anunciar em alto e bom som que estava segurando o martelo que com certeza tinha acabado com aquela família. Ligou da cozinha, como se estivesse pedindo uma pizza. Não deixa uma boa impressão, né?

— Tenho certeza de que tem um motivo para isso — disse ela.

— Péssima impressão — disse Moberg com firmeza, inclinando-se para a frente numa postura tão ameaçadora quanto assertiva. — Olha só, não estou duvidando da sua sinceridade aqui. E talvez você não queira ouvir isso, mas, quando a sorologia daquela cena de crime foi mapeada, sabe o que descobriram? O sangue dos três O'Toole. Depois o seu sangue em parte do carpete, no chão da cozinha e debaixo da pia. E depois o sangue de outra pessoa...

— Do meu pai — disse ela. — Porque ele se cortou.

— Quando estava procurando por você. Eu sei. Já ouvi essa história. Em algum momento depois do assassinato, o Homem do Martelo arrastou o corpo da Carol por metade do corredor até logo depois do batente da porta do quarto, onde os pais dela morreram, provavelmente para que ela não fosse vista da janela ou da porta de casa. Talvez ele tenha pensado que isso lhe daria algum tempo. E de manhã o seu pai apareceu, não viu você em lugar nenhum, então começou a te procurar, chegando ao ponto de empurrar os corpos para o lado, para o caso de você ter sido colocada debaixo deles. No meio do pânico, ele cortou a mão em algum lugar, provavelmente em vidro quebrado.

— Mas ele contou tudo isso para você — disse ela.

— Contou, sim.

— Então qual é o problema?

— O problema é que o sangue do seu pai não estava nos *corpos*. Estava só em *um corpo*. No da Dottie. E de ninguém mais.

— Isso não faz sentido — disse ela.

— Jura?

Uma onda de raiva encheu o peito de Lydia. Ela não sabia o que esperava conseguir vindo aqui, mas com certeza não era aquilo.

— Você está dizendo... — disse ela, mas precisou recomeçar. — Quando você diz que o sangue do meu pai estava no corpo da Dottie, havia outros sinais? Quero dizer, você está dizendo que...?

— Nada desse tipo. Estou dizendo que o sangue dele estava no pescoço, no rosto, no ombro, no pulso e na mão dela. E na camisola. Se fosse só isso, ou só as pegadas dele, ou só você se escondendo, ou só o martelo... Se essas fossem as únicas coisas estranhas, talvez eu tivesse considerado tudo isso coincidência. Mas tem mais coisa. Nem preciso dizer que, depois dos assassinatos, o seu pai fugiu da cidade assim que pôde. Ele queria proteger você, eu entendo. Mas o que eu sempre estranhei foi o silêncio dele antes de ir embora. Ele deu de cara com a cena de um crime na casa dos O'Toole, conhecia as três vítimas, mas tinha pouco a dizer sobre qualquer um dos envolvidos. Me diz se não tem alguma coisa errada aí. O único jeito de conseguir alguma informação dele seria fazendo uma acusação formal, mas o pessoal lá de cima descartou essa ideia. A pequena Lydia já tinha passado por muita coisa. Basta perguntar à revista *Life*.

— Eu *tinha* passado por muita coisa.

— Sei que passou. É por isso que em todos esses anos, em todas as coletivas de imprensa, nem uma única vez a polícia levantou publicamente suspeita sobre o seu pai. Talvez o seu sofrimento tenha garantido a liberdade dele. Você poderia ser prefeita de Denver com uma história dessas, sem sacanagem. Mas deu para entender minha questão sobre o seu pai.

Mais que qualquer coisa, Lydia se lembrava do desespero do pai tentando isolá-la, mantê-la em segurança, apagar uma noite que não podia ser apagada... pelo menos antes de se instalarem em Rio Vista, onde ele virou outra pessoa.

— Talvez você só estivesse frustrado — disse ela. — Não aparecia nenhum suspeito, então você se contentou com o clichê: culpe os pais.

— Foi exatamente isso que os meus colegas da delegacia disseram. E por um tempo eu acreditei neles, talvez porque toda essa lenga-lenga circunstancial fosse mesmo coisa da minha cabeça. Por um tempo, eu deixei para lá. Tentei me concentrar em pescaria, em trens e num Deus misericordioso. Mas, alguns meses depois dos assassinatos, a gente recebeu uma ligação da vizinha dos O'Toole. Lembra dela? Agatha Castleton, uma velha solitária que morou a vida toda na casa da frente. Eu tentei interrogá-la duas vezes antes disso, mas, como o restante da cidade, ela parecia paralisada de medo. Como se ela fosse a próxima da lista do Homem do Martelo. Deixei o meu cartão para o caso de ela se lembrar de alguma coisa.

— E ela se lembrou?

— Um dia antes dos assassinatos, perto da hora do almoço, Agatha estava comendo um sanduíche perto da janela e adivinha quem ela viu assobiando pela calçada e batendo à porta dos O'Toole? Um homem parecido com o seu pai, que se vestia como ele. O que nem é tão estranho, já que você e a Carol eram muito amigas, mas vocês duas passavam o dia todo na escola. O que ele estava fazendo lá, então? Pensa só. Os assassinatos aconteceram tarde da noite na sexta, e o seu pai esteve na cena do crime quinta por volta do meio-dia. Quando perguntei isso a ele, aliás, ele me disse que foi só devolver as luvas da Carol, que ela tinha esquecido na biblioteca. Disse que as deixou na caixa de correio na varanda e foi embora.

— Carol vivia perdendo coisas — disse Lydia, quase sorrindo.

— Lembra que o Homem do Martelo apagou as luzes enquanto agia — disse Moberg. — A lanterna pode ter ajudado a ver o caminho no escuro, mas a ação foi tão metódica que ele devia estar familiarizado com a planta da casa, talvez por já ter ido lá antes. Um pequeno detalhe, mas importante. Agora, dá uma olhada nisso.

De trás do caderno, Moberg tirou uma folha em preto e branco arrancada de um antigo catálogo imobiliário. Tinha sido dobrada em quatro, e os vincos estavam começando a rasgar. De cada lado da impressão, havia uma dezena de anúncios de propriedades, cada um com uma pequena descrição e uma foto do lugar à venda.

— O que você vê aí? — perguntou Moberg.

Lydia analisou os anúncios e se distraiu um pouco pensando em como as casas eram baratas e no quanto o seu estado tinha mudado. Então percebeu que todos os lugares ficavam nas montanhas: alguns chalés de fim de semana, algumas casas para o ano todo, algumas chácaras e fazendas decadentes.

— Olha do outro lado.

Quando Lydia virou a folha, precisou segurá-la perto da luz para ter certeza do que estava vendo, mas lá estava, no canto inferior esquerdo da página. Uma pequena foto borrada da casa do seu pai em Rio Vista com uma breve descrição: *Chalé 2 dorms, vista p/ mont., 3 ha, oficina gde., rota de ônibus escolar. $ 19.950.*

— É a sua casa nas montanhas.

— Onde você arrumou isso?

— Isso que você está segurando não é o original. A página original está numa caixa de evidências em algum lugar em Denver, dividindo a prateleira com um martelo manchado de sangue. O original foi encontrado amassado no lixo do banheiro, danificado de tal forma pela água que estava quase ilegível.

Por um instante, Lydia sentiu como se estivesse sentada numa cadeira de balanço, empurrada para trás.

— Você encontrou isso no banheiro dos O'Toole? — perguntou ela.

— Encontramos na manhã seguinte aos assassinatos. Com base nos outros itens no lixo, provavelmente estava lá havia um ou dois dias. Suponho que desde a visita do seu pai na quinta. Sabe, quando ele devolveu aquelas luvas tão importantes.

— Tem certeza?

— Absoluta.

— Caralho.

Moberg deu uma risadinha.

— Pois é — disse ele. — Caralho.

Lydia voltou a olhar para a imagem do chalé onde passou a maior parte da adolescência, os anos mais infelizes da sua vida. E tentou identificar se o desconforto que sentia no momento era por causa das insinuações de Moberg ou das lembranças evocadas por essa visão amassada — ou ambas.

— Não faz sentido — disse ela. — A gente se mudou para o chalé *por causa* dos assassinatos. Então, por que os O'Toole teriam uma foto dele?

— Essa é a questão — disse Moberg. — Seu pai foi até lá fazer alguma coisa mais importante que devolver luvas, sem dúvida. Claro que ele alegou que não havia interação entre eles, exceto sobre assuntos relacionados a você e Carol. E não tinha ninguém vivo para dizer o contrário. A primeira coisa que pensei foi que tinha alguma coisa entre ele e a Dottie O'Toole. Deus sabe que aquela mulher aproveitava a vida, mas olha só o seu pai. Quer dizer, o cara já lavou o cabelo alguma vez na vida? Ou sequer sabe amarrar os sapatos? É bem óbvio que ele não fazia o tipo de Dottie, o que foi confirmado pelas amigas de Tupperware dela. Você sabia que na época ela estava transando com um jogador do Broncos? Reserva, mas, ainda assim... Claro que tudo é possível, mas sempre duvidei muito da Dottie se aproximando de um homem como o seu pai. Todo mundo que eu interroguei tinha a mesma impressão.

— Continue — pediu ela, relutante.

— O mais provável para mim — disse Moberg, apoiando os cotovelos na mesa — é que Bart O'Toole e o seu pai estivessem aprontando alguma coisa. Que O'Toole precisasse de um rosto legítimo para alguma mutreta por baixo dos panos. O problema com o Bart é que quase tudo o que ele fazia era por fora, sem registro, então era difícil saber se estava trabalhando para bandidos, ou se ele próprio era um bandido ou só mais um idiota que queria vida boa sem pagar imposto. Havia muitas chamadas para resolver problemas de encanamento na calada da noite, mas isso não significa que ele estivesse se metendo em algo errado, sabe? Talvez ele precisasse do seu pai para assinar um empréstimo ou para legitimar algum documento, para explorar a prefeitura ou conseguir um contrato fora do estado. Talvez o chalé em Rio Vista fosse uma garantia, ou algum tipo de fraude fiscal relacionada ao negócio como encanador. Mas, por mais que eu procurasse, nunca consegui descobrir a conexão entre eles. Passei meses encucado, pensando nas possibilidades, repassando registros públicos, declarações de imposto de renda e orçamentos da biblioteca, e não cheguei a conclusão nenhuma. Mas encontrar uma foto da sua futura casa amassada na lixeira do banheiro? Essa sempre foi a resposta a uma pergunta que não sabemos qual é.

— Ele chegou a ser interrogado? — perguntou ela.

— Como suspeito? Nunca. Conversei muito com ele nas semanas seguintes aos assassinatos, mas praticamente nada além disso. A última vez que vi o seu pai foi depois que vocês se mudaram para Rio Vista, quando você veio aqui na cabana ver fotos de suspeitos. Eu esperava que o ambiente diferente pudesse encorajá-lo a se abrir, mas não consegui nem que me olhasse nos olhos. Você deve saber melhor que eu, mas me pareceu que ele começou a surtar lá nas montanhas. Talvez fosse a altitude.

— Sempre dizem que é a altitude.

— Ou então sentimento de culpa — disse ele. — No fim das contas, os meus superiores, do alto de sua sabedoria, me forçaram a apresentar provas contundentes ou me afastar dele, principalmente porque não queriam chamar mais atenção para o fato de que o temido Homem do Martelo ainda estava à solta.

— Mas você, obviamente, não desistiu do caso.

— Vou te dizer, eu perdia o sono me perguntando se tinha deixado passar alguma coisa. Algum detalhe que nenhum de nós da polícia descobriu. — Ele balançou a cabeça como que para afastar a possibilidade. — Eu não me surpreenderia se descobrisse que a gente fez alguma besteira no processo. Que deixou passar alguma coisa. Porque todo mundo que botou o pé naquela casa... Digamos que vi homens adultos perderem as estribeiras lá dentro, alguns se abraçaram como se eles próprios tivessem perdido um filho. Um cara largou a carreira na divisão de homicídios e pediu transferência para a de crimes contra propriedade. Não conseguiu lidar com a magnitude do mal. Aquele lugar era um banho de sangue. Era difícil entrar lá.

— Eu sei.

— Eu sei que você sabe.

Moberg olhou fixamente para Lydia, e esse reconhecimento impetuoso a fez grunhir de desconforto.

— Você não imagina a quantidade de pistas que passou pela minha mesa — disse ele, mais contemplativo do que ela esperava. — Me pergunto por que eu sou solteiro. As pessoas me mandavam as fofocas da mercearia e os escândalos da igreja, todos convencidos de que o Homem do Martelo era o vizinho assustador, o marido canalha, ou o chefe idiota. Até hoje é uma ferida aberta na cidade: o Homem do Martelo ainda está à solta depois de todos esses anos. Acho que não posso culpar as pessoas por quererem fazer parte do retorno à ordem. Eu só queria...

A voz de Moberg sumiu e ele brincou com a caneta.

— Enfim — continuou ele —, isso é tudo o que tenho.

Lydia encarou sua xícara de café vazia.

— Se eu der o nome de um cara — disse ela, engolindo em seco —, você poderia me dizer se alguma vez já cruzou com ele? Não necessariamente nesse caso, mas depois. Talvez até anos depois.

— Que cara?

— Joey, talvez Joseph. Sobrenome Molina. Garoto magricela de vinte e poucos anos e cabelos pretos compridos. Passou um tempo preso por jogar blocos de concreto em carros em movimento. Crimes menores antes disso.

— Imagino que ele seja o suicida que botou você no jornal — disse ele, uma afirmação, não uma pergunta. — Até os malucos acabam se misturando na memória. Mas não, não me lembro de nenhum Joe Molina.

— Tem certeza?

Moberg pareceu irritado pela possibilidade de ele esquecer um nome.

— Nenhum Joseph Molina em nenhum dos meus casos — garantiu ele. — Posso dar uma olhada na ficha dele, se quiser. — Ele passou para uma página em branco no caderno e o virou para Lydia, depois rolou uma caneta na direção dela. — Anota o nome completo do garoto e o seu telefone. Se encontrar alguma coisa, eu te ligo.

Depois que rabiscou as informações, Lydia se levantou e gesticulou para o corredor.

— Melhor eu ir andando.

— É melhor, sim.

Ela se sentou no chão e calçou os sapatos, desajeitada. Quando saiu para a varanda coberta de neve, Moberg virou uma silhueta careca do outro lado da tela.

— Escuta — disse ela —, agradeço pelo seu...

— Não faz isso — retrucou ele. — Eu acabei de estragar a porra do seu ano.

CAPÍTULO 15

Depois de deixar Moberg mofando na solidão da sua cabana, Lydia dirigiu em velocidade máxima, furiosa e confusa, para a casa do seu pai em Rio Vista. Desligou o rádio e aumentou o aquecedor, ignorando o borrão de árvores e encostas rochosas ao seu redor. Ela se sentia terrivelmente desconfortável com o que Moberg tinha dito, mas também disposta, depois de mais de uma década, a finalmente encarar o pai. Porque, se Moberg tivesse razão — *meu deus*, continuava dizendo, *meu deus* —, a hora de encontrar seu pai finalmente tinha chegado.

Lydia parou num posto de gasolina na beira da estrada e enfiou o bico da bomba no Volvo de Plath. Do bolso detrás, pegou o cartão-postal dobrado de Moberg e o revirou nas mãos. Ouviu os carros esmagando montinhos de gelo, o vento batendo nas placas do posto de gasolina e, finalmente, começou a reconhecer o que estava fazendo consigo mesma. Ela não ia a lugar algum, ia voltar para casa. Voltar para Denver, para David e para a Ideias Brilhantes.

No mundo aqui fora, observando os números girando numa bomba obsoleta, sentiu-se como um membro de uma seita que havia se libertado. Essa era a terra das batatas chips, dos vazamentos de óleo e das chaves de banheiro presas em blocos de madeira. *Realidade*, era o que isso aqui era; e aquilo lá atrás, na cabana de Moberg, era uma bolha de delírio.

Seu pai não era o Homem do Martelo. Ele pode ter sido um desajustado, um fracassado e um alvo fácil. Ele pode até ter erguido um muro de gelo quando ela mais precisava do seu calor, mas isso não fazia dele um assassino. Ele não era o Homem do Martelo, disse a si mesma enquanto o carro de Plath voltava a Denver aos trancos — simplesmente não era.

David ainda estava no trabalho quando Lydia entrou em casa, por isso ela levou um susto quando ouviu a voz de um homem na cozinha.

Detetive Moberg. Na secretária eletrônica.

Havia saído da cabana de Moberg menos de quatro horas atrás, devolvido o carro de Plath na livraria, comprado rapidinho um burrito de feijão e aqui estava ela, já de volta ao mundo contaminado dele. Esperou até ele desligar e apertou o Play do aparelho.

— ... *É com a Lydia que estou falando? Bem, certo, Lydia. Fiz uma ligação e perguntei sobre esse cara, Joseph Molina. Parece que você já sabia da ficha criminal dele, a maior parte coisas pequenas, coisa de adolescente, entrou e saiu de várias instituições juvenis e programas para delinquentes. Mas encontrei algo que pode ser do seu interesse. Você sabe que ele foi acusado de dano e lesão corporal por todo aquele negócio na estrada, mas sabia que ele cumpriu pena na penitenciária do estado em... adivinha: Rio Vista, Colorado. Conhece mais alguém que passou muito tempo lá? Acho que sim. Tem alguma coisa cheirando mal nessa história, lamento dizer. Toma cuidado, mesmo ele sendo o seu pai.*

Lydia afundou no chão encostada na parede da sala de estar. Tudo fazia sentido agora, como Joey conseguiu sua foto de aniversário: Joey era um detento, seu pai, o carcereiro, ambos na prisão de Rio Vista. Ela se sentiu ingênua por não ter percebido antes a conexão. Ainda assim, tinha plena consciência de que saber dessa ligação não era o mesmo que entendê-la.

Nas costas da cadeira da cozinha estava sua bolsa de couro surrada, guardando o mais recente lote de livros que ela havia pegado na loja. Ela os tirou da bolsa e colocou cada livro na mesa na cozinha, um de cada vez, numa pequena grade, como se arrumasse peças de mahjong ou uma partida de paciência. Depois puxou o engradado com os livros picotados de Joey e começou a emparelhar e decodificar, perguntando-se o tempo todo se o seu pai também estava escondido ali, observando-a pelas janelas de papel de Joey, de alguma forma espionando a vida dela.

— Não tem nada aqui para mim — disse Lyle, mal olhando para Lydia, cheio de preguiça, largado no único banco da capela. Não era uma capela de verdade, era só uma área isolada no fundo do segundo andar da livraria, onde ficavam a seção de religião e espiritualidade. Cestinhas de partituras e livros religiosos de bolso estavam espalhadas pelo chão, e um antigo banco de igreja de madeira com entalhes celtas dividia aquele espaço ao meio. — Essas prateleiras podiam estar vazias — acrescentou, correndo os olhos pelos livros, com tanta energia quanto uma banheira de gelo. — Nada disso o traz de volta, sabe?

— Eu sei, Lyle.

Com os cabelos oleosos ficando mais ralos a olhos vistos e as calças de colegial puindo nos joelhos, Lydia não pôde deixar de notar como Lyle parecia triste naquele banco, completamente sozinho. Quando ela se sentou ao seu lado, ele começou a levantar a pilha de livros no colo, um de cada vez, como se fossem fichas com informações: *The Jew in the Lotus, Hindu Proverbs, Care of the Soul, Signs & Symbols in Christian Art, The Madonna of 115th Street, Deus*: uma biografia.

— Toda essa coisa de ser supremo é tão *intimidante* — disse ele.

— Talvez isso aqui ajude — disse ela, abrindo a bolsa para pegar a pilha de livros que passou a manhã decodificando. Entregou a ele a biografia de J. D. Salinger recortada por Joey, além de um romance chamado *Who Will Run the Frog Hospital?*, que batia com a etiqueta da contracapa do outro. Se existia alguém que pudesse ajudá-la a jogar alguma luz nas mensagens de Joey, pensou ela, era Lyle. Além disso, talvez fizesse bem para ele se envolver em... seja lá o que fosse aquilo.

Lyle respirou fundo e se endireitou. Então alinhou as páginas com uma perícia admirável.

Du

. As

ve

zes

ela

rou

bo   u me   u

cor

ac   ão. Na

prim

eir

a   pas   se

i

A   vi   da

pro

cur   and   o,

p

or   el

e   quan

do   fin   al   mente

ac

he   i

El

a   o

le vo   u

de   no

vo

e

co

m

el

e a

min

ha   vid

a

...

Lyle leu a mensagem de Joey em voz alta, gaguejando muito.

— "Duas vezes ela roubou meu coração... na primeira, passei a vida procurando por ele... quando finalmente achei, ela o levou de novo... e, com ele, a minha vida..." — Ele colocou a mão no peito dramaticamente. — Já me sinto melhor. É como se fosse a porra de um *elixir*.

Lydia não sabia se Lyle estava falando de se sentir curado por essa distração ou de ouvir novamente a voz de Joey entre as páginas, mas ficou feliz em vê-lo mais animado.

— No começo, pensei que o Joey podia ter sido casado — disse ela, pensando no cartório de registro civil com todo aquele cardápio de documentos de casamento e divórcio. — Especialmente com o terno novo e todo esse foco das mensagens numa mulher. Como aquela mensagem sobre ser salvo por sua "única Ela".

— Joey, sempre romântico — disse Lyle, depois levantou a cabeça para o teto, como se a ideia fosse um balão que ele acabou de lançar ao ar.

— Joey de coração partido, se matando por causa de uma garota. "Duas vezes ela roubou meu coração." Eu acredito, mas não acredito *muito*. — Ele leu a mensagem de novo, indo e voltando nas páginas para confirmar que não tinha deixado nada passar. — Isso não quer dizer que não seja genuíno. Só não é o Joey que eu conhecia.

— Mas aí eu encontrei isso — disse ela, e tirou da mochila um exemplar picotado de *Sangue sábio*, seguido de uma reedição recente de *O leilão do lote 49*.

Lyle ergueu a sobrancelha ao ver os romances lado a lado.

— Uma combinação fatal. Agora estamos chegando a algum lugar.

Com algum esforço, Lydia abriu os livros nas páginas recortadas e os entregou para Lyle, que os posicionou e começou a ler em voz alta:

Me

sol

te

do

ce

u .

M

e

,

sol
te   na

est

rad

a

des

de
Que eu

ca

ia

den

tr   o

de

. Um   a

min   i

Va   n

— Não acredito que está dizendo isso — disse ele. — "Me solte do céu... me solte na estrada... desde que eu caia... dentro de uma minivan"? Parece algo que Neil Young cantarolaria no banheiro. Joey e suas minivans, meu deus. Se ele ainda estivesse vivo, eu o encorajaria a abrir uma concessionária. — Lyle então levantou a mão e fechou os olhos, cantarolando suavemente, como se observasse a metodologia de Joey se encaixando, janela por janela, dentro das suas pálpebras. — É muito autodestrutivo — comentou depois de um minuto. — Mas uma minivan? Talvez Joey só quisesse uma família.

— Acho que sim — disse Lydia, incapaz de conter um pulinho de comemoração no banco. — É como se estivesse obcecado. Você se lembra daquela mensagem sobre comer aranhas ou vidro ou sei lá o quê "só para fazer parte"? Talvez para fazer parte de uma família.

— Ou para começar uma família — disse Lyle —, já que tem uma mulher na história?

— Claro. — Lydia abriu seu caderninho numa página rabiscada e o entregou a Lyle. — Esse par eu decifrei ontem à noite. Dois romances. *O livro negro* e *A história secreta*.

Lyle pigarreou e leu as anotações dela em voz alta.

— "Me afogando em sangue eu talvez nunca mais respire." Bem, isso é um tanto dramático. — Ele agitou a ponta dos dedos e fez careta. — "Me afogando em sangue"? Assustador também.

— "Me afogando em sangue" — repetiu ela. — De novo ele parece estar me direcionando para família. Linhagens.

— Direcionando você? — perguntou Lyle.

— Nos direcionando.

Lyle pareceu satisfeito com a inclusão. Enquanto ele folheava o caderno de Lydia, procurando as outras mensagens que ela havia transcrito, os pensamentos dela voltaram para o que Wilma apontou sobre Joey, sobre como ele passava as manhãs de sábado sentado na cadeira de balanço, olhando as famílias na seção infantil. Lydia imaginou Joey se projetando silenciosamente na vida delas. Ele deve ter acreditado que o melhor que podia fazer era observá-las de longe, pressionar os dedos do outro lado do vidro. Ocorreu a Lydia, então, que ele poderia ter se enforcado por ter passado a vida inteira tentando, em vão, encontrar um lugar que, para ele, nunca foi permitido ocupar.

— O que é aquilo ali? — perguntou Lyle, gesticulando para a ponta do exemplar enrolado de *Sobre sementinhas e regadores* saindo da bolsa de Lydia.

— Essa seria a joia — disse ela —, nossa pedra de Roseta, se pelo menos estivesse etiquetada. — Ela folheou o livro para ele, exibindo páginas com tantos buracos que parecia ter sido alvo de tiros de espingarda. — Também estava no apartamento dele. Esse livro está tão picotado que me espanta não ter se desmanchado na minha mão.

— Então não tem etiqueta na quarta capa.

— O que significa que não tem um livro para fazer par — disse ela, entregando-o a Lyle para que ele examinasse. — É indecifrável, agora, um cadeado sem chave.

— Tenta talvez combinar com *Finnegans Wake* ou *The Ursonate*.

— Estava no apartamento dele, no topo de uma pilha de jornais perto da porta — disse ela. — Achei que eram para reciclagem, mas estou pensando agora que deveria ter pegado todos. Talvez os jornais fossem a resposta, sabe?

— Eles não teriam ajudado — disse Lyle. — Joey usou isso para praticar. Veja as primeiras páginas. São uma verdadeira bagunça, rasgos e recortes por todo lado, sem mencionar as manchinhas de sangue onde ele cortou os dedos. Claramente impossível de decifrar. Mas, quando chegou ao fim do livro, ele estava cortando umas janelinhas bem decentes. Foi só para treinar.

Lydia olhou para Lyle com admiração.

— Ainda bem que encontrei você — disse ela.

— Digo o mesmo — respondeu ele. — Tudo isso é puro Joey. É como se ele estivesse tentando *se transformar* em seus livros. O seu eu mais profundo. Seu ato final. Os livros de Joey eram seu consolo, então, fazer isso, inserir-se neles de maneira tão *pessoal*, pode ter sido a única maneira de manifestar seus fardos para o mundo. Para *você*, Lydia. Quer dizer, o garoto se matou, e esse foi o jeito dele de... Eu não quero dizer *justificar*, mas talvez tentar mostrar o processo que o levou a um estado de completa desesperança. Como janelas para sua alma. Puro Joey. Puro Joey.

Enquanto Lyle murmurava, Lydia se pegou pensando na sombria tatuagem de árvore no peito de Joey, e em árvores se tornando madeira, e em madeira se tornando papel, e em papel se tornando páginas...

— A questão é: — continuou Lyle, inclinando-se para a frente no banco e olhando por cima dos óculos — o que devemos entender de tudo isso?

— Que o coração dele estava partido? — disse ela.

— Tão partido que não conseguia se curar — disse Lyle. — E a família? — Ele se levantou do banco e pegou um livro sobre anjos e outro sobre chacras, depois pressionou a palma da mão numa fileira de lombadas.

— Direito de família — disse Lydia, quase que espontaneamente.

Sem se virar, Lyle levantou a cabeça.

— *Direito de família* — concordou ele.

Lyle sabia claramente a que Lydia se referia: ao período, há mais ou menos um ano, em que Joey ficou obcecado por livros sobre direito de família. As obsessões de Joey às vezes beiravam a grosseria, como quando ele ia até ela, enquanto ela lia os códigos de barra de livros no balcão ou recomendava algo para um cliente, e a abordava para falar de qualquer assunto no qual estivesse interessado naquele momento.

"Tecidos guatemaltecos."

"Violinistas de Vaudeville."

"Plantações dominicanas."

"Tricô com pelo de cachorro."

E Lydia precisava parar o que estivesse fazendo e dizer a ele aonde devia ir ("Segundo andar, antropologia") ou, se estivesse livre, juntar-se a ele na caçada.

"Direito de família."

— E que tal isso? — disse Lyle, então voltou para o banco, cruzou as pernas e seu olhar encontrou o de Lydia, como se a cumprimentasse na missa. O fio cinza do seu cabelo pendia contra os óculos, e uma marca de dedão borrava a lente esquerda. — A única família de Joey o devolveu ao Estado quando ele ainda era pequeno, certo? Então será que Joey estava pesquisando sobre direito de família para saber seus direitos como criança cuja adoção deu errado?

— Ele estava procurando a família Molina? — disse ela.

— A família Molina — disse Lyle.

Lydia lembrou a história que Lyle contou sobre a primeira — e única — família de Joey: ele foi recebido ainda bebê pelo Sr. e pela Sra. Molina, mais um de um grupo de crianças que eles adotaram. E depois, com a morte inesperada do Sr. Molina (tumor cerebral? Aneurisma? Tiro?), a Sra. Molina se viu incapaz de sustentar as crianças que haviam adotado, então Joey e os irmãos foram entregues ao Estado: descartes do sistema de adoção, vítimas de uma adoção arruinada.

— Se o Joey estivesse tentando reencontrar a Sra. Molina — disse Lydia —, ou talvez até os irmãos, ele ia querer saber que direitos tinha. Se é que tinha algum.

— Ele era tão jovem quando foi devolvido para o Estado — disse Lyle — que provavelmente não lembrava o nome de nenhum deles, nem onde moravam. Ele precisaria de ajuda se quisesse encontrá-los.

— Ele precisaria dos registros de adoção — disse ela. — Provavelmente, dos registros de lar temporário também, e talvez até a certidão de óbito do Sr. Molina.

A constatação atingiu Lydia com tanta força que ela afundou na bela curva do banco: pensou no cartório de registro civil, com seu labirinto de documentos — e no atendente detestável e paquerador —, e percebeu que agora pelo menos sabia o que pedir.

Enquanto recolhia seus livros para ir embora, Lyle voltou a passear pelas prateleiras de religião e espiritualidade de olhos arregalados.

— Talvez haja algo aqui para mim, no fim das contas — disse ele.

CAPÍTULO 16

Raj apareceu na Ideias Brilhantes no fim da tarde, bem quando Lydia estava saindo para o cartório de registro civil. Estava de jeans, casaco acolchoado comprido e laranja tom de ferrugem e touca de tricô preta.

— Me acompanha? — perguntou ela.

— Aonde quiser.

— Para com isso — disse ela e deu um soquinho de mentira na barriga dele.

Eles foram pelo calçadão da 16th Street e pegaram o ônibus circular no centro da cidade. Estavam próximos um do outro no ônibus lotado, num silêncio confortável, casacos se roçando, mãos segurando as barras no alto, encarando as grandes vitrines das lojas de lembrancinhas e os fast-foods, os teatros e as lojas de roupas, os estudantes e os excêntricos. O crepúsculo se aproximava, e as luminárias em formato de globo dos postes triplos que ladeavam o calçadão começaram a se acender feito discos voadores de livros de ficção científica.

Ela não conseguia parar de pensar: será que a Sra. Molina sabia que Joey estava revirando o passado à procura dela? Será que gostaria de saber que o menino que havia adotado anos atrás tinha se enforcado?

Que mãe gostaria de saber? E que mãe não gostaria?

Seus pensamentos vagaram para seu pai. O bibliotecário, não o carcereiro.

Quando ela e Raj saltaram do ônibus perto do Capitólio, o sol estava quase se pondo e o céu de inverno estava arroxeado e escuro. Logo viram a cúpula branca cheia de colunas da prefeitura e os montes de cobertores dos sem-teto amontoados nos bancos e nas paredes. Ela contou a Raj o básico das mensagens de Joey enquanto andavam. Quando ouviu sobre a adoção que não deu certo, Raj coçou a cabeça.

— Não deu certo? — disse ele. — Quer dizer que as pessoas que o adotaram o devolveram para o Estado? Dá mesmo para fazer isso?

— Parece que sim.

— Mas como? Eles guardaram o recibo ou algo parecido? Não é de admirar que o garoto fosse todo problemático.

Não é de admirar, pensou ela.

No cartório de registro civil, o funcionário bigodudo que a tinha chamado para sair na sua primeira visita reconheceu Lydia de imediato. Ele havia adicionado um polvo de borracha e uma Power Ranger rosa à coleção de brinquedinhos enfileirados em cima do monitor, mas, tirando isso, parecia tudo igual, até a bandeja de mac'n'cheese velho ao lado do teclado, como se fosse um enfeite. Ele avaliou Raj, que se sentou, de pernas cruzadas, folheando uma revista de culinária.

— Dessa vez eu sei o que eu quero — declarou Lydia ao se aproximar dele.

— Eu também sei o que eu quero — disse o funcionário.

— Joseph Molina. A certidão de nascimento e qualquer registro que você tiver sobre família de acolhimento. Quando eu tiver essas informações, espero conseguir a certidão de óbito do pai adotivo dele, se possível... É possível?

— Tá bom, vamos voltar um pouco — disse ele, chacoalhando a cabeça. — Você falou de família de acolhimento, mas acho que você quis dizer a certidão de adoção, certo?

— Os dois, eu acho.

O funcionário cofiou o bigode.

— Os registros de família de acolhimento ficam no departamento de assistência social. A menos que ele tenha sido adotado formalmente pela família, aí nesse caso provavelmente temos um registro disso. *Provavelmente.* Provavelmente.

— Ele pegou o sobrenome dos pais adotivos — disse ela. — Molina.

— Então vale a pena tentar — disse ele e apoiou os dedos no balcão na frente dela. — Mas já aviso que essas coisas de adoção são complicadas. Os dois pedidos exigem requerimentos e documentação, e digo desde já que é bem pouco provável que liberem os documentos. Ainda mais tendo registros de adoção envolvidos. Coisas sigilosas, sabe?

— Eu gostaria de tentar mesmo assim.

O funcionário se inclinou ao lado da mesa para pegar o catálogo de formulários que ela precisaria preencher para iniciar o requerimento.

— Só uma saída — disse ele enquanto lhe entregava a pilha. — Me deixa levar você para o encontro de ex-alunos da minha antiga escola. Você só precisa ficar *assim*, como está agora. É só aparecer, ficar do meu lado *assim*.

— Assim como? Desconfortável? — perguntou ela. — Fico lisonjeada, mas não. A não ser que o meu namorado possa ir também.

O funcionário sorriu.

— Só promete que não vai usar isso contra mim se nada disso aqui der certo — disse ele. — Temos que ter muito cuidado com as leis de consentimento mútuo.

— Com o quê?

— Ai, caramba — disse ele. — Me deixa ver se a nossa intermediária com o setor de adoção está livre. Irene. Ela pode explicar tudo, se você não dormir no meio da explicação.

E ela explicou. Lydia se sentou no escritório dela, no fim de um corredor de azulejos, ao lado de um velho bebedouro enferrujado, e ouviu enquanto Irene — uma mulher grande e compassiva, de blusa florida folgada e calça de poliéster — explicava nos mínimos detalhes as leis de adoção do estado, a documentação necessária, as audiências no fórum que fazem parte das etapas finais. Na sua vez de falar, Lydia contou a Irene tudo sobre o suicídio e a herança de Joey e seu desejo de localizar a família adotiva. Também se justificou dizendo que queria acessar os registros dele principalmente para que pudesse contar à Sra. Molina que seu filho tinha se matado. Irene assentiu com a cabeça e pareceu emocionada, até mesmo um tanto chocada, com a história de Lydia.

— Não tem muita chance de você conseguir — disse ela —, juridicamente falando. Mas posso ajudá-la a preencher o requerimento e ver se tem algo que possamos fazer do nosso lado para facilitar para você. Se o seu requerimento for aprovado, vamos encaminhar você para o próximo passo.

— Tem um próximo passo? — perguntou Lydia. — Quer dizer que isso aqui não é o final?

— Você vai precisar fornecer uma declaração juramentada e um juiz vai determinar se os registros de Joseph podem ser revelados. E tem que ser por consentimento mútuo.

Consentimento mútuo, explicou ela, tanto do pai biológico quanto do filho adotivo. Ou, neste caso, do representante da criança falecida.

— Se uma pessoa que foi entregue para adoção quiser encontrar os pais biológicos — disse ela —, ela protocola um requerimento de registro comigo. Se a mãe ou o pai biológico *também* protocolar comigo, podemos abrir os registros e compartilhar as informações de contato. Caso contrário, o requerimento continua lacrado, muitas vezes sem jamais voltar a ver a luz do dia. Na maioria das vezes, é um bilhete só de ida para uma gaveta trancada. Tanto o pai ou a mãe quanto a criança precisam querer isso, por razões óbvias. Caso contrário, dá para imaginar o inconveniente.

Lydia ficou encarando Irene com o olhar vazio, coçando o lábio superior.

— Adoções que não dão certo complicam tudo ainda mais — acrescentou Irene —, mas, se foi isso que aconteceu aqui, vai estar nos registros dele.

— Que eu não posso ver.

— Que ninguém pode ver.

— E é por isso que você está aqui? — perguntou Lydia.

— É por isso que eu estou aqui — disse Irene, depois explicou que seu trabalho era assegurar que as bases legais fossem cumpridas e facilitar o processo para ambas as partes.

— E se uma das partes estivesse presa? — perguntou Lydia.

— Existem alguns caminhos — disse Irene. — Com bom comportamento e se o diretor do presídio consentir, tem como.

Lydia não tinha como saber com certeza, mas a forma como Irene raspava o rímel com a unha do mindinho, além do fato de ela não ter se surpreendido com a pergunta, pareciam uma dica.

Tem como.

Imediatamente imaginou seu pai, na base hierárquica da prisão, infeliz no seu uniforme de carcereiro mal abotoado, passando documentos pelas barras para um jovem detento chamado Joey. Os dois ocupavam áreas tão incrivelmente diferentes da sua mente que ela estremeceu. Eles não faziam sentido juntos, mas lá estavam eles — se é que estavam.

— Mas você não pode nem me dizer se Joey Molina já se sentou nessa cadeira? — perguntou Lydia, esperando o tique de Irene.

— Não posso — disse Irene, séria.

Se isso era um jogo, Lydia respeitava a delicadeza com que ela jogava.

Pela primeira vez, Lydia notou a imensa caixa de lenços de papel no canto da mesa de Irene e lhe ocorreu que era uma sala repleta de lágrimas, tanto de alegria quanto de tristeza. Irene entregou a Lydia uma prancheta e um formulário de oito páginas. E, enquanto tentava preenchê-lo, Lydia sentia a dor de deixar espaços em branco para trás. Mais de uma vez ela se pegou marcando a opção *Outro*, depois explicando em rabiscos minúsculos por que ela, dentre todas as pessoas, deveria ter acesso aos registros de adoção de Joey, apesar da falta de documentação. Ficou constrangida de ter que escrever seu histórico profissional e todos os lugares onde havia se escondido antes de voltar a Denver seis anos atrás. E ficou ainda mais constrangida quando chegou a um ponto do formulário que pedia nome e endereço de pessoas de referência que a conhecessem havia mais de cinco anos. Irene digitava no teclado com longas unhas pintadas. Lydia ficou batendo a caneta no formulário. Por fim, inclinou-se e olhou pelo corredor, onde conseguia ver Raj de pernas esticadas, bocejando alto, lendo na cadeira da sala de espera. Ela anotou o nome e o número de Raj como sua principal referência e colocou David em segundo lugar.

— Por favor, não cria muita expectativa — disse Irene enquanto passava os olhos pelo formulário, alguns minutos depois. — Posso dizer que o que favorece o seu pedido, e me perdoe falar assim, é o fato de Joseph ter falecido. Abre algumas possibilidades. Se não fosse por isso, eu provavelmente nem recomendaria que você desse entrada.

Lydia estava prestes a dizer alguma coisa, mas titubeou ao notar no canto da mesa, cercada por uma coleção de pequenas galinhas de cerâmica de Irene, uma taça de vidro repleta de chocolates. Bolinhas envoltas em papel alumínio azul brilhante.

— Fique à vontade — disse Irene, indicando os doces com a cabeça.

Lydia recusou silenciosamente. Não mencionou que não colocava chocolate na boca desde que havia sentido o cheiro do bombom derretido na calça de Joey, quando ele se enforcou, nem que aqueles papéis azuis pareciam estranhamente familiares.

— As pessoas se sentam nessa cadeira por vários motivos diferentes — disse Irene. — Mas, em todos os casos, o que realmente esperam é uma passagem para voltar no tempo. Normalmente é uma viagem que vale a pena no final, mas às vezes a jornada é muito mais difícil do que se imagina. E se sentar aí, onde você está, é um passo enorme na vida de muitas pessoas. Chocolate ajuda, só isso.

Irene devolveu o formulário para Lydia.

— Usa o seu nome atual — acrescentou ela em voz baixa — mas também o seu *antigo* nome.

Lydia sentiu o rosto cada vez mais quente.

— Desculpa — continuou Irene —, mas ambos os nomes precisam constar para que o pedido seja considerado. Estou só tentando ajudar. Como você...

Irene colocou a mão sem anéis sobre o punho de Lydia, como uma estrela-do-mar envolvendo um molusco.

— Você ainda tem esse rostinho, mesmo depois de vinte anos. Lamento muito pelo que aconteceu com você. Vou fazer tudo o que estiver ao meu alcance para ajudar, Lydia.

Lydia agarrou a caneta e escreveu *Lydia Gladwell* em "Nomes legais anteriores", depois devolveu o formulário empurrando-o pela mesa.

— Como eu disse — continuou Irene —, não cria muita expectativa, mas vou fazer o que puder. Deus sabe o quanto você merece. Você foi uma menina muito corajosa.

Quando Lydia pisou no corredor, com os nervos à flor da pele e ansiosa, Raj veio ao seu encontro.

— O que aconteceu? Lydia, você parece meio... não muito bem. Como se alguém tivesse morrido.

— Eu acho — disse ela — que o Joey esteve aqui. Naquele escritório. Pouco antes de morrer.

— Uau. Ela te disse isso?

— O chocolate disse.

Raj olhou para ela, preocupado, depois segurou seu antebraço. Enquanto ele a conduzia passando pelo balcão, o atendente se endireitou na cadeira e olhou para Lydia como se ela fosse uma estátua, algo que ele pudesse usar para decorar o jardim.

— Ah, e adivinha só — disse ela para Raj. — Você agora é oficialmente a minha *principal referência*!

— Ah, querida — disse Raj em voz alta, passando o braço pelos ombros dela. — Pode ter certeza de que eu sou!

O funcionário resmungou sozinho enquanto eles saíam.

Três horas depois, Lydia e Raj entravam no apartamento dela, aquecidos pelas cervejas e pelas tigelas de lámen que comeram num buraco da Colfax a caminho de casa. David estava trabalhando até tarde, finalizando uma conferência em Fort Collins, então ele talvez demorasse mais algumas horas... ou só viria amanhã? Lydia não conseguia lembrar. Mas lembrava que ele e Raj ainda não tinham se conhecido.

Raj estava perto da mesa de centro, ralando os joelhos no carpete e perdendo a sexta partida de Uno, quando o telefone tocou. Assim que Lydia o ouviu, sentiu que ele tinha tocado o dia todo, ecoando no apartamento vazio. Ela foi até a cozinha e atendeu.

— É você? Jesus, você é uma pessoa difícil de achar.

— Quem está falando? — perguntou ela, cobrindo a boca com a palma da mão. — É você... pai?

— É muito bom ouvir você, filhinha.

Filhinha. Lydia bateu o telefone.

— Era o David? — perguntou Raj, erguendo o olhar. Como ela não respondeu, ele voltou a embaralhar as cartas.

Lydia correu para o banheiro e jogou água fria no rosto.

filhinha filhinha filhinha

Amanhã cedo, prometeu ao seu reflexo gotejante, ela ligaria para a companhia telefônica e mudaria o número, e se o seu pai a encontrasse de novo depois disso, ela pensaria em se mudar para outro apartamento. Colocou as mãos na beira da pia e sentiu o medo se transformar em raiva e, sem secar o rosto nem pensar nas consequências, saiu enfurecida do banheiro e discou o número de telefone de quando era adolescente. Raj levantou os olhos da mesa, mas não disse nada.

— Obrigado, querida. Eu sei que fazer essa ligação não é nada fácil para você.

Foi assim que o seu pai atendeu o telefone, uma saudação gentil que desarmou suas intenções — *por favor, para de me ligar!* — e a deixou, depois de uma eternidade de silêncio, perdida no meio da conversa fiada. O telefone dela e de David ainda era com fio, então ela o esticou até o banheiro, fechou a porta e se sentou no vaso. Pretendia questionar o pai imediatamente sobre a foto de aniversário e as suspeitas de Moberg, mas ele não deu tempo para que ela falasse.

— Ouvi dizer que tem uma biblioteca nova — disse ele rapidamente, como se estivesse passando por uma lista de assuntos anotados na palma da mão. — E que estão construindo um novo estádio, e montando um time de verdade, não o Denver Bears.

— Me diz por que você está ligando — disse ela.

Seu pai levou um tempo para responder. Ela conseguia ouvir Raj embaralhando de novo e de novo seu jogo de infância em algum lugar distante.

— Tenho uma centena de motivos para ligar — disse o seu pai —, mas, se eu tivesse que escolher um, diria que é por estar orgulhoso de você.

— Orgulhoso?

— Eu queria te dizer principalmente isso.

— Você nem me conhece.

— Conheço o suficiente.

— Eu sou vendedora de livros, pai.

— Bem, para mim, o que importa é que você não é carcereira.

Lydia sentiu os olhos se fecharem. Sentiu o teto se levantar. Ela deslizou para o chão do banheiro.

Não é carcereira.

Durante a infância de Lydia, ser bibliotecário era tão intrínseco à identidade dele quanto ser pai, então a escolha de deixar a biblioteca para trás e se tornar carcereiro foi, como ela mencionou em mil brigas na adolescência, "vender a alma". A transformação dele foi assustadora: começou com a mudança drástica de aparência — o bigode, os óculos escuros e o uniforme — e foi aumentando ao longo do tempo, até haver pouca diferença entre o homem que ele era no trabalho e o homem que era em casa. Desde o ginásio, sempre que Lydia varria o chão do chalé, ele se sentava à mesa da cozinha, tomando seu café e examinando cada passada de vassoura como se estivessem num pavilhão da cadeia. Nas raras ocasiões em que ela levou advertência na escola — sempre por infrações menores, como perder o ônibus escolar ou esquecer de fazer a lição de álgebra —, como castigo ele arrancava das dobradiças a porta do quarto dela e uma vez tentou tirar todo o seu "material de leitura irrelevante". Na mesma época, com exceção de um ocasional abraço com tapinhas nas costas que mais parecia estar brincando de adoleta no parquinho que um abraço paterno, ele simplesmente parou de demonstrar qualquer afeto por ela. Mas talvez o pior de tudo tenha sido o silêncio sufocante que por fim engoliu sua casa. Depois que saíram de Denver, ele quase nunca falava sobre nada.

Mesmo adolescente, Lydia sabia que aqueles eram tempos difíceis para o pai e que não tinha as respostas para as perguntas complicadas que a vida tinha jogado em cima dele. Longe disso! Mas *não* ter as respostas sempre foi a questão: a questão da sua infância, o produto das suas horas na biblioteca, o resumo da filosofia dele quando ela era pequena. Esteja sempre aberta a respostas, ele sempre lhe ensinou. Continue passando as páginas, terminando os capítulos, então encontre o próximo livro. *Procure e procure e procure*, e não importa o quanto as coisas fiquem difíceis, nunca fique estagnada. Mas, ao se tornar carcereiro, Tomas ficou tão estagnado quanto móveis acumulando pó. Ficou tão estagnado quanto os ossos dos mortos.

E então, embora Lydia em parte esperasse essa ligação desde sempre, nem em sonho ela esperava por isso: o reconhecimento repentino de Tomas de que as escolhas dele tinham prejudicado a trajetória da família. Ela não sabia o que dizer.

— Você pode me dizer uma coisa? — perguntou ele, quebrando o silêncio. — A gente costumava conversar... Por que não conversamos mais? O que eu fiz que está incomodando tanto você?

Ela sentia anos de acusações na ponta da língua, prontas para sair, mas naquele momento apenas uma parecia urgente de verdade.

— O detetive Moberg acha que você estava envolvido nos assassinatos.

Seu pai ficou em silêncio por um minuto antes de responder.

— Você se encontrou com ele?

— Fui até a cabana dele.

— Você acredita nele?

— Não sei.

— Não me surpreende ele achar isso. Ele sempre teve alguma coisa contra mim. Pelo jeito, ainda tem.

Ela esperou que ele continuasse, mas não continuou, e essa recusa parecia de uma teimosia e uma suspeita tão grandes, que ela se pegou entrando em outra linha de questionamento.

— Você conhecia bem o Joey?

— Quem é esse? — perguntou ele.

— Joey Molina. Ele foi um dos seus presidiários.

A pausa do seu pai do outro lado da linha foi longa o suficiente para que sua dúvida aumentasse.

— Joey foi um *presidiário* seu — repetiu ela — em *Rio Vista*.

— Espera aí, você está falando do Joey, o rato de biblioteca?

— Joey Molina.

— Acho que é isso mesmo — disse ele. — Um moleque? Magro, cabelo preto, causou algum tipo de acidente de carro? Claro, eu conheço o Joey. A pergunta é: como é que *você* o conhece?

— Da livraria.

— Ah. Faz sentido, acho. O garoto é mesmo um leitor fenomenal.

— Ele morreu.

Silêncio.

— Se enforcou — acrescentou ela.

— O Joey? — disse ele, mal conseguindo articular as palavras. — Ele morreu?

— Morreu com uma foto minha saindo do bolso.

— Uma foto sua? — perguntou Tomas.

— Do meu aniversário de 10 anos.

— Uma foto sua. Não, ele não fez isso. Não me diz que ele...

— Ele fez — disse ela.

Silêncio.

— Uma foto de aniversário — disse ele —, e você está soprando as velinhas?

— Por que você deu uma foto minha para ele, pai?

— Ai, meu deus. Lydia, ele fez alguma coisa com você? Ele *encontrou* você?

— Por quê, pai?

— Eu não estou entendendo o que está acontecendo aqui — disse ele por fim. — Me deixa pensar. Me deixa pensar.

Lydia conseguia ouvir Raj do outro lado da porta do banheiro, mais longe, embaralhando cartas.

— Então você não contratou o Joey para me vigiar? — perguntou ela.

— Eu me preocupo com você mais do que você pode imaginar — respondeu seu pai —, mas não faria isso, jamais. Está tudo bem com você? Me diz que ele não machucou você, Lydia. Por favor, só...

— Eu estou bem.

Seu pai parecia tão preocupado, tão sincero, que era difícil para Lydia não acreditar nele.

— Querida... Eu não sei mesmo por que o Joey iria atrás de você. Eu falei muito de você, então talvez ele quisesse te conhecer.

— Então você realmente deu para ele uma foto minha?

— Eu mostrei algumas fotos na minha mesa no presídio, mas não sei. Talvez ele tenha pegado uma. Acho que notei que ela tinha sumido, devo ter percebido, mas nunca fui atrás para ver o que aconteceu.

Ela decidiu deixar o assunto de lado por enquanto. Talvez o seu pai fosse de fato só um velho triste tentando retomar contato com a filha e talvez Joey tenha feito tudo o que fez sozinho, sem ajuda de ninguém. Talvez.

— Eu preciso ver você — disse o seu pai. — A gente pode se encontrar?

— As coisas estão muito confusas agora para mim — disse ela.

— Não só para você. Mas eu preciso ver você, Lydia. Por favor.

— Sendo bastante sincera — disse ela. — Outro dia, depois de encontrar Moberg, comecei a dirigir para Rio Vista, mas dei meia-volta. Acho que não estava preparada para isso.

— Tudo bem.

— Ainda não estou.

Lydia suspirou ao telefone. Estava pensando em desligar quando o seu pai mudou o rumo da conversa.

— David sabe de toda essa história do Joey?

— David?

— Ele devia tomar alguma precaução. Sabe-se lá o que o Joey estava tramando. Ou quem mais estava envolvido. Me deixa falar com ele, por favor. Vou me sentir melhor se não tiver que me preocupar com você.

Lydia travou.

— Você não vai falar com o David.

— Ele é um bom rapaz, o seu David. Me pareceu que ele trata você bem.

Ela correu os olhos pelo banheiro, vendo a lâmina de barbear de David no peitoril da janela, o frasco de xampu preto no suporte do chuveiro, alguns cabelos dele na louça da pia, e, de repente, sentiu-se perturbada pelo tanto que suas vidas estavam entrelaçadas.

— Não me diz que você tem falado com o David — disse ela.

— Eu entendo que você esteja preocupada, mas não precisa ficar. Ele é um bom rapaz, como eu disse.

Sabia que o seu pai vinha tentando entrar em contato, mas imaginava que David tivesse sido ríspido com ele nas conversas por telefone. Mas, aparentemente, não era o caso.

— Você não pode falar com ele — disse ela.

— Ele sabe, Lydia. Está me ouvindo? David já *sabe*. Isso deve mudar as coisas, eu acho.

— Você contou?

— Claro que não — disse ele. — A gente conversou sobre isso, mas também conversou sobre um monte de coisa.

— Vocês conversaram? Quando?

Seu pai esperou.

— Responde — insistiu ela, mais estridente do que pretendia. — Quanto o David sabe?

— Tudo, Lydia. Ele sabia de tudo muito antes de a gente conversar. Ele é um rapaz honesto. Tenta dar um voto de confiança para ele...

— Não liga para cá de novo.

Clique.

Na sala de estar, Lydia pegou os cigarros de Raj, abriu a janela e pulou para fora, para a pequena parte do telhado que cobria a varanda abaixo. A noite estava muito fria, mas ela nem reparou que estava só com uma camiseta cinza surrada, calça jeans e meias de lã furadas. Sob as luzes da rua, um homem passeava com um porco pançudo que fez xixi numa lata de lixo caída.

Por uma hora, Lydia ficou fumando sozinha no telhado sem sentir o ar congelante ao redor. A certa altura, Raj se inclinou para fora para ver como estava, mas ela balançou a cabeça e ele desapareceu dentro de casa. Através das árvores desfolhadas, ela via a silhueta cartunesca do Cash Register Building, no centro da cidade, e ouvia os carros rasgando a Colfax com seus pneus para neve esperando o degelo final do inverno.

Pensou nos anos com David e se reconfortou ao concluir que, com exceção da lembrança daquelas horas debaixo da pia quando era uma menina de 10 anos, se entregou por completo a ele, e ainda assim não foi suficiente. Ele tinha que tomar a única coisa que ela queria — a única coisa que ela *precisava* — manter em segredo. E falar disso pelas suas costas com seu pai só aumentava a traição.

Logo depois, um sedan cinza chegou quicando pela rua esburacada abaixo e estacionou numa vaga. David saiu do carro.

Lydia sentiu um aperto no peito e entrou pela janela. Raj ainda estava lá dentro, lendo o jornal com os pés na mesa de centro.

— Era o David? — perguntou ele, coçando a bochecha. — No telefone.

— Ele acabou de chegar, Raj. Foi mal por tudo isso, mas você precisa ir embora.

Raj pegou o casaco e a touca e a abraçou antes de sair apressado. Ela o imaginou esbarrando em David na escada.

A porta do apartamento mal tinha se fechado quando David a abriu de novo. Colocou as malas no sofá e tentou beijar Lydia no rosto, mas ela se esquivou.

— Tá bom — disse ele, o hálito disfarçado pelo frescor do chiclete de hortelã. — O que foi que eu fiz?

Ela grunhiu. Parte sua se perguntava se simplesmente não se importava tanto assim para brigar, como se David tivesse lhe dado o motivo de que precisava para abandonar essa versão da sua vida.

— Então — disse David, inclinando-se para olhar nos seus olhos —, vai me dizer o que houve?

Ela colocou um suéter e tênis, pegou a jaqueta jeans e passou por ele a caminho da porta. Ele começou a ir atrás dela, dizendo palavras que ela mal ouvia, mas ela se desvencilhou e se afastou.

— Lydia? Fala comigo, *por favor.*

Enquanto saía do apartamento, a voz dela ecoou pelo prédio:

— *Nunca mais* fala com o meu pai!

CAPÍTULO 17

Lydia entrou no Supper Club, um bar aveludado e enfumaçado a poucos quarteirões da Ideias Brilhantes, destino quase certo dos seus colegas do turno da noite. Mal sentia as mãos e os pés de tão gelados, mas o jukebox tocando músicas românticas de cantores de voz suave era aconchegante, e, ao se acomodar num reservado vermelho com botões, já se sentiu mais aquecida. Naquela noite só queria ter alguns colegas com quem beber — sempre havia colegas com quem beber —, e, em pouco tempo, já tinha tomado quatro *hot toddies* enquanto os ouvia conversar sobre cheques devolvidos, empréstimos estudantis e notificações de despejo, as férias mais baratas que já tiraram, as piores rodoviárias da Greyhound na zona rural, seus passados longínquos em mosteiros budistas, conventos católicos e nas Forças Armadas, o melhor jeito de polvilhar o pozinho mágico dourado do miojo numa panela com água fervendo e macarrão sem deixar empelotar e virar uma pasta. Ouviu alguém dizer "Nunca faça compras num lugar com estacionamento" e concordou plenamente.

A noite estava indo bem, a ponto de ela quase esquecer por que estava afogando as mágoas em uísque quente, quando, de repente, um dos seus colegas de óculos e rabo de cavalo acabou com sua felicidade etílica.

— Ei, má notícia — disse ele. — A gente teve que botar o Cara do Oi para fora da livraria agora à noite.

— O Cara do Oi? — perguntou ela. — Vocês o expulsaram?

— Foi uma merda. Achei que você ia querer saber.

— O Cara do Oi? — perguntou ela de novo e deu um tapa na própria testa.

— Pois é.

O Cara do Oi era um dos BookFrogs mais bonzinhos. Um homem magricela, com cinquenta e poucos anos, que costumava monopolizar uma velha poltrona laranja na seção de revistas da Ideias Brilhantes e murmurava um *Oi* alegre para qualquer um que chegasse a menos de dois metros das suas pernas esticadas. Muitas e muitas vezes, *Oi, Oi, Oi,* raramente junto com outra palavra. Por algum motivo — Plath teorizou que era por causa dos feromônios — ninguém mais se sentava naquela poltrona, mesmo quando o Cara do Oi não estava por lá. Ele tinha belos dentes, pele brilhosa e coisas estranhas nos cabelos. Seus olhos eram turvos, e Plath disse uma vez a Lydia que ele lia os livros de cabeça para baixo, que ele nasceu com os olhos de cabeça para baixo. Plath não estava brincando. Lydia não tinha tanta certeza.

— Vocês o botaram mesmo para fora? — perguntou ela. — O Cara do Oi?

— Ele usou um jornal nosso para embrulhar uma garrafa de gim e ficou sentado lá bebendo — disse ele. — Até aí, sabe, beleza, mas uma hora depois ele mijou na calça e começou a causar a maior confusão. Ele caiu em cima de uma mulher toda chique tomando um café todo chique. Ela se queimou. Não se queimou queimou, assim, mas ficou desconfortável, o que para alguém como ela era tão ruim quanto se queimar.

— Para onde ele foi? — perguntou ela.

— Eu o direcionei para a estação de trem, mas duvido que tenha chegado lá. E está bem frio hoje — acrescentou ele, abatido.

Lydia já estava de pé, se inclinando para sair pela esquerda.

— Vou só conferir rapidinho — disse ela, como se estivesse apenas indo ao banheiro, e, quando percebeu, estava virando a bebida e vagando sozinha pelas calçadas geladas de Lower Downtown. Alguém disse "a Lydia é do caralho" enquanto ela saía cambaleando do bar.

Suas pernas longas e moles pareciam se arrastar um pouco atrás dela, e, quando conseguiram entrar em sintonia, ela estava examinando as filas de bancos na Union Station. Foi levantando cobertores e jornais de rostos que roncavam — *desculpa, opa, desculpa* —, mas nenhum deles era o do Cara do Oi. Logo ela estava circulando por ruas e becos ao redor da estação. Finalmente o encontrou, encolhido no canto de uma mureta que delimitava a área da frente de um prédio comercial.

— Cara do Oi?

— Oi.

Ele gemeu e rolou debaixo de um cobertor cinza rasgado.

— Você está bem?

— Oi... — começou ele, mas foi interrompido pelo vômito. Lydia se ajoelhou ao lado dele e limpou sua bochecha com a manga. Perguntou outra vez se estava bem e ele murmurou "oi" e lentamente fechou os olhos. Ela colocou a mão no ombro dele e olhou para os sinais de trânsito balançando nos fios, então danou a falar do conluio de David com o pai invasivo dela e dessa cidade perdida da sua infância, de como passou mais tempo escondida debaixo de uma pia que qualquer pessoa que conhecia, talvez mais que qualquer pessoa da história, e prometeu reler *Ao farol* e dar outra chance a *O arco-íris da gravidade*...

— Não chora — disse ele.

Ela parou de falar e só então percebeu que suas bochechas estavam molhadas de lágrimas e geladas. De alguma forma, o Cara do Oi fez com que se sentisse segura, então ela assentiu com a cabeça e lhe contou tudo sobre Joey, sobre como o encontrou enforcado, e sobre como encontrou os seus livros, e as suas mensagens, e o seu terno...

— Eu fico com o terno.

Ela olhou para ele.

— Você quer o terno do Joey?

— O terno de adoção dele.

— Terno de *adoção*? — disse ela, esticando o pescoço para ele. — Como assim?

— Era como ele chamava. Ele usou o terno para encontrar a mamãe dele.

Lydia sentiu seu entusiasmo efervescer e, com isso, um vislumbre de sobriedade. O Cara do Oi, que passava dias e dias lá sentado, meditativo, certamente teria visto mais coisas acontecendo pelos cantos da livraria que qualquer pessoa. Não era de surpreender que ele soubesse que Joey estava procurando a mãe adotiva.

— Você está falando da mãe adotiva dele? Da Sra. Molina?

— Não é terno adotivo. — Seus olhos se esforçavam para permanecer abertos. Ele esticou as pernas até roçarem num arbusto cheio de galhos.

— Terno de *adoção*.

— A mãe *biológica* dele?

O Cara do Oi assentiu.

— Eles se encontraram?

O Cara do Oi fez que não com a cabeça.

— O garoto ficou de coração partido. Plantado na Broadway naquele terno maneiro. Que nem um rei do baile de formatura. Mas. Ela. Não. Apareceu.

O Cara do Oi fechou os olhos até reunir energia suficiente para falar.

— O menino não tinha *nada* — murmurou, então ficou de olhos fechados, teve uma crise de tosse e não disse mais nada. Logo começou a roncar. Seu carrinho de compras estava encostado na mureta, e, dentro dele, ela encontrou duas luvas para a mão direita, alguns cobertores de lã e um saco de dormir. Enfiou as mãos dele nas luvas, enrolou bem seu corpo e, com cuidado, o rolou para perto de uma grade de respiradouro fumegante na calçada, onde ficaria aquecido.

Embora Lydia estivesse bêbada e com frio suficiente para cogitar ficar de conchinha com ele, ela acabou vagando na direção de casa. Logo se viu perdida num bairro abandonado ao norte do centro da cidade. A maioria das luzes da rua havia sido estourada a bala, e as fachadas das lojas estavam escondidas atrás de grades e correntes. Toldos esfarrapados tremulavam acima dela parecendo folhas ao vento. Ela perambulou pela escuridão. Quando viu um homem parado no meio da calçada, cerca de um quarteirão à frente, parecendo enorme e ameaçador, ela entrou num beco próximo. O homem estava parado e parecia olhar diretamente para ela, embora, na verdade, ela não soubesse dizer se ele estava de frente ou de costas, nem se era mesmo um homem.

Ela agarrou a bolsa junto ao corpo. Tentou ouvir os passos dele, mas não escutou nada. No fim do beco virou à direita, em uma rua que parecia ainda mais escura e deserta que a anterior. Apertou o passo. Ouviu, em algum lugar, o barulho de um trem. A fábrica da Purina cheirava a cavalo. Um quarteirão ou dois à frente, via o brilho vermelho de um neon gigante da loja de tinta Benjamin Moore, e sabia que havia um antigo boteco de jazz ali perto, então correu na direção do neon, sentindo que estava sendo perseguida, ouvindo passos ecoarem nos edifícios baixos de tijolo e estuque ao redor. Não parou até encontrar o bar e entrar. Mesmo lá dentro, passou correndo por todas as pessoas que bebiam e comiam burritos tarde da noite e, com uma boa dose de presença de espírito, ligou a cobrar para David de um telefone público perto dos banheiros.

— Estou indo — disse ele assim que atendeu, mas era difícil ouvi-lo por cima do jazz, então ela gritou o nome do bar no bocal do telefone, como se estivesse lançando um feitiço desesperado: *El Chapultepec!*

— Saquei! — gritou ele. — Mas o que houve afinal? O que *aconteceu*, Lydia?

— Você *sabia*.

— Eu sabia?

Ela apoiou a testa na lateral do telefone público, em cima de camadas de adesivos de grafite.

— Você *sabia*, David. Sobre *mim*.

— Só não sai daí. Já estou indo.

Ela pediu uma cerveja e ficou perto da porta, bebericando e alternando o olhar entre a calçada e uma senhora num pequeno palco tocando baixo acústico e lamentoso na fumaça.

Quando o sedan de David parou em frente ao bar, Lydia entrou do lado do carona, ainda segurando a garrafa de cerveja. Tomou uma golada e a prendeu entre as coxas.

— Você está bem? — perguntou ele.

— Eu não quero fazer isso — disse ela, balançando a cabeça.

— Fazer o quê, Lydia? — Ele balançou as mãos indicando o espaço entre os dois. — *Isso?*

Ela se virou para o outro lado. Lá fora, as árvores que passavam estavam esqueléticas por causa do inverno.

— Você parecia assustada no telefone — disse ele. — Aconteceu alguma coisa?

— Estou bem. Com frio, só.

Ele virou a saída de ar do aquecedor do carro para ela e pegou o caminho pelo centro da cidade.

— Olha só — disse ele depois de um tempo. — Tem umas coisas que eu preciso contar para você.

— Tem que ser hoje, David?

— Você não precisa dizer nada, mas tem que ser hoje — respondeu ele. — Para começar, eu só quero deixar claro que não estou com raiva de você...

— *Você* não está com raiva de *mim*?

— Por esconder a sua infância de mim, Lydia.

— Ah, é mesmo?

— *Você* pode estar com raiva — disse ele —, mas eu não estou. Só me escuta. Tenho certeza de que você tem seus motivos para não falar disso.

— Eu tenho.

— Mas, para ser sincero, fiquei um pouco magoado por você achar que não pode me contar essas coisas. Isso faz com que eu me sinta um namorado babaca, como se você não pudesse confiar em mim, ou como se eu estivesse fazendo alguma coisa para manter você no seu devido lugar. Eu não sou assim, Lydia.

— Eu sei que não é — disse ela olhando para fora, vendo as ruas iluminadas pelos postes, frias e sem vida.

— Além do mais — continuou ele —, o seu pai não me disse nada que eu já não soubesse.

— Você já sabia mesmo? — conseguiu dizer, incapaz de tirar os olhos das lanternas traseiras que brilhavam feito brasas na escuridão à frente.

— Sobre a pequena Lydia? Sabia, sim.

— Mas que merda, David. Isso é humilhante.

— Eu também cresci aqui. O Homem do Martelo fez parte da minha infância. Mais que o palhaço Blinky ou John Elway. Eu morria de medo dele. Todo mundo morria de medo.

— Quando você descobriu?

— Dois anos atrás, acho. Eu vi um daqueles quadros "Neste dia em Denver" no jornal. Assim que mostraram aquela foto famosa, aquela da revista *Life*, eu soube que a menina era você. Você está totalmente diferente agora, é claro, mas eu já vi aquela mesma expressão no seu rosto. Nesse dia, você estava na livraria, eu acho, então eu te liguei na hora, mas você estava ocupada. Acho que resolvi não ligar de novo.

Ela esperou que ele continuasse, mas ele ficou em silêncio.

— Por isso você tem sido tão legal comigo? — perguntou ela.

— Espero que não.

Lydia não sabia ao certo se isso fazia de David uma pessoa melhor ou pior, ou o que isso significava para eles como casal.

— Foi numa das suas viagens de trabalho? — perguntou ela, mais dócil do que pretendia. — Que você conheceu o meu pai?

— Eu não planejei nada. Ele estava ligando direto, então, quando eu estava passando perto de Rio Vista, num impulso, resolvi procurar uma lista telefônica. Senti que era o certo a fazer. Pedi que ele me encontrasse numa sorveteria na rua principal. Paguei um café para ele. Ele estava sem dinheiro. Na verdade, ele tinha quatro centavos.

— Quatro centavos.

— Ele esvaziou os bolsos para me mostrar. E ele nem sabia que tinha uma sorveteria na cidade. Fiquei com a impressão de que ele não saía de casa, exceto talvez para ir no mercado. Não saía há anos, quero dizer. Aparentemente, ele também não trabalhava há algum tempo.

— Sobre o que vocês conversaram?

— Pouca coisa. Ele parece um cara solitário e recluso de verdade. Ele precisa mesmo de alguém.

— Você não deveria ter agido pelas minhas costas assim.

— Eu sei — disse ele —, mas ele é a única família que você tem. Eu queria conhecê-lo.

Lydia tocou o vidro frio da janela. David olhava para ela de esguelha enquanto dirigia.

— Ele disse que continuaria ligando — completou ele. — Ele quer mesmo ver você. Por que a gente não o visita junto? Podemos pegar um fim de semana...

— Eu ainda não estou pronta para isso, sabe — respondeu ela.

— Eu só acho...

— Eu não estou *mesmo* pronta para isso, David.

— Tudo bem.

Pararam no sinal vermelho e esperaram que abrisse. Os bueiros fumegavam abaixo.

— E você vai me falar do cara que tem ligado? — perguntou David. — Depois que você saiu correndo hoje, ele deixou um monte de mensagem na secretária, querendo saber se você estava bem.

Ela continuava olhando para a frente.

— O nome dele é Raj — disse ela. — Eu não estou transando com ele.

— Raj — repetiu ele. — Tudo bem.

— Já segurei a mão dele. Como amiga. Ele dormiu no seu saco de dormir uma noite. No chão.

— Do nosso quarto?

— A gente é amigo, David. Quando éramos crianças, ficávamos juntos todo dia.

— Antes daquilo?

— Antes.

David mexeu os ombros em círculos e respirou pelo nariz.

— Joey tinha uma foto de nós dois — disse ela, como se fosse uma coisa normal. — De Raj e de mim, de quando tínhamos 10 anos.

David não disse nada.

— Ele estava com a foto quando morreu — acrescentou. — No bolso.

Agora a ficha caía. David baixou os olhos do para-brisa, e suas mãos ficaram frouxas no volante.

— Olha para a frente — disse ela —, presta atenção.

— Eu estou ouvindo direito? — perguntou ele, semicerrando os olhos para a escuridão. — Esse cara, o Joey, morre com uma foto sua e do seu amigo Raj, então o Raj se intromete na nossa vida, bagunçando tudo, e você não acha isso *suspeito*? Você confia *de verdade* nesse cara?

— É claro que confio nele — disse ela, embora, na verdade, esse tipo de desconfiança nunca tivesse lhe passado pela cabeça. — Além do mais, não éramos só nós dois na foto. Tinha também a Carol O'Toole. A menina que...

— Eu sei quem é Carol O'Toole. Todo mundo sabe quem é Carol O'Toole. — Ele olhou para Lydia de esguelha. — Como ele conseguiu uma foto sua?

— Como o Joey conseguiu? Ele ficou preso em Rio Vista. Um dos detentos do meu pai, parece.

— Então, o seu pai...

— Conhecia ele. Sim.

— Mas *por quê*?

— Não sei — disse ela.

— Sério? Quer dizer, por que um presidiário teria uma foto sua quando criança? Isso está errado. Se eu fosse você, eu...

— Para. Para. — Ela sentiu um pânico crescente e achou que ia vomitar. — Para o carro, David. Por favor. Agora. *Agora*.

David virou rápido numa rua lateral e parou em frente a uma casinha de tijolos com uma luminária piscando na varanda.

— O que foi? Você está bem?

Lydia estava com dificuldade para respirar. Soltou o cinto de segurança e segurou a maçaneta da porta.

— Ei — disse David. — Ei, o que foi?

Ela abriu a janela e respirou fundo algumas vezes. David tentou envolvê-la num abraço protetor, e depois de um tempo ela tentou abraçá-lo também, mas seus músculos se recusavam a relaxar. Ela percebeu que não ficava tão assustada assim havia muito tempo, nem mesmo quando Joey...

— Ei — disse ele. — Você está bem. A gente vai ficar bem.

Mas ela sabia que não estava bem, sabia que não ficariam bem.

Ele tentou lhe dar uma garrafa de água, mas ela pegou a cerveja que estava entre as coxas e bebeu. Enquanto bebia, percebeu que o para-brisa do lado dele estava com pequenos filetes de gelo, a noite lá fora estava querendo entrar.

— Desculpa — disse ela, limpando o rosto e fechando os olhos enquanto ele voltava a dirigir, levando-a para casa em segurança.

CAPÍTULO 18

A primeira vez que Tomas falou com Joey foi no meio da noite, enquanto fazia a ronda nos corredores cheios de eco da prisão. Como Joey tinha sido julgado como adulto, mas ainda era menor quando entrou — não tinha nem 17 anos quando começou a cumprir pena —, foi colocado num pavilhão desocupado do nível três, separado dos outros detentos. Não estava totalmente isolado, mas seu vizinho mais próximo estava a oito ou dez celas de distância. Durante as refeições e os exercícios, ele era segregado o máximo possível da população adulta.

Quando Tomas apontou a lanterna para a cela de Joey naquela primeira noite, viu o jovem sentado no travesseiro, no canto da cama estreita, encolhido num cobertor de lã cinza. Seus cabelos pretos estavam caídos na testa, mas não cobriam muito a acne saliente por baixo.

"Você é o bibliotecário?", perguntou Joey, tão baixinho que Tomas quase não ouviu.

Porque Tomas cometeu o erro, mais ou menos uma década atrás, de contar a um agente penitenciário que havia trabalhado como bibliotecário; desde então, seus colegas e muitos dos presos passaram a chamá-lo assim: "o bibliotecário". Havia, de fato, uma biblioteca na prisão, menor que alguns dos almoxarifados, mas era administrada pelo sobrinho do diretor do presídio, e o papel de Tomas em seu funcionamento era mínimo. Ele havia ganho sua própria mesa num canto nos fundos, onde se sentava sozinho algumas horas por semana, no silêncio da noite, catalogando os livros doados para a prisão.

"Já fui, um dia."

"Posso perguntar sobre um livro?"

"Pode tentar."

Joey tinha lido *Matadouro-Cinco* recentemente, explicou, e queria saber se Tomas fazia ideia de como era ficar *largado no tempo*, como o personagem Billy Pilgrim. Costumava se perguntar se não era exatamente isso que estava acontecendo com ele.

"Não cientificamente falando", acrescentou Joey. "Emocionalmente falando."

"Tudo bem, deu para entender. A sensação de estar assim largado. No tempo."

Então começaram a conversar. Apesar das próprias tendências lacônicas, Tomas ficou surpreso ao descobrir que tinha muito a dizer a esse jovem detento, especialmente com relação ao tempo e seu impacto na alma de uma pessoa, quando curvado e esticado entre a existência e as lembranças de alguém. E Joey parecia interessado em ouvir. Para Tomas, ele não parecia ser o tipo de garoto que tinha jogado blocos de cimento em carros em movimento.

A cada turno, quando Tomas fazia as rondas, encontrava Joey sentado na cama, sem conseguir dormir, esperando sua visita. Até onde sabia, havia se tornado o único contato humano significativo de Joey, e de certa forma Joey se tornara o seu. Talvez porque naquela época já morasse sozinho havia uma década, Tomas conversava e conversava, contando histórias sobre Lydia e Raj, sobre a biblioteca e a loja de donuts. E, quando ficava ali em pé, encostado naquelas barras no escuro, contando a Joey sobre sua vida anterior — sua *vida real*, como ele sempre chamava, lá em Denver —, sentia que, às vezes, era Joey quem o ajudava.

Claro que Tomas nunca mencionou os O'Toole nem o Homem do Martelo.

O dia em que Joey fez 18 anos foi agitado. Para começar, naquela manhã, quando Tomas estava terminando o turno ao nascer do sol, Joey estava juntando suas pastas e seus cadernos e se dirigindo ao fórum de Salida para alguma audiência relacionada à sua maioridade legal. Quando Joey voltou para a prisão, naquela tarde, sua cela solitária no nível três havia sido esvaziada e o colocaram com um skinhead de Lubbock que, em quinze minutos, lhe deu uma surra que acabou com ele — costelas e nariz quebrados, lesões nas maçãs do rosto, cortes nos lábios e na sobrancelha — supostamente por ler qualquer livro que não fosse a Bíblia. Em vez de tentar arrumar um local seguro para colocá-lo, o diretor e o conselheiro do presídio concordaram, a pedido de Tomas, que Joey voltasse para a cela isolada, da qual havia sido tirado recentemente, assim que saísse da enfermaria.

Quando Tomas contou a novidade para um Joey todo enfaixado, sugeriu que o garoto decorasse um pouco a cela, porque, com sorte, cumpriria o resto da pena ali.

"Deixa o lugar com mais cara de casa", disse Tomas. "Além disso, o Pooh-Bah pode se sentir menos propenso a tirar você de lá se a deixar com a sua cara."

"Deixar com a minha cara?"

"As pessoas costumam pendurar fotos ou coisa assim."

"Não tenho foto nenhuma", disse Joey.

"Não precisam ser fotos de parentes ou amigos."

"Não tenho foto de nada. Eu não entendo muito isso de tirar foto, para falar a verdade. Nunca entendi."

Aquele foi um dos momentos mais difíceis para Tomas do seu trabalho na prisão: ter que explicar a esse menino brilhante por que as pessoas tiram e guardam fotos da sua vida.

"Acho que é uma questão de capturar a felicidade", disse Tomas, "antes que ela vá embora. Outras coisas também, mas em geral a felicidade."

"Ela sempre vai embora?"

"A minha foi."

Joey assentiu, mas as paredes da sua cela continuaram vazias.

Pouco antes de Joey ser solto, dois anos depois da condenação, Tomas foi designado para trabalhar no turno da noite na véspera do Natal, mas não se importou. Tinha trabalhado em feriados suficientes para saber que esses turnos eram diferentes, e que, naqueles dias, mesmo a prisão poderia parecer mais uma comunidade que uma instituição. Colocavam para tocar músicas natalinas nos alto-falantes e davam aos detentos mais tempo para ligações, para ficar na capela e para assistir a especiais de Natal na TV. Joey não participou de nenhuma dessas tentativas de celebração. Mas Tomas queria lhe dar algo similar à alegria, então, quando fez a ronda naquela noite, deu um jeito de deixar Joey sair da cela e o conduziu, algemado, até a sua mesa nos fundos da biblioteca da prisão. Prendeu a corrente do tornozelo dele à cadeira, afrouxou um pouco as algemas e lhe deu uma bola de pipoca e mel do tamanho de um pequeno globo que havia feito em casa, para ele. Enquanto Joey desembrulhava e mordiscava a bola de pipoca grudenta, Tomas apontou para as pilhas de caixas de papelão que cobriam a parede em frente à mesa.

"São livros", disse ele. "Pode escolher alguns. Os que você quiser. Um presente."

"Você não precisa deles para a biblioteca?"

Todos os livros eram de doações, explicou Tomas, descartes de sebos, de liquidação de patrimônio, e noventa e cinco por cento deles nunca chegava às estantes da biblioteca da prisão.

"Não tem mais espaço. E, para ser sincero, nem muito interesse."

Joey comeu toda a bola de pipoca e passou os olhos pela sala. Num quadro de cortiça atrás da mesa, ao lado dos papéis com o telefone dos departamentos e uma impressão do sistema de catalogação da biblioteca, Tomas tinha prendido umas dez fotos que havia pegado da sua caixa de metal em casa.

"Essa é a Lydia?", perguntou Joey, apontando para uma foto antiga de uma menininha em cima de uma pilha de folhas.

"É ela. Desse lugar aqui, dava para ouvir os carros na Colfax toda hora: *Zuuuum. Zuuuum. Zuuuum.* Você acaba se acostumando."

Depois de Tomas projetar suas lembranças pelas barras durante dois anos, como se fossem velhos filmes caseiros, Joey tinha todo o contexto de que precisava para entender as pessoas e os lugares presos no tempo naquelas fotos brilhosas à sua frente. Tomas apontou para as fotos de Lydia em várias fantasias de Halloween (Nancy Drew, Cleópatra, Mrs.

Piggle-Wiggle), de Lydia sentada nos degraus da biblioteca, e uma de Lydia com seu amigo Raj e uma menina ruiva — que mal aparecia na foto —, inclinada sobre um bolo de chocolate no aniversário de 10 anos. Parecia feliz.

"Esse é o menino da loja de donuts?", perguntou Joey.

"Ele mesmo. O melhor amigo da Lydia."

À medida que as canções de Natal nos alto-falantes chiados iam acabando, Tomas se concentrou na tarefa em questão.

"Vamos pegar logo alguns desses livros para você antes que eu arrume problema para mim." Ele ficou de joelhos e começou a mexer nas caixas.

"Acho que você vai gostar desses aqui", disse ele, entregando uma pequena pilha dc livros de ficção científica. Bradbury, Heinlein, Clarke.

Joey lambeu os dedos para não sujar os livros com a mão de pipoca grudenta, e, ao olhar para ele, Tomas sentiu o carinho que teria sentido por um filho que se perdeu.

Naquela noite, depois de trancar Joey e seus livros novos na cela, o garoto parecia mais frágil que o normal, mais inseguro, e foi difícil para Tomas ir embora e deixá-lo sozinho na véspera do Natal.

CAPÍTULO 19

Lydia estava debaixo do chuveiro com água escaldante, tentando sem sucesso lavar a ressaca horrorosa que pulsava através dos seus globos oculares. Quando saiu do banheiro, tonta e faminta, perguntando-se como sobreviveria a um expediente de nove horas no trabalho, encontrou na secretária eletrônica uma mensagem solidária de Irene, a conselheira do cartório de registro civil.

Ela não se deixou abalar pela notícia de que o requerimento para os registros de adoção de Joey tinha sido rejeitado.

— *Lamento* — disse Irene na mensagem. — *Eu realmente fiz tudo o que pude.*

Lydia acreditou nela, mas isso não mudava o fato de que, no que se referia a Joey, tinha encontrado outro beco sem saída.

Lydia estava trabalhando sozinha na seção de psicologia, organizando livros largados em mesas, sofás e espalhados pelo chão, quando recebeu uma ligação de Raj.

— Preciso que você venha me encontrar — disse ele com urgência. — Pode vir agora? Lydia?

Lydia se abaixou atrás do balcão de psicologia. Entulhados ao redor do telefone estavam um cérebro de cerâmica para frenologia, uma bola de elásticos gigante e um boneco do G.I. Joe barbudo com um símbolo da paz desenhado a canetinha no peito nu.

— Raj? Onde você está, afinal?

— No prédio do Capitólio — disse ele. — Vem o mais rápido que puder. E você vai precisar de um carro.

— O que está acontecendo, Raj?

— Só vem para cá — respondeu ele.

— É uma emergência? Estou no meio do expediente.

— Emergência? Não é caso de vida ou morte, nada assim, mas eu preciso de você, Lydia. Pega um carro emprestado. Por favor. Vou ficar te esperando na escadaria. Confia em mim. Por favor.

Lydia encontrou Plath fumando encostada numa parede de tijolos no fim do quarteirão, lendo *Poemas de Nazim Hikmet*. Algumas bitucas estavam espalhadas aos seus pés, e o cheiro de fumaça evocou em Lydia uma imagem dos papéis queimados no fundo da lata de lixo de Joey. Parecia fazer uma eternidade desde que aquilo acontecera.

— Como é que você pode parecer *tão* exausta — disse Plath, tocando o ninho de rato preto acinzentado que era o cabelo de Lydia — e ainda assim ter essa beleza meio desgrenhada?

— Achei você.

— Me deixa adivinhar: você quer pegar o meu carro emprestado de novo.

— Não tem problema?

— O que é meu é seu, irmã. Mas o que são essas viagens de campo todas? Fazendo um bico de "mula" para o tráfico?

— Ajudando um amigo — disse Lydia.

— Aquele garoto?

— Que garoto?

— O gostosinho com aquele cabelo e aquele sorriso.

— Raj?

— Eu sabia! — disse Plath batendo o livro de poemas na coxa. — Sua malandrinha, pulando a cerca! E aí? Quem é ele?

Lydia gaguejou. Então, com o mínimo possível de palavras, contou a Plath sobre Raj, sobre sua infância e sobre terem passado todas as tardes juntos na loja de donuts dos pais dele.

— Ele é *herdeiro* de uma loja de donuts? — perguntou Plath. — Sossega, coração! Qual delas?

— Já ouviu falar do Gas 'n Donuts?

— Pode parar agora mesmo, Lydia. *O* Gas 'n Donuts? Aquela majestosa cúpula do prazer na Colfax? — Plath balançou a cabeça e acendeu outro cigarro. — Não quero me meter nisso, Lydia, mas o David está fodido.

Lydia riu.

— Eu não estou pulando cerca nenhuma.

— *Ainda* — disse Plath, levantando o cigarro. — E tem mais uma coisa, já que estamos falando da sua coleção de garanhões. É verdade que ontem à noite você teve um encontro sensual com o Cara do Oi? Parece encrenca. Correu tudo bem?

— Estava só tentando entender umas coisas.

— E é por isso que você precisa do carro. — Plath tirou do chaveiro a chave do Volvo e a colocou na palma da mão de Lydia. — Ele está estacionado mais no começo do quarteirão, monopolizando o espaço. Eu me ofereceria para ir com você, mas sei o que você vai dizer: *Eu resolvo. Pode deixar. Não, obrigada. Estou bem.* Mas, de verdade, Lydia, você está bem mesmo?

— Para ser sincera, não sei.

— Conversa comigo? — perguntou Plath, franzindo a testa. — Por favor? Só até eu terminar o meu cigarro. Cinco minutos.

— Estou meio com pressa.

— Então vamos ao que interessa. Você soube que o Ernest pediu as contas? Ele disse que o fantasma do Joey arruinou o melhor trabalho do mundo.

— Não fiquei sabendo — disse Lydia, embora não estivesse surpresa com a notícia. Depois que um colega sumia nos bastidores, costumava ser só questão de tempo até desaparecer de vez silenciosamente, para uma faculdade ou uma carreira editorial, se as coisas estivessem indo bem; e, se não, para empregos cujos anúncios tinham sido grampeados em postes telefônicos, vendendo suplementos nutricionais ou montando brinquedos em casa. Aquele trabalho podia ser desgastante, e é por isso que pessoas como Plath eram tão admiráveis. Elas, assim como a livraria, sobreviviam.

— Eu nunca vou pedir para sair — disse Plath. — É claro que eles podem me demitir.

— Por quê? Por fumar sete cigarros num intervalo de dez minutos?

— Touché.

Lydia olhou para o começo do quarteirão, para o campanário de tijolos e a torre do relógio da cidade.

— O que você está fazendo aqui fora, por falar nisso?

— Lydia — disse Plath depois de uma pausa fria —, essa é uma pergunta que jamais deve ser feita a um vendedor de livros. A Ideias Brilhantes não é a Victoria's Secret. É preciso ter estilo para trabalhar aqui. Não podemos simplesmente *sair resolvendo coisas* durante os intervalos, como se fôssemos todos contadores. Temos que fumar pelos cantos e ficar lendo. Fazemos parte da decoração. — Ela deixou cair a guimba casualmente na pilha já perto dos pés. — O que está acontecendo com você, afinal? De verdade. Estou preocupada. Desde a morte do Joey, você anda meio distante. Psicologicamente falando. E tudo bem, mas, sabe, talvez você deva conversar com alguém, se sentar numa roda de cadeiras dobráveis no porão de alguma igreja e beber café num copo descartável. Ou dane-se o grupo e só fala comigo. Se abre um pouco.

Plath estava certa. Ultimamente, no trabalho, sempre que Lydia via clientes parados em frente às prateleiras, segurando um papel, ela se afastava sem oferecer ajuda. Talvez enfim tivesse chegado ao ponto de se esconder nos bastidores.

— Só tenho andado distraída — disse Lydia. — O meu coração não anda muito focado no trabalho esses dias.

— O seu *coração*? Querida, você tem coração demais. Faça um favor a si mesma e deixa o seu coração murchar. Lê um pouco de Henry Miller.

Um pouco de Ayn Rand. De Deepak Chopra. Isso vai dar uma estragada na sua visão do mundo. Além disso, você é a pessoa com mais *talento* para vender livro que eu conheço. Você é a vendedora de livro guerreira... Você tem o elã de vendedora de livro.

Lydia resmungou.

— Tenho passado a maior parte do tempo me escondendo de clientes.

— Indiferença está em alta. Quando os clientes veem você aparecer de baixo de uma pilha de livros, eles sabem que estão em boas mãos. Nas melhores mãos. — Plath deu uma olhada dentro do maço de cigarro, mas mudou de ideia. — Olha só, acho que o que eu estou tentando dizer é que a sua presença nesse mundo é requisitada, tá bom?

Lydia olhou para Plath e se perguntou, não pela primeira vez, o quanto ela realmente sabia sobre sua vida.

— Acabou o tempo — disse Lydia, então foi apressada encontrar o carro da amiga.

Poucos minutos depois de pegar emprestado o Volvo de Plath, Lydia atravessou o centro da cidade e estacionou na Broadway. Enquanto andava até o Capitólio, via vestígios de uma tempestade de neve que havia caído mais cedo, com montinhos congelados pelas calçadas e debaixo das árvores. Boa parte, porém, já estava derretida, deixando a grama encharcada, as sarjetas lamacentas e enormes poças sob os pés. A cúpula dourada do Capitólio reluzia contra o céu.

Raj, como prometido, estava na escadaria, do lado oeste, sob o trio de pórticos. Suas mãos estavam enterradas nos bolsos do jeans, e ele usava um casaco leve de camurça com cheiro de cachorro molhado quando ela o abraçou. O dia estava escuro, com nuvens pesadas bloqueando o pôr do sol, mas ainda assim dava para ver o inchaço cor de ameixa seca sob os olhos dele, e ela se perguntou se ele andou chorando.

— Você está bem? — perguntou ela.

— Ótimo. Obrigado por vir.

Eles se sentaram no degrau onde estava gravada a inscrição: *Uma milha acima do nível do mar*. Raj tocou as palavras com a ponta dos dedos.

— Lembra quando a gente veio aqui numa excursão, quando éramos crianças?

— Acho que sim — respondeu Lydia. — O que aconteceu, Raj? Por que você me chamou aqui?

Raj respirou fundo e falou muito mais devagar que o normal.

— Hoje de manhã a sua amiga conselheira me ligou. Do cartório de registro civil.

— Irene? Por que ela ligou para você?

— Você me colocou como referência, lembra? No requerimento das certidões de adoção do Joey. Daquelas coisas lá de adoção, sei lá.

— Mas você já sabia disso.

— Sim. Eu sou a sua *principal referência*, certo? — disse ele, desta vez sem nenhum flerte nem humor. — E ela me disse que o seu requerimento foi rejeitado.

— Ela me deixou uma mensagem hoje de manhã avisando — disse Lydia. — Mas não devia ter envolvido você nisso. Quer dizer, por que eu precisaria de uma referência se o meu requerimento foi rejeitado?

— Não é isso — disse Raj. — Ela me pediu para passar no escritório dela hoje à tarde. Disse que o seu requerimento tinha sido rejeitado, mas que não tinha nada a ver com você me usar como referência. Que a *minha* ficha estava limpa, que eu não devia me preocupar quando for me candidatar a algum emprego ou algo assim, que a minha ficha era *impecável*. Palavras dela.

— Ela pediu para você ir até o escritório para dizer isso? Não faz sentido.

— Não faz o menor sentido — disse Raj. — Ela estava tentando tirar o dela da reta caso... caso eu ficasse chateado.

— Chateado com o quê?

Raj olhou para o engarrafamento do centro da cidade.

— Eu fiquei confuso, óbvio — disse ele —, até Irene me dizer que *eu* podia tentar requerer os documentos de adoção do Joey, se quisesse. Só porque você foi rejeitada não queria dizer que eu também seria. Mas só se eu quisesse, ela teve o cuidado de enfatizar. Era como se ela estivesse dando voltas em alguma coisa, mas fiquei intrigado e achei que poderia te ajudar. Então eu fui.

— Você foi mesmo até o escritório dela?

— Fui — disse Raj —, e ela fechou a porta e me perguntou, sem rodeios, se eu queria fazer o requerimento da documentação da adoção do Joey. Mas eu não tinha interesse em preencher um formulário, pagar todas as taxas, eu só queria saber o que ela estava tramando. *Não é difícil, na verdade*, ela me disse, então me entregou o formulário do requerimento para mostrar como era fácil preencher e virou para a segunda página com uma lista de opções onde eu declararia a minha "relação com o adotado". Só que uma das opções já estava marcada. E Irene encostou a ponta da caneta nela, ficou dando batidinhas no papel e olhando para a porta para garantir que ninguém ia entrar, e me olhando, e dando batidinhas na folha. *Tec-tec-tec*. Ela já tinha marcado a opção para mim. É aí que eu quero chegar...

— Que opção ela marcou?

— Ela estava tentando me dizer, Lydia, sem me dizer.

— O que ela marcou, Raj?

— *Irmão* — disse ele.

CAPÍTULO 20

Raj se curvou para a frente nos degraus de pedra. Lydia esfregou as costas dele.

— A gente não sabe o que isso significa, tá bom, Raj? Foi um engano. Irene devia estar só tentando me ajudar, burlando o sistema de alguma forma.

Ela sentiu Raj respirar fundo, tentando se acalmar.

— Joey era meu irmão? — perguntou ele. — Isso faz algum sentido, Lydia?

— Acho que não, Raj.

Ficaram sentados em silêncio por um tempo. Dava para ouvir duas pessoas em situação de rua brigando perto do obelisco no parque e o barulho de skates raspando a borda do chafariz do Centro Cívico.

— Irene o chamou de Joseph *Patel* — disse Raj, pressionando as têmporas com os dedos. — Ela disse que ele recebeu o sobrenome Molina quando foi adotado.

— Você falou com mais alguém sobre isso, Raj?

— Com quem? — disse ele. — Tipo, com os meus *pais*?

— Só pode ser um engano — disse ela. — Não fala com eles ainda. Nem com ninguém, aliás. Me deixa pensar.

— Irene disse que reconheceu o meu sobrenome quando revisou o seu requerimento.

— Talvez seja esse o problema. *Raj Patel*. Não é, tipo, o sobrenome indiano mais comum? Você é, tipo, o John Smith de sei lá que região.

— Gujarate. Sabe, o lugar que a minha mãe foi visitar por nove meses quando eu era criança? Tá, não exatamente nove, mas você já entendeu.

— Ai, que merda — disse ela.

— Pois é.

— É um engano, Raj. Só pode ser.

— Lydia — disse ele, sorrindo com incredulidade —, Irene me disse para pensar bem se eu queria mesmo isso, mas, quando eu disse que queria saber, ela aprovou o requerimento comigo ainda sentado lá. Ela até me ajudou a redigir uma declaração juramentada no escritório dela e depois me levou até o outro lado do corredor para autenticar.

— Para quê?

— Para fazer o requerimento de quebra de sigilo de um registro de adoção — disse ele. — Em "Motivo do requerimento" ela me disse para escrever "adotado falecido" e "solicitado pelo irmão". Algo assim. Foi só isso. Depois ela verificou algum registro ou calendário e disse que poderia me colocar na frente de um juiz amanhã. Esse é o trabalho dela, Lydia.

— Não, mas não desse jeito — respondeu ela. — Ela perderia o emprego.

Raj deu uma risada sarcástica.

— O juiz ainda vai precisar aprovar antes de eu poder ver qualquer registro original, mas Irene disse que me ajudaria se eu tivesse certeza de que era isso que eu queria.

— E você tem, Raj?

— Ã-hã. Claro. Quer dizer, se... Sim. Eu ia querer saber. Isso é estranho pra cacete.

— Eu não consigo acreditar que ela ligou para você assim. Por que ela...

— Ela acha que a gente está junto — disse Raj rapidamente. — Que você e eu estamos... juntos.

Lydia olhou para Raj, mas ele estava olhando para o outro lado, para a fortaleza de plástico reluzente do museu de arte. Na calçada em frente à escadaria do Capitólio, alguns pardais brigavam pelo bico de um pão de cachorro-quente.

— Como ele era? — perguntou Raj, baixinho.

— Joey? — disse ela. Refletiu por um instante. — Brilhante. Legal. Bonito.

— Mas problemático — disse Raj. — Obviamente.

— Pode-se dizer que sim.

Conseguia ouvir Raj fungando ao seu lado e exalando uma lufada forte, como se tentasse tirar teias de aranha da alma, arrancar os pregos. Lydia não disse mais nada.

— Você notou que ele reuniu a gente? — disse ele. — Não de propósito, mas, ainda assim, vi a sua foto no jornal porque ele se enforcou na livraria.

— Eu sei — disse ela.

— Eu poderia ter ajudado.

A mão de Lydia disparou do próprio colo para o ombro de Raj. Ela o balançou levemente.

— Opa, vamos com calma. Vamos descobrir o que está acontecendo, tá? Vou falar com a Irene logo de...

— Eu já conversei com a Irene — disse ele —, e ela me contou tudo o que podia.

— Mas *eu* vou falar com ela, Raj, e...

— Você precisa perguntar para alguém que realmente pode saber alguma coisa, Lydia. Você precisa perguntar para o seu pai. Ele estava sempre por perto naquela época, e é a única pessoa ligada a todos os envolvidos. Incluindo o Joey.

Lydia sentiu a altitude entre aquele degrau e o nível do mar começando a virar um vazio. Sentiu que estava mergulhando no nada. Sentiu que estava caindo. Sentiu o ar...

— Por isso achei melhor você vir de carro — acrescentou Raj —, para que pudesse se encontrar com ele direto daqui. Ir até as montanhas e perguntar para o seu pai o que ele sabe.

— Não posso fazer isso, Raj.

— Pode, sim.

No espaço entre os prédios da cidade, dava para ver a forma escura das montanhas distantes, para onde Raj tentava conduzi-la. Dali, as Montanhas Rochosas pareciam uma parede preta encimada com espetos, majestosa e assustadora, resquício de um tempo ancestral. Sentiu que entendia as primeiras pessoas que se assentaram em Denver, que atingiram aquele paredão e não conseguiram dar nem mais um passo, então fincaram algumas construções na planície, instalaram uns trilhos de trem e deram início ao seu século de expansão. Era muito mais fácil ficar parado no lugar.

— O que eu quero mesmo fazer é ir direto para a loja de donuts — disse Raj — e ouvir o que os meus pais têm a dizer sobre essa história. Mas acho que eu deveria esperar até confirmar tudo, né? Além do mais, se eu for agora...

— Você *não* deveria ir até lá agora — disse ela, observando a tensão dos punhos cerrados dele. — Não quero ter que pagar fiança para tirar você da cadeia.

— Por favor, conversa com o seu pai, Lydia. Se não quiser ir sozinha, eu posso ir junto.

— Não. Definitivamente, não.

— Ou eu posso conversar com ele sozinho — disse Raj.

— Calma aí, Raj. Isso tudo só pode ser um engano. Não faz sentido eu...

— Para de dizer que é um engano — cortou ele num tom incisivo que a surpreendeu. Ele se levantou, olhou para o céu e começou a descer lentamente os degraus de pedra do Capitólio. — Acho que você está esquecendo uma coisa, Lydia: você não era a única pessoa na foto do Joey. *Eu* também estava nela. *Eu*. Bem do seu lado, como sempre. Não é um engano.

Lydia observou Raj andar por entre as árvores desfolhadas e atravessar o calçadão para o centro da cidade. Quando ele saiu do seu campo de visão, voltou para o carro de Plath. O trânsito avançava lentamente, iluminando a Broadway, e ela sabia que ele estava certo: Lydia podia até estar apagando as velinhas no meio da foto com a qual Joey morreu, mas o Raj de 10 anos estava ao lado dela, leal como sempre. Ela reconheceu, um pouco constrangida, que era mais provável Joey morrer com uma foto do irmão mais velho que com uma foto da mulher que vendia livros para ele. E Raj também tinha razão sobre outra coisa: seu pai — a fonte da foto de Joey — era a única pessoa que ela conhecia que poderia ter as respostas.

CAPÍTULO 21

Depois de sair do Capitólio, Lydia fez uma parada rápida no apartamento para pegar a foto da festa de aniversário e jogar uns biscoitos na bolsa. David estava tomando banho quando ela chegou e, embora parte dela se sentisse tentada a desaparecer ali dentro com ele, sabia que, se fizesse isso, aquela viagem afundaria numa parada reconfortante. Além disso, ainda estava magoada pelo fato de ele saber do Homem do Martelo há anos e ter escondido isso dela. Sabia que sua reação não fazia sentido — não era culpa de David ter descoberto seu passado, e ela também tinha mantido segredos —, mas a traição que sentia era real.

Ela o ouvia cantarolar no chuveiro enquanto escrevia um bilhete para ele no verso de um envelope do empréstimo estudantil:

> *Estou indo ver o meu pai em Rio Vista (se eu não desistir no caminho). Volto amanhã, no máximo. Te ligo.*
> *Me deseje sorte.*
>
> *L*

Quando leu o bilhete, ficou surpresa ao perceber a ausência de uma palavra: *amor*. Não queria pensar muito em porque esqueceu de colocá-la, mas a solução foi simples:

Me deseje sorte.
Com amor,

L

Pronto.

A noite estava fria e ventava muito enquanto Lydia dirigia. Estrelas enchiam o para-brisa, e formas ovais de gelo brilhavam na estrada como poças de óleo. O caminho era longo, e as montanhas, desertas. E então chegou a Rio Vista.

Lydia se encolheu no Volvo enquanto passava pela rua principal. Muita coisa mudou desde que deixou a cidade aos 17 anos. A farmácia do Elmo era agora um bar bistrô, o Hot Dog Heaven virou um consultório de massoterapia. E dirigir por aquelas ruas vazias fez Lydia sentir pouco mais que uma leve nostalgia. Quando chegou ao longo acesso coberto de neve ao norte da cidade que levava ao chalé do seu pai, não viu nenhuma marca de pneu nem pegadas, o que significava que havia algum tempo que ele não saía da propriedade. Estacionou e foi andando pela ladeira coberta de neve, abrindo uma trilha entre pinheiros e arbustos.

Do alto da encosta, a uns vinte metros do chalé, conseguia ver a caixa de luz da oficina brilhando entre os pinheiros. A oficina tinha sido construída com madeira de demolição recuperada de um antigo celeiro, e vista dali parecia quente e convidativa, o único brilho em toda a costa congelada da montanha. Logo ela estava parada num monte de neve, olhando por uma janela. O vidro estava tão sujo que parecia que a oficina tinha algum tipo de revestimento listrado nas paredes internas. Ela raspou uma pedra de gelo na vidraça para enxergar melhor e percebeu que as paredes da oficina, todas as paredes, estavam cobertas de livros. Milhares deles.

Sua mão apertou a lateral lascada da pedra de gelo. Sentiu uma faísca de esperança.

Quando cruzou a porta entreaberta com passos leves, o calor de um fogão a lenha a envolveu e saiu para o frio. Seu pai estava de pé diante de uma longa bancada, de costas para ela. Usava uma camisa de flanela enorme sobre um casaco de moletom preto, e a parte de trás do capuz estava dividida pelo elástico de uma máscara de trabalho branca. Suas mãos estavam envoltas em luvas de látex roxas, e ele passava algum tipo de tintura numa fileira de tábuas de madeira.

— Estava me perguntando quando isso ia acontecer — disse ele, parando o pincel, mas sem se virar. Sua voz estava mais profunda e mais rouca que ao telefone, talvez por causa da máscara. — Acho que eu me perguntava mais "se" do que "quando", mas fico feliz que tenha vindo.

Ela não conseguia falar.

— Tenho esperado você desde sempre — acrescentou ele.

Ele ainda não tinha se virado. Talvez por não poder ler a expressão do pai, ela se concentrou em ler o espaço ao redor dele. As prateleiras se estendiam do chão ao teto, com uns seis metros de altura e igualmente largas, e cobriam cada centímetro da parede, exceto onde havia portas e janelas. Era como se os livros tivessem substituído inteiramente a estrutura da oficina.

— Você está construindo mais prateleiras? — perguntou ela, a boca seca, lutando contra a vertigem.

Ele colocou o pincel num pote preto de destilado e tirou as luvas, mantendo-se de costas para ela. Lydia imaginava que ele ficaria feliz em vê-la, mas sua postura expressava apenas reticência. Talvez só não conseguisse encará-la.

— Estou quase sem espaço — disse ele —, para valer, dessa vez. — Gesticulou para as tábuas que estava pintando. — Bem, essas são as novas prateleiras para o banheiro do chalé. Acima do vaso sanitário. Se você acha que isso aqui é muito, espera até ver lá dentro.

— Você também tem livros no chalé?

— Digamos que ficou um pouco apertado lá dentro.

Lydia não esperava que o pai estivesse tão obcecado, tão delirante. A ideia de esse homem revirar as profundezas da memória para ajudá-la a decifrar o passado de repente pareceu ridícula. Ela mudou a bolsa de ombro e desabotoou o casaco e o cardigã.

— Você vai se virar em algum momento? Nem olhou para mim.

Sem hesitar, ele tirou a máscara e a encarou.

Na cabeça de Lydia, seu pai era o homem que ela tinha visto pela última vez mais de uma década atrás, roncando na cama na manhã da formatura de ensino médio dela, quando ela saiu de fininho do chalé com um mapa e uma mochila e pegou carona até a rodoviária de Leadville. Desde então, a idade crescente do pai sempre foi algo abstrato, que ela associava a cartões de aniversário engraçadinhos e propagandas de Metamucil. Agora se concretizava. Ele estava com sessenta e poucos anos, mas parecia pelo menos dez anos mais velho. Seu rosto estava manchado e ressecado, e pelos brancos cobriam as bochechas e o pescoço. Ele tinha voltado a usar óculos com armação preta de chifre, mas, avaliando quão arranhadas e sujas as lentes estavam, ele provavelmente tinha tirado de uma gaveta de quinquilharias. No entanto, o mais notável era como agora ele parecia frágil. Uma corda cingia a cintura do jeans, e os cotovelos pendiam frouxos perto das costelas. O homem estava fedido, coberto por uma crosta de sujeira, e, o pior de tudo, subnutrido. A realidade a fez gritar consigo mesma: se ia cortá-lo da sua vida, devia pelo menos ter garantido que estivesse saudável.

— Você tem comido? — perguntou ela, quase engasgando com as palavras.

— Eu estaria morto se não comesse.

— Com que frequência?

Ele se inclinou para a frente e semicerrou os olhos.

— Você está bem? Parece bem cansada. — Ele estendeu a mão, mas parou no meio do caminho.

— O que você tem comido? — disse ela.

— Ainda nisso — disse ele, impaciente, e foi se arrastando, de cabeça baixa, até uma grande caixa organizadora do outro lado da oficina, posicionada como uma ilha a alguns centímetros da parede. Lydia foi atrás dele. Na caixa, havia sopa, feijão, chili e peras, tudo enlatado. No chão, ao lado dela, aos pés de um fogão a lenha crepitante, havia um saco de dormir cinza com aparência de podre em cima de um colchão.

— Às vezes eu fico por aqui — disse ele, brincando de girar um abridor de latas. — Especialmente nos últimos tempos.

Ver aquela bagunça de comida enlatada fez com que ela ficasse ainda mais triste, então foi caminhar pelas estantes para tentar se recompor. Ele foi atrás dela.

— Bem, você anda lendo bastante — disse ela.

— Na verdade, não. Para ser sincero, não tenho muita energia. Além do mais, faz tempo que estou precisando fazer óculos novos.

— Então para que tantos livros? — perguntou ela, passando a mão na borda de uma prateleira.

— Acho que eu não soube o que fazer da vida depois que você foi embora. Então comecei a montar esse negócio, e foi isso que virou.

— Mas de onde saíram todos eles? Você não pode ter comprado tudo isso.

— Cortesia da Penitenciária Estadual de Rio Vista. Doações. Os livros vêm de sebos, liquidações imobiliárias, bibliotecas... muito livro que ninguém quer acaba sendo enviado para a prisão, e os que a prisão não quer acabam aqui. Esse é o lixo que não chega nem às bancas que você vê na calçada das livrarias. Muitos têm páginas ou capas faltando, ou estão mofados, ou rasgados. Às vezes, eles chegam em pallets. Acho que correu a notícia de que nós aceitamos qualquer coisa.

— Nós? Achei que você tinha saído de lá.

— Saí, mas ainda dou uma passada lá uma vez por mês e pego tudo o que eles descartam. Que é a maior parte.

— Na prisão?

— Eu vou à noite. Acham que eu sou louco, mas ficam felizes por não precisar lidar com esses livros.

— Bem, é uma biblioteca e tanto — comentou ela, tentando parecer animada.

— Passei a considerar isso aqui mais um cemitério que uma biblioteca. Fim da linha, sabe. Onde o livro do mês de um clube de leitura vem morrer.

Enquanto conversavam, Lydia andava ao longo das prateleiras, puxando um título aqui e ali. Apesar de todos os rasgos e desgastes, no geral os livros tinham uma aparência arrumada. Ela notou algumas réguas de madeira penduradas em pregos, e percebeu que cada livro tinha sido colocado a exatamente dois centímetros da borda da prateleira. Encarando o teto com vigas de madeira aparentes, seguindo o alinhamento compulsivo de todas aquelas lombadas, Lydia sentiu uma pontada na nuca. Não era de admirar que ele não tivesse energia para ler.

— Tem uma coisa que preciso saber — disse ela, virando-se para encará-lo, surpresa com a ousadia da própria voz.

— É sobre o que eu acho que é? Me deixa ver.

Levou um instante para perceber do que ele estava falando e, quando percebeu, virou-se ligeiramente para o outro lado, como que para proteger a bolsa pendurada no ombro.

— Você está falando da foto do Joey?

— A foto não é do Joey — retrucou ele. — É minha. Ele obviamente pegou de mim, mas...

— Não quero falar da foto — disse ela, os olhos fechados, as mãos espremendo o ar com muito mais intensidade do que pretendia — nem do Joey. Não agora. Eu quero falar do que você fez na casa dos O'Toole. Ou *com* os O'Toole.

— O que o Moberg disse que eu fiz?

— Por que tinha sangue seu no corpo da Dottie? Vamos começar por aí.

— Porque eu cortei a porcaria da minha mão.

Ele se virou de costas e começou a enfiar as luvas de látex roxas de volta nos dedos. Essa visão fez o estômago dela se revirar.

— Eu quero que você me diga o que fez.

Tomas virou de lado e a encarou por um longo tempo.

— Você está mesmo me pedindo isso? — disse ele. — Porque estou esperando essa conversa há muito tempo. É provável que eu conte mais do que veio saber. Estou nesse estado de espírito desde que larguei o trabalho na prisão.

— Eu preciso saber.

— Tudo bem, justo — disse ele, tirando as luvas de novo. — Mas depois não diga que não avisei.

CAPÍTULO 22

Por alguns segundos, Tomas ficou atordoado na cozinha dos O'Toole, apertando Lydia ao peito e ouvindo o tique-taque do relógio e a respiração da casa. Ali ao lado, a porta do armário debaixo da pia ainda estava aberta — o papel contact no interior do armário pontilhado com o sangue da filha —, e, em meio ao pavor, ele entendeu seu convite, como se fosse uma passagem para outra dimensão, uma melhor. O linóleo estava coberto por rastros de sangue que desapareciam na neve que ele havia trazido nos pés, e no meio estava o martelo que segurava alguns minutos antes, quando invadiu a casa, procurando por Lydia. O cabo de madeira estava tão empapado de sangue que tinha ficado preso na palma de sua mão.

Em seus braços, Lydia choramingou e levantou a cabeça. Ele notou que ela olhava para a cozinha com olhos vidrados e não queria que mais nada daquela casa horrível ficasse gravado na sua mente, então pressionou o rosto dela em seu pescoço.

"Não olha", disse ele. "Meu deus, não olha. A gente precisa ir embora."

Mas, quando chegou ao vestíbulo e destrancou a porta, sentiu a menina fraca em seus braços, cada vez mais pesada e mole, e só então percebeu a seriedade do choque dela. A calça do seu pijama estava molhada e um dos pés estava descalço, parecendo uma pedra de gelo. Seu rosto estava coberto por uma máscara de sangue, e ela batia tanto os dentes que ele achou que iam quebrar.

"Você está machucada? Lydia?"

"estou congelando."

A janelinha da porta da frente mostrava o vento soprando neve na manhã cinzenta, e até a corrente de ar que passava pelo batente fez com que ela se encolhesse junto a ele. Fazia alguns minutos que havia ligado para a emergência, mas as ruas estavam entupidas de neve, então sabia que não chegariam tão cedo.

"A gente precisa sair. Vamos encontrar um vizinho e nos aquecer."

"estou com *muito* frio."

Ele a abraçou forte. Podia ouvir o vento rasgando a rua e jogando neve nas janelas.

"Tudo bem. Tudo bem."

Ele a colocou sentada no banquinho de madeira perto da porta e pegou um casaco de um dos ganchos do vestíbulo — o de Dottie, de nylon, azul-claro — e o colocou sobre os ombros dela.

"Vamos tirar você daqui."

"não quero ir lá pra fora."

Ela se encolheu no banco com as mãos no colo. Ocorreu a Tomas com terrível clareza que, naquele momento, ela preferiria voltar para baixo da pia do que ir para qualquer lugar do mundo, e, embora essa realidade estivesse entre as mais tristes que ele já enfrentara, não era nada perto do seu horror ao perceber outra coisa — algo que atingiu seu peito com tanta força que quase o derrubou no chão.

Havia um par de luvas verdes ali no banco, ao lado da filha.

Ele se apoiou com um braço na parede do vestíbulo.

"o que foi?"

"Nada. Vou pegar um cobertor para você, depois a gente vai embora."

Nas costas do sofá, na sala de estar, havia um cobertor cinza que formava a cabana das meninas, mas ele passou direto e parou na entrada do corredor, cerrando o maxilar perto da pilha de corpos.

Dois dias antes, no horário de almoço de quinta, Tomas cruzou o gramado gelado dos O'Toole, segurando as luvas verdes de tricô que Carol tinha esquecido na biblioteca na tarde anterior. A caminhonete amarela de Bart não estava por lá, então ele deu um passo à frente e bateu à porta. Estava de calça marrom e casaco marrom acolchoado, e só quando estava de pé na entrada da casa lhe ocorreu que deveria ter se vestido melhor, mas disse a si mesmo que Dottie não se importaria. Saía fumaça da chaminé do vizinho, mas, fora isso, não havia sinal de gente. Isso era bom. Claro que ele desejava ter nas mãos um buquê de cravos, mas as luvas que segurava eram melhores. Elas davam algum propósito para sua presença ali.

Bateu à porta de novo, mais forte desta vez.

Dottie atendeu de robe, uma peça de seda vermelha com um dragão bordado escalando a encosta do seu seio esquerdo. Ela não disse nada, só fumou seu cigarro e pareceu entediada. Tomas sentia o calor irradiando da porta aberta.

"Você está sozinha?", perguntou ele.

"Estou."

"Estou aqui por uma coisa."

"Percebi."

Ele lhe entregou as luvas de Carol, depois abriu o zíper do bolso da jaqueta e começou a procurar algo lá dentro. Dottie olhou para a rua.

"Calma", disse ela. "Fecha a porta depois de entrar. Aqui fora está um gelo."

Do lado de dentro, Dottie deixou as luvas no banco do vestíbulo. Tomas foi atrás dela até a sala de estar, mas parou quando passaram pela cozinha. Ali, perto da pia, uma garrafa de Coors descansava no balcão. Havia uma caixa de ferramentas no chão perto da porta dos fundos.

"Bart está em casa?"

"Está", disse ela, soprando fumaça no rosto dele. "Ele vai tomar banho com a gente."

Tomas tossiu, cobrindo a boca com a mão, enquanto ela andava pelo corredor e entrava no banheiro pêssego e azul. A banheira estava enchendo, bolhas ondulando sob um fluxo prateado.

"Vem cá, Sr. Risadinha."

Dottie jogou algumas bolinhas de sais de banho na água. Tomas ficou ao lado da pia, as mãos juntas educadamente sobre a barriga. No fundo do banheiro, havia um aparelho de som com grandes alto-falantes redondos e um fio que tinha que passar por cima da pia para chegar à tomada. Dottie apertou o Play e um pop suave embalou o ambiente. O espaço apertado do banheiro, mais a regulagem de agudos com defeito, fazia a música soar metálica.

"*Aqualung!*", gritou ela.

"O quê?"

"Deixa para lá."

Ela abaixou um pouco o volume e deixou o robe cair no chão, então deslizou para a água espumante.

Tomas olhou para o tapete do banheiro. Para a mancha de pasta de dente azul na parede acima da pia. Para o vapor que ondulava na janela fria do banheiro. Enfim olhou para Dottie, permitindo que seus olhos absorvessem tudo: a pele molhada e a carne macia, os mamilos intumescidos meio submersos, os pelos pubianos avermelhados agitando-se delicadamente entre as coxas. Ela ainda estava fumando, mas com enorme languidez esticou o braço e jogou a bituca na privada. A ponta do cigarro sibilou e deixou um cheiro de cinzas no cômodo quente.

"Vai entrar?"

"Entrar?"

"A gente precisa ser rápido."

Ela colocou a mão delicadamente atrás do seu joelho. Ele sentia a calça ficando molhada e, no bolso da jaqueta, a gaze embolada que tinha trazido para ela.

"Eu trouxe uma coisa."

"Isso é um curativo?", perguntou ela quando ele tirou a gaze do bolso; o rosto dela tremulava entre um sorriso e uma contração.

Tomas soltou o anel de rubi de Rose do embrulho, desejando ter feito tudo do jeito certo, com uma daquelas caixas de veludo azul com cetim elegante que lembravam um minicaixão.

"É para você", disse ele.

Quando Dottie segurou o anel contra a luz, água espumante escorreu pelos seus braços. Por um segundo, vendo o anel na mão dela, Tomas se lembrou de que recentemente havia prometido o anel a Lydia, e sentiu uma breve e inconveniente pontada de vergonha.

"Isso é mesmo para mim?", perguntou ela. "É uma flor?"

"É uma rosa."

"Parece antigo. Caro."

Dottie o colocou no mindinho, mas o anel era muito grande, então o mudou para o indicador. Já havia outro anel ali, Tomas percebeu — prata e turquesa — e uma trança de ouro no dedo médio, bem como alianças com pedrarias em cada anelar. Sempre soube que ela gostava de joias, mas, naquele momento, se sentiu um pouco ameaçado pelos seus dedos cheios de anéis.

"Está um pouco grande", disse ela, esticando a mão em cima de uma almofada de espuma de banho. "Mas gostei."

"Não é só isso", disse ele, e não conseguiu conter o sorriso ao pegar a página que havia arrancado da revista *High Country Realtor* naquela manhã, na biblioteca. A página trazia o anúncio de um chalé triangular num terreno de vários hectares de pinheiros, poucos quilômetros ao norte de Rio Vista. O chalé era isolado da cidade, mas perto o suficiente para se ouvir o rio e sentir a vibração dos trens que passavam. E era barato. Muito barato. Algumas semanas antes o anúncio poderia ter passado despercebido, mas naqueles dias o futuro havia se colocado no centro dos seus pensamentos, e no centro desse futuro estava Dottie.

A mão dela saiu pingando da espuma e preguiçosamente pegou a folha.

"O do canto esquerdo, embaixo", disse ele. "O chalé. Em Rio Vista."

Dottie olhou para ele. Para o papel.

"Vamos ter que resolver algumas coisas, fazer uma reforma e tal", disse ele, "mas acho que deveríamos ficar com ele. Tem espaço para uma banheira e uma excelente vista para a Divisória Continental. As meninas vão precisar dividir o quarto, mas não vão se importar. Elas estão muito velhas para beliches?"

"As meninas? Você quer dizer a Carol e a Lydia?"

Tomas congelou ao ver o olhar de Dottie. Os lábios dela se fecharam, depois se transformaram num sorriso que lhe enrugou os olhos. Água escorria do anúncio na mão dela. De início, a alegria que ele sentiu era inconcebível, incomparável a tudo o que havia experimentado em uma década ou mais. Ela parecia tão feliz com essa perspectiva quanto ele, e ele teve vontade de gritar de alegria pela simetria que há tanto tempo faltava na sua vida...

Mas então ela começou a rir. Esticou o braço, largou o anúncio e riu.

"Você não tem um pingo de noção", disse ela por fim, "ou isso faz parte da encenação?"

"O quê?"

"O que aconteceu com a boa e velha traição? Você achou mesmo que eu simplesmente fugiria com você? Por isso me deu o anel? Que fofo. Estou falando sério, Tomas... Você é muito fofo!"

Tomas não conseguia falar. Sentiu os músculos se contraindo no rosto.

"Ah, qual é", disse ela. "Não fica chateado. Você sabia que eu não ia *fugir com você*, pelo amor de Deus. Não somos adolescentes."

Ele viu o anúncio do chalé ensopado, grudado ao linóleo, e sentiu uma lenta onda de nós pipocando espinha acima até finalmente não ter mais nada a fazer além de explodir — e foi o que fez, e viu sua mão acertar tão forte o aparelho de som que ele saiu voando do fundo do banheiro, descrevendo um arco no ar, o fio se esticando sobre a pia, indo na direção de Dottie na banheira, rock com flauta tocando, e, quando ela levantou os braços para cobrir o rosto, o aparelho atingiu seu cotovelo, rasgando a pele, então acertou a borda da banheira e mergulhou na água, entre suas coxas, com um *clunk*. A música parou debaixo da água. Tomas pensou imediatamente em eletrocussão, em voltagem, e Dottie, em pânico, tentou se levantar da banheira, mas seus pés escorregaram e ela bateu o cóccix na borda antes de mergulhar de volta. Uma onda de água espirrou no chão. Escorria sangue do cotovelo dela.

Tomas olhou para o fio elétrico preto. Uma ponta ainda estava ligada na parede acima da pia, mas a outra tinha se desconectado da parte de trás do aparelho de som, quando ele caiu.

"O fio soltou", disse ele. "Você não deveria ter tomado choque."

"Não tomei. Acho que não."

"Que bom que não tomou."

Ele percebeu que estava sorrindo. Dottie pressionou uma toalha no cotovelo sangrando. Seu rosto estava coberto por gotas de água e ela piscou forte.

"Eu podia ter morrido?"

"Bem", disse ele, "em algum lugar do Japão há um engenheiro a quem devemos agradecer."

"O quê?"

"Por fazer o cabo curto assim. Está tudo bem."

"Está tudo bem?"

Dottie se levantou, arrancou uma toalha do suporte e se enrolou com força, como se de repente tivesse ficado com raiva da própria nudez.

"Foi um acidente."

"Seu fracassado de merda."

"Dottie?"

"Seu fracassado de merda. Sai da minha casa."

Tomas ficou parado por um bom tempo. Então foi para o corredor e enfiou o punho direto na parede de gesso em frente à porta do banheiro. Ele tirou o punho da parede e pedaços de gesso caíram no carpete. Não sentiu reação nenhuma, dor nenhuma — apenas a satisfação do soco.

"Sai da minha casa!", gritou Dottie. *"Fora..."*

Tomas virou no corredor e, antes que percebesse, estava na calçada, atordoado, afastando-se da casa de Dottie, esfregando os dedos empoeirados no frio.

Menos de quarenta e oito horas depois, as luvas verdes de Carol estavam ali no banco, ao lado da filha.

Ele se apoiou com um braço na parede do vestíbulo.

"o que foi?"

"Nada. Vou pegar um cobertor para você, depois a gente vai embora."

Nas costas do sofá, na sala de estar, havia um cobertor cinza, que formava a cabana das meninas, mas ele passou direto e parou na entrada do corredor, cerrando o maxilar perto da pilha de corpos.

O carpete do corredor estava encharcado em alguns pontos e sombras de sangue marcavam as paredes. Em frente ao banheiro, dava para ver o lugar onde Dottie tinha pendurado uma foto da família para cobrir o buraco que ele havia feito. O retrato estava no carpete, virado para cima. Era uma foto de vários anos atrás e mostrava, por trás do vidro quebrado, a família O'Toole sorridente e de camisa branca com gola rulê combinando, com os cabelos arrumadinhos...

E agora estavam juntos no batente da porta, no fim do corredor, bem visíveis de onde ele estava. Tomas tentou evitar olhar para eles, mas seus membros cinzentos se agarravam à sua visão feito cola. Queria voltar no tempo, enfiar o dedo no momento exato que levou a esse desdobramento, mas, ao percorrer a memória, só o que encontrou foram mais imagens insistentes de Dottie: Dottie se inclinando sobre o balcão da biblioteca para rir da sua camisa abotoada errado. Dottie ligando para ele bêbada de vinho Gallo às três da manhã. Dottie mergulhando o dedo no sundae de morango dele, na loja da Dolly Madison, na 6th Avenue.

Dottie na espuma, colocando o anel da sua esposa morta. O anel em que ele havia gravado anos atrás as palavras: *Uma rosa para minha Rose.* O anel que apontaria para ele.

Quando entrou mais no corredor, pedaços de vidro estouraram no carpete debaixo dele. Dava para ver o braço de Dottie saindo da pilha perto do batente da porta do quarto. Em sua confusão, ele se lembrou de que precisava daquele anel, que deixá-lo para trás não era uma opção, então se ajoelhou perto dos corpos e apoiou as mãos no carpete para se aproximar. Ouviu algo estalar. A dor correu pela sua mão. Ergueu a palma e viu uma gota vermelha escorrer pelo pulso e molhar o punho da camisa. Quando limpou o sangue, sentiu a ponta de um caco de vidro logo abaixo do polegar. Deve ter ofegado, porque ouviu Lydia se contorcendo no banco do outro cômodo.

"papai?"

"Fica aí. Já estou indo."

O caco saiu com facilidade quando ele puxou — um estilhaço afiado, do tamanho de um palito de dente quebrado —, seguido por um pouquinho de sangue. Ele pressionou a mão na coxa e sentiu o corte pulsando, sangrando na calça jeans, mas sua atenção continuou focada em pegar aquele anel. Porque, se alguém o encontrasse...

O ar ao redor estava espesso e azedo quando avançou para os corpos. Era difícil respirar, e sentiu uma pressão tão forte nas costelas que pensou que poderia se partir ao meio. Mas, finalmente, estava vendo, esticada na base do batente da porta, a mãozinha de Dottie, mais escura e gorda que nunca, adornada com um monte de anéis.

Estendeu a mão para ela, com sangue escorrendo para a ponta dos dedos.

CAPÍTULO 23

Lydia estava sentada de pernas cruzadas no chão da oficina do pai, atordoada pelo peso das palavras dele. O concreto debaixo dela estava gelado e suas costas pressionavam uma das prateleiras de baixo com livros de bolso. Queria se levantar — queria sair da vida do pai de uma vez por todas —, mas achou que suas pernas desabariam se tentasse.

Ele puxou um banquinho que estava debaixo da bancada e o ofereceu a ela; quando ela fez que não com a cabeça, ele mesmo se sentou e, com nervosismo, ficou batendo um joelho no outro.

— Você a amava? — perguntou ela.

— Eu dei a ela o anel da sua mãe, se isso não é um indicativo...

— Há quanto tempo vocês dois...?

— Não era nada desse tipo — disse ele. — Ela era uma pessoa infeliz num casamento infeliz. Pensei que poderia fazê-la feliz. Para ser sincero, acho que ela só estava se sentindo sozinha, tentando se distrair. Feito arrastar uma cordinha na frente de um gato.

— E então?

— Se eu a amava? — Ele tentou continuar, mas engasgou com as palavras e teve que tossir. Em algum lugar dentro dele, um osso estalou.

— Fico até com vergonha de admitir, mas sim, eu a amava. Eu realmente acho que a amava. É óbvio que o sentimento não era recíproco.

Lydia deu uma olhada na oficina repleta de livros à sua volta e sentiu que começava a compreender.

— Foi por isso que você fez aquilo?

Tomas não respondeu.

— Foi por isso que você me deixou sozinha no vestíbulo? Para tirar o anel do dedo dela?

— Fazia sentido — disse ele.

— *Fazia sentido?* Você está falando sério?

— Naquele *momento* — disse ele com a respiração pesada. — Olha, talvez você não se lembre, mas, quando a gente chegou no hospital, poucos minutos depois de você ser atendida na pediatria, Moberg me levou para uma sala vazia, numa ala tranquila, alguns andares acima. Ele pegou as minhas roupas e as minhas botas e me fez usar uma bata cirúrgica. Eu ainda estava segurando o anel da sua mãe no meu mindinho, mas, quando percebi que estavam prestes a tirar fotos das minhas mãos, pedi para usar o banheiro e o segurei nos dentes. Eles tiraram as minhas impressões digitais e fotos das casquinhas do machucado nos nós dos dedos e do corte na palma da minha mão. Coletaram o meu sangue.

— Que estava na Dottie inteira.

— Você está começando a falar como o Moberg — disse ele, levantando um dedo como aviso. — Quando tudo acabou, voltei para o banheiro e enrolei o anel em algumas toalhas de papel e o escondi com as minhas chaves e a carteira e não o desenrolei desde então. Mas você precisa entender por que eu tinha que pegá-lo. Durante dias, eu dormi numa cadeira ao lado da sua cama no hospital, e, sempre que acordava, ele, Moberg, estava lá parado, pronto para cair em cima de mim de novo. Eu só queria tirar você de Denver para começarmos uma vida nova, mas isso era a última coisa que ele permitiria.

— Ele achava que você era culpado.

— Ele estava me *tornando* culpado — respondeu ele. — Ele estava me *tornando* um assassino, Lydia. A polícia não tinha suspeitos, ninguém, e, conforme os dias se passavam, eu percebia que estava me encaixando bem demais naquele papel. Eles até levaram uma velha burocrata para conversar comigo sobre colocar você num lar temporário. "Pode ser o melhor para a sua filha", ela me disse. Afinal, cuidar das crianças era papel da mãe, certo? Não era bem a especialidade de um pai solo psicopata.

Eles até levaram o martelo para o quarto, lacrado num saco de provas, e queriam saber por que as minhas impressões digitais estavam nele todo. Eu disse que tinha corrido pela casa com ele...

— Procurando por mim. Eu me lembro.

— Foi a primeira coisa que vi naquela manhã, então eu peguei. Moberg me perguntou por que não peguei uma faca ou um rolo de massa na cozinha, e eu disse que foi porque tinha a porcaria de um martelo na pia que obviamente dava conta do recado. Ele não gostou nem um pouco, mas Moberg nunca se interessou pela verdade. Ele inventou essa trama elaborada em torno dos assassinatos e me colocou no centro dela. Tudo o que ele queria era uma resposta para o impensável. Você ainda quer saber *por que* eu tive que pegar aquele anel? Imagina se ele soubesse o quanto eu estava apaixonado por Dottie. Imagina o que teria acontecido comigo, com ela morta daquele jeito. Imagina o que teria acontecido com *você*.

Lydia resistiu ao impulso de se levantar do chão e escapar pela ladeira coberta de neve até o carro de Plath. Mas ela se esforçou para se acalmar e para se lembrar de que tinha ido até ali por um motivo.

— Você mentiu para a polícia.

— E?

— E isso não se faz — disse ela, levantando a voz.

— Olha só, por uma fração de segundo, naquela casa, tive a sorte de me ver como as outras pessoas me veriam. Um detetive como o Moberg ou alguém do júri popular. Para eles, eu seria o amante rejeitado, de pé ao lado do corpo da Dottie com sangue nas mãos e pedaços de cérebro na camisa. Seria o fracassado que dois dias antes propôs fugir com ela e tentou eletrocutá-la na banheira depois de ser rejeitado. Eu abri a porcaria de um buraco na parede dela com um soco. Exibiriam fotos dos nós dos meus dedos num tripé no tribunal. E aqui está a linda Dottie no corredor, com a cabeça arrebentada, usando o anel de casamento da sua mãe. Então, por favor, não vem me falar do que era o *certo* a ser feito. Era a *única* coisa a ser feita. Tenho sorte de ter tomado essa precaução.

Sua voz ecoou na oficina antes de recuar para o silêncio. Lydia sentiu os ombros se curvarem.

— O Homem do Martelo nunca foi pego.

— É verdade, mas isso não teve nada a ver comigo. Um anel não teria feito diferença.

— Poderia ter feito.

— Só teria feito as coisas darem errado.

— *Teria feito diferença*, pai. Moberg desperdiçou anos se concentrando em você, décadas, quando poderia estar encontrando o Homem do Martelo. Teria feito *toda* a diferença.

— Esse sempre foi o problema do Moberg — disse ele. — Ele tem procurado *isso* todos esses anos. Um *motivo*. Uma *razão* para colocar esses assassinatos na minha conta. Se ele encontrasse esse anel, teria o motivo de que precisava... Você não percebe isso?

Tomas tirou os óculos e secou a testa e os olhos com a barra da camisa. Seu rosto se retorceu por completo, e Lydia notou que, mesmo com todo o tempo do mundo que o distanciava daquele período da sua vida, aquilo ainda tinha potencial para destruí-lo.

— Você quer contar para o Moberg o que aconteceu, vai em frente — disse ele, dando um tapa no ar, cansado dela. — Eu tenho a porcaria de um trabalho para fazer.

Tomas começou a pegar restos de madeira de uma pilha debaixo da bancada e a empilhá-los perto da serra de bancada, preparando o próximo lote de prateleiras. Sua calça estava caindo e ele a puxou para cima. Sua barba estava salpicada de serragem.

— Por que você veio aqui, afinal? — perguntou ele, levantando tábuas e colocando-as de volta sem um propósito claro. Ele bufou e inspirou lentamente. — Quer dizer, estou feliz em ver você, mas...

— Eu vim por causa do Raj, na verdade.

— Por causa do Raj?

— Dos pais dele.

— O que tem eles?

— Não sei direito. Tinha alguma coisa acontecendo naquela época que a gente não consegue entender. Entre os dois.

Ele se virou, cruzou os braços e se apoiou na bancada.

— "A gente" quer dizer você e o Raj? Vocês dois têm estado em contato?

— Temos.

— Raj — repetiu ele. — Bom, eu gosto do Raj. Como ele está? Gosto daquele cara.

— Sinceramente? Não muito bem — disse ela. — Ele queria que eu perguntasse para você... A gente queria saber, acho, se alguma vez você notou algo acontecendo entre eles. Os pais dele. No relacionamento deles. Naquela época.

— Você quer dizer quando...

— Quero dizer antes de a gente desaparecer em Rio Vista.

Tomas esfregou as mãos, um som que parecia uma lixa.

— Eles eram um casal infeliz, isso eu posso dizer. Mas não é novidade. E só ficavam em cima do Raj o tempo todo, o que nem era a pior parte. Você viu isso em primeira mão, é claro.

— Me lembro deles brigando muito.

— Você se lembra corretamente — disse ele, e seu olhar subiu do chão para Lydia e baixou de novo —, mas era mais o Sr. Patel brigando e a Sra. Patel se encolhendo. Ela era fofa e simpática, e ele era um babaca e um porco, e acho que isso praticamente resume tudo. Me lembro vagamente de uma briga por ela usar jeans, ou talvez o jeans estivesse muito apertado. A marca Jordache me vem à mente. Enfim, ela devia ter largado aquele homem, mas acho que não era uma opção para ela.

— Por causa das famílias?

— Talvez isso — disse ele —, ou talvez só a dinâmica deles. A única coisa que o Sr. Patel controlava tanto quanto a esposa era o filhinho perfeito. Ele era tão dominador que jamais deixaria que ela acabasse com o casamento.

— Então você nunca ouviu falar de eles terem outros filhos?

A cabeça do seu pai se inclinou visivelmente.

— Filhos? — perguntou. — Além do Raj? Definitivamente, não. Ela não colocaria outro filho no mundo para passar por aquilo tudo, eu acho. Não, seria absurdo. Por que você está me perguntando tudo isso?

— Sei lá — disse ela, e sentiu como se estivesse abraçando o segredo de Raj, protegendo-o.

— Estou feliz por termos saído de lá inteiros — disse ele.

Lydia suspirou. Tinha ido até lá para encontrar um caminho para o passado de Raj, mas esse caminho havia caído no esquecimento. Ela se sentiu zonza e exausta até o último fio de cabelo.

— Melhor eu ir para casa — disse ela, levantando-se do chão.

— Está muito tarde para dirigir até Denver — disse ele, e começou a tagarelar sobre pneus de neve, sal na estrada e caminhões limpa-neve, como alguém cujas habilidades de conversação haviam sido negligenciadas por tanto tempo que só o que restava era um tipo de monólogo selvagem. Ela teve a impressão de que ele ficou feliz em se desviar de toda aquela conversa sobre o passado.

Ele apontou para o colchão no chão, no canto.

— Você pode dormir ali ao lado do fogão a lenha. É o lugar mais quente que eu tenho no momento.

— Está ótimo.

— Eu ofereceria o seu quarto, mas está ocupado com livros de referência.

— Aqui está bom.

— Vou correr lá em cima e pegar mais um cobertor. Além disso, tem uns cartões que você nunca recebeu.

— Cartões?

— Um do seu aniversário de 18 anos, um de Valentine's Day. Acho que parei de escrever depois disso. Ainda deve ter dez dólares no cartão de aniversário.

— É para eu ir com você?

Ele parou antes de sair pela porta da oficina.

— Claro. Acho. Mas só se você quiser. — Então mergulhou na noite.

Por causa da hesitação do pai, Lydia foi andando lentamente pela trilha esburacada que ele havia aberto na neve, mantendo uma distância entre os dois. Uma meia-lua tinha emergido sobre as montanhas e sua luz fraca fez a neve brilhar, expondo pinheiros grossos e galhos retorcidos de arbustos. A noite estava gelada, mas estava gostoso se movimentar.

Não havia nenhuma luz acesa, dentro ou fora, então o formato triangular do chalé parecia cristalino à luz da lua. Ao lado da varandinha na entrada do chalé havia pilhas de caixas de papelão meio cobertas com uma lona, provavelmente repletas de livros que aguardavam prateleiras.

— Só um minuto — disse seu pai quando abriu a porta. — Espera aqui. Não quero que você se machuque.

Não entendeu bem o que ele quis dizer até que a luz lá dentro se acendeu e ela pôde ver, pela porta aberta e pelas duas janelas que a ladeavam, que o chalé tinha sido... remodelado. Por um momento pareceu que ele tinha fechado uma parte da entrada, e talvez até adicionado um corredor estreito pelo meio do cômodo principal. Depois ela percebeu que não havia mais paredes ou cômodos, mas *corredores*.

Digamos que ficou um pouco apertado lá dentro, ele disse mais cedo, e agora ela entendia. O cômodo principal estava cortado transversalmente por estantes que se estendiam por todo o comprimento do chalé, iam até o teto, e só havia espaço para uma pessoa por vez passar entre elas. Quando colocou a cabeça para dentro, para olhar um desses corredores, viu que as paredes do antigo corredor da casa e da cozinha também estavam cobertas de livros, feito a oficina. Ela só imaginava como estariam os quartos e o banheiro.

Na sua ausência, ele havia transformado o chalé numa biblioteca onde nada nunca era lido e nenhum livro era emprestado. *Mais um cemitério que uma biblioteca*, disse ele.

As tábuas do assoalho rangiam e gemiam sob o peso de todas aquelas obras enquanto ele andava em algum lugar lá dentro.

Quando seu pai apareceu de novo na entrada, ele evitava olhar para ela, e ela notou que ele estava envergonhado pela transformação da casa. Ela se deu conta de que podia muito bem ser a primeira pessoa a vê-la daquele jeito. Ele lhe entregou um cobertor de lã dobrado e um chumaço de toalha de papel marrom.

— Você sabe o que é isso, não sabe? — disse ele, apontando para o chumaço. — O anel da sua mãe.

— Não quero.

— Eu nunca deveria ter dado para a Dottie. Eu estava guardando para você.

— Eu de verdade não quero.

— Você pode dar para alguém ou penhorar. Mas, por favor, pega. Por favor.

Ela enfiou o anel na bolsa. Ele colocou as mãos nos bolsos e olhou para o céu brilhante. Um pensamento veio à mente dela.

— É possível — disse ela, parada ao lado dele no frio — que a Dottie tenha realmente te amado? Porque eu fiquei pensando... Ela ficou com o anel, não foi? Ela o estava usando quando morreu. Então, talvez ela o tenha colocado porque...

— É romântico — disse ele —, eu sei. Mas ela só ficou com ele porque valia alguma coisa. Outro anel chamativo para os seus dedos chamativos. Não tinha nada a ver com amor, Lydia, acredita em mim. — Talvez ele tenha piscado para ela na escuridão. — Não que eu guarde ressentimento.

Antes de levá-la de volta para a oficina, ele entrou no chalé para apagar as luzes. Através da janela gelada, ela olhou uma última vez para o apertado labirinto de estantes que ele havia criado, para a quantidade absurda de livros que o expulsaram de casa e, enfim, entendeu o que ele vinha fazendo todos esses anos: tentava voltar a uma época da vida que estava para sempre fora de alcance.

Não muito diferente de Joey, pensou.

De manhã, Lydia acordou no concreto ao lado do fogão a lenha, coberta por um cobertor e enrolada num saco de dormir. Uma luz azul suave iluminava as janelas da oficina; o pontiagudo monte Princeton assomava sobre as vidraças. Ontem à noite, seu pai arrumou o espaço e afofou seu travesseiro sujo com o cuidado de um pai numa festa do pijama.

Quando ela finalmente caiu no sono, ele estava mexendo na bancada sob uma única luz fraca. Ela não sabia onde ele tinha dormido, se é que havia dormido.

— Hora de acordar, dorminhoca — disse ele. Estava empoleirado no seu banquinho no meio do cômodo, encapuzado para se proteger do frio.

Lydia piscou com as mãos tapando os olhos e alongou os pés. Seu pai estava segurando alguma coisa, e ela percebeu que era a foto da festa de aniversário que tinha colocado na bolsa quando saiu de Denver.

— Isso é...? — perguntou ela.

— Eu tomei a liberdade de pegar. Não estava bisbilhotando.

— Não podia esperar?

— Você ainda dorme feito um ouriço, como se quisesse desaparecer dentro da própria barriga. Não queria acordar você.

Ela saiu rastejando do saco de dormir e puxou a bolsa para o colo como se a protegesse. A primeira coisa que pensou foi em catalogar o que havia lá dentro para ver o que mais seu pai havia desenterrado e ficou pensando no caderno de girassol que guardava as mensagens de Joey, e se ele...

— Não olhei mais nada — disse ele —, se essa é a sua preocupação.

Ela baixou a bolsa. Seu pai semicerrou os olhos enquanto observava a foto, pálido.

— Sem dúvida é essa foto aqui. Nossa, eu me lembro de ajudar você a escolher a sua roupa de aniversário, de decorar o bolo e tudo. Dez anos. A gente não fazia ideia do que estava por vir.

Seus olhos se enrugaram e ele tossiu no punho ressecado. Lydia tentou engolir, mas não conseguiu.

— Joey morreu mesmo? — perguntou ele.

— Ã-hã.

— E o Joey estava mesmo com isso quando morreu?

— Estava.

— Ele foi um dos poucos, sabe? Em todo o tempo que passei andando por aqueles corredores, o Joey foi um dos poucos. — Então começou a explicar como conheceu o adolescente Joey naquela cela isolada de um bloco isolado, no isolado nível três, e como Joey devia ter surrupiado a foto da sua mesa naquela tranquila véspera de Natal.

— Ele tinha um futuro tão promissor — continuou seu pai —, e aí, quando finalmente cumpre a pena, em vez de organizar a vida, ele vai atrás de *você*? Eu não consigo entender. Não faz sentido nenhum.

Lydia resistiu ao desejo de apontar para o possível irmão de Joey, Raj, admirando-se na foto. Não estava pronta para mergulhar naquilo tudo, não com o seu pai.

— A única explicação em que consigo pensar — continuou ele — é que, depois de todas aquelas noites que nós dois passamos conversando, talvez o Joey tenha sentido como se conhecesse você. E ele sabia que você o trataria bem, o que eu tenho certeza de que você fez.

— Você falou muito de mim?

— Pode-se dizer que sim — disse ele, claramente querendo amenizar.

— Eu até disse que poderia me procurar quando saísse, que eu poderia dar abrigo até ele se reestruturar, mas ele disse que voltaria direto para Denver. Devo dizer que ele pareceu feliz por sair, mais esperançoso que nunca, então fiquei tranquilo com ele indo para o mundo sozinho. — Ele bateu os nós dos dedos na foto. — Posso ficar com isso?

— É toda sua.

— Vou cuidar bem dela — disse ele. Então se levantou e procurou um rolo de fita adesiva na bancada e prendeu a foto na borda de uma prateleira. — O que raios aconteceu com Billy Pilgrim? — perguntou ele, contemplativo, baixinho, como alguém que tinha muita prática em falar sozinho. — O que raios *aconteceu* com Billy Pilgrim?

Pela primeira vez desde que chegou a Rio Vista, Lydia notou que estava sorrindo. Aquele homem estava quase parecendo seu pai.

CAPÍTULO 24

Lydia dirigia para longe de Rio Vista havia quase uma hora, grata por estar isolada no carro de Plath. A estrada perto de Fairplay cortava as montanhas ao longo de uma bacia de neve salpicada de pinheiros. Estava tão irritada com a visita ao pai que, mais de uma vez, o carro invadiu a faixa central até ela de repente voltar a prestar atenção. Queria se concentrar na conexão que ela e o pai finalmente estabeleceram, mas não conseguia parar de pensar em Dottie O'Toole e no anel que ele tirou do dedo dela. Foi um ato impulsivo que levou apenas alguns segundos, mas ainda assim reverberou pelas décadas feito uma onda de choque.

Lydia deveria começar a trabalhar ao meio-dia, então, quando vislumbrou um posto de gasolina, encostou para ligar para a Ideias Brilhantes, avisando que ia se atrasar. Assim que desligou, percebeu que talvez também devesse ligar para David avisando que estava bem.

Ninguém atendeu em casa, e, quando o ramal de David no trabalho caiu direto na caixa postal, ela colocou o telefone no gancho sem deixar mensagem. É claro que ela o amava e sabia que havia anos ele fazia tudo o que podia para construir um lar ao seu lado, mas ainda assim sentia que isto — estar aqui, neste posto de gasolina desolado na montanha, depois de passar a noite no chão da oficina do pai — parecia *separado* de David, diferente da vida deles juntos. Em vez de tentar ligar de novo, ela se pegou procurando o número de Raj no seu caderninho e discando.

— E aí, como foi ver o seu pai? — perguntou Raj assim que atendeu. — Vocês dois estão bem?

— Ainda não tenho certeza — disse ela.

— Como assim?

— Parece que ele tinha uma queda pela Sra. O'Toole.

— Todos os pais tinham uma queda pela Sra. O'Toole.

— Onde *eu* estava enquanto isso tudo acontecia?

— Tendo 10 anos — respondeu Raj com naturalidade.

Lydia correu os olhos pelo posto de gasolina. Pela primeira vez, notou a mulher do caixa, de casaco comprido com capuz, mastigando um palito de carne-seca, lendo um romance num banquinho.

— Descobriu mais alguma coisa? — perguntou ele.

— Ele não tinha muito a dizer sobre os seus pais, Raj. Nenhuma fofoca sobre uma criança bastarda. Sinto muito.

— Valia a tentativa, de qualquer forma.

— Pois é.

Ela conseguia ouvir a respiração dele ficando mais lenta, a esperança murchando. Sua atenção se voltou para a mulher do caixa. Ela estava empoleirada na frente de uma parede de maços de cigarros coloridos e, por um segundo, Lydia imaginou que os maços eram livros, mortais e sem palavras, e se imaginou em pé diante deles, num trabalho rural de beira de estrada, como se essa fosse a compensação por ela desaparecer nas montanhas e deixar toda essa história bagunçada da sua vida para trás. Não conseguia parar de pensar nos milhares de noites que o pai passou percorrendo os corredores da prisão — noites vazias, ao que parecia, exceto talvez pelo tempo que passou com Joey — e o preço que ele pagou por fugir.

— E você, Raj? — perguntou. — Aconteceu alguma coisa por aí?

— Muita, na verdade — disse ele. — Mais que muita.

— E eu aqui tagarelando. Então, qual é a boa?

Raj explicou que ele tinha acabado de chegar de uma peregrinação por um bocado de órgãos do Estado no centro da cidade.

— Encontrei a Irene no fórum hoje de manhã. Ela me deu um pão doce dinamarquês, e vinte minutos depois a gente estava numa sala de reuniões com um juiz e um estenógrafo. Ela falou brevemente com o juiz, que examinou os arquivos que ela tinha mandado, e depois ele me fez uma pergunta: "Por que você quer ver o arquivo de adoção de Joseph Molina?" E eu respondi: "Eu sou irmão dele." Quatro palavras. Pensei que ia ter que explicar, mas o juiz disse ter recebido uma certidão de óbito para o adotado, Joseph Molina, e o cartório de registro civil havia validado a nossa relação familiar, então não via motivo para não revelar os registros para um irmão vivo. E pronto.

— Obrigada, Irene — disse Lydia. — Você tem certeza de que quer fazer isso, Raj?

— Certeza absoluta — respondeu ele, como se fosse uma proclamação. — Parte de mim ainda acha que tudo pode ser um engano, mas está cada vez mais difícil acreditar nisso, sabe? Onde os meus pais estavam com a cabeça? Quer dizer... Que merda é essa?! Mal dormi a noite passada de tão puto. Esse não é o tipo de coisa que se esconde do filho.

— Mas você não...

— Eu não falei nada com eles — disse ele para tranquilizá-la —, e estou evitando me encontrar com eles para garantir que eu não fale nada, mas em algum momento eles vão ter que me olhar nos olhos e explicar.

— Evitar encontros provavelmente é uma boa ideia. Pelo menos por enquanto.

— Você vai estar por aqui hoje? — perguntou Raj, parecendo frágil.

— Irene disse que deve mandar alguém entregar os arquivos até o fim da tarde. Falando nisso, talvez eu precise pedir algum dinheiro emprestado. Desculpa, é que eu precisei apressar as coisas, e tinha todas essas taxas, e não posso pedir para os meus velhos...

— Vamos dar um jeito quanto ao dinheiro — disse ela. — Ou talvez você tenha que arrumar um trabalho de verdade.

— Nem todo mundo pode vender livro — retrucou ele.

— Palavras mais verdadeiras jamais foram proferidas.

Raj riu. Lydia estava com as mãos frias e um gosto ruim na boca, mas ouvir a risada dele fez com que se sentisse melhor. Do lado de fora do posto, uma caminhonete com um cachorro feliz na caçamba parou perto das bombas de combustível. Ela sabia que devia desligar e voltar para a estrada, mas não queria ficar sozinha com seus pensamentos, então ficou contente por Raj continuar falando.

— Lydia? Eu sei que você precisa ir, mas você não tem uma foto dele, né? Do Joey?

— Não, Raj. Posso perguntar na loja, talvez para o Lyle ou a Plath, mas meio que duvido que alguém tenha. Ele não era do tipo que gostava de chamar a atenção. Por quê?

— Ainda não sei como ele era. Ele se parecia comigo?

De olhos verdes e pele morena, cabelos pretos e magricela, Lydia sempre presumiu, sem pensar muito ou nem sequer refletir sobre o assunto, que Joey era latino. E descobrir o sobrenome dele, *Molina*, provavelmente só reforçou essa suposição. Mas, em retrospecto, ele podia tranquilamente ter qualquer das várias ascendências estadunidenses, um garoto cujo retrato — de preto, parado numa rua de Denver com as Montanhas Rochosas ao fundo e pedaços de folhas nos cabelos — podia muito bem ter aparecido num livro de fotos da *National Geographic*, algo chamado *Um dia no Oeste* ou *Os americanos*. Ele poderia ser qualquer um, de qualquer lugar.

— Ele se parecia com o Joey — disse Lydia. — É assim que penso nele. Sei que não ajuda em nada.

— Acho que só ando me sentindo mal — disse Raj. — Quer dizer, se o Joey morou aqui na roça esses anos todos, provavelmente passei várias vezes por ele na rua, e garanto que não ofereci pagar um almoço nem deixei um trocado na mão dele. E o garoto era o meu irmão, sabe?

— Você nunca deve ter visto o Joey, Raj. Ele nasceu para desaparecer.

— Esse é justamente o problema.

Lydia conseguia ouvir Raj respirando fundo do outro lado da linha e percebeu que ele estava mais chateado do que deixava transparecer.

— Irene me perguntou se eu queria uma foto dele da ficha policial — disse ele —, então vai estar nos arquivos que ela enviar. Mas, sabe, eu fico só pensando em como é terrível eu só saber da existência dele depois de ele ter se matado e que as minhas únicas fotos dele vão ser do necrotério ou da ficha policial. Que mundo é esse que só tem essas fotos de um garoto? Cadê o álbum de fotos dele bebê, sabe? Eu poderia ter sido o irmão mais velho dele, Lydia, de verdade. Em vez *disso*.

Lydia não sabia o que dizer, então suspirou, concordando.

— Só fico contente por ele ter conhecido *você* — continuou Raj. — Por, antes de morrer, ele ter tido a chance de te conhecer do jeito que eu conheço. Isso ajuda um pouco, Lydia, saber que você estava lá ao lado dele. Você estava, não estava?

— Acho que sim.

— Isso ajuda, Lydia. Olha, eu só...

A voz de Raj foi ficando cada vez mais fraca, e ela se perguntou se ele estava chorando. Desejou estar lá ao lado dele, mas de certa forma se sentiu feliz por não estar.

— Raj?

— Estou bem — disse ele pouco depois. — Só vem me encontrar quando voltar para a cidade. Não vou fazer nada até você chegar aqui. Os meus pais, cara. Que merda.

— Vou assim que puder.

Lydia deixou o receptor do telefone bater no gancho. Ficou ali parada por um minuto, os olhos vagando pelo posto de gasolina, por doces coloridos e pacotinhos de carne-seca de alce, por fivelas de cinto e canivetes borboleta. Antes de ir embora, tirou da bolsa o chumaço de toalha de papel marrom do seu pai e o deixou sem dizer nada em cima do telefone. A mulher do caixa ergueu o olhar e bocejou, depois voltou a ler seu romance.

CAPÍTULO 25

Depois do expediente na livraria, Lydia ligou para Raj e combinou de se encontrar com ele na calçada em frente ao Terminal Bar & Café, uma espelunca alguns quarteirões ao norte que ficava embaixo do apartamento minúsculo alugado por ele. No caminho, ela foi atingida por uma gota de chuva pesada e fria, e logo mais gotas deixaram os paralelepípedos e o concreto pontilhados. Quando chegou, não viu Raj na frente do bar, mas não demorou a encontrá-lo sentado num sofá de vinil detonado que já havia pertencido a um reservado no beco, ignorando a chuva. Estava observando dois trabalhadores molhados tirarem um espelho gravado do bar e o colocarem na traseira de seu caminhão. Um deles deu uma olhada rápida em Lydia quando ela se aproximou, mas, de resto, o clima era lúgubre.

— Mais um que se vai — disse Raj, mas não tirou os olhos dos trabalhadores que desmantelavam o bar debaixo da sua casa.

Lydia entendeu. O Terminal era um botequim épico com uma história épica — Cassady, Kerouac, Waits —, e o boato entre os seus colegas era de que logo se desfariam das torneiras de Coors e da mesa de bilhar bamba, então o lugar renasceria como um elegante bistrô de frutos do mar. Uma imensa caçamba de lixo estava parada no meio-fio à frente, transbordando com bancos de bar e sofás de vinil descartados do Terminal, seus tapetes de cozinha e porta-condimentos — todos os artefatos que os novos proprietários não queriam.

— Enfim, não demora muito até todos nós sermos despejados mesmo — disse Raj. — Antigamente ninguém queria morar por aqui, agora todo mundo quer. Como você está?

— Um caco. Não chegou nada ainda?

— O cara da entrega deve estar atrasado — respondeu Raj. Explicou que os arquivos mandados por Irene deviam chegar às cinco, mas a pessoa responsável pela entrega ainda não havia ligado nem aparecido. — Você se importa de esperar aqui comigo? Eu não quero me desencontrar dele.

O vinil cor de laranja assobiou quando ela largou o peso ao lado dele.

Uma leve tira de luz tangerina brilhava acima da Union Station, mas, tirando isso, o crepúsculo estava escuro e nublado. Logo o ar ficou gelado o suficiente para transformar a chuva numa neve úmida. Lydia e Raj se arrastaram no banco para ficar mais próximos da parede de tijolos do beco. Os trabalhadores deram uma olhada no céu e decidiram encerrar o dia de trabalho.

— Não sei o que vou fazer — disse Raj — se os arquivos do Joey confirmarem que ele era meu irmão. Não sei como vou encarar os meus pais. Como foram capazes de não me contar?

— Vamos esperar para ver, Raj.

Raj fechou os olhos e se recostou no banco estofado. Ele estava de jeans preto e casaco cinza e nem parecia notar a neve.

Depois da visita de ontem à oficina do pai, Lydia achou que se sentiria mais forte por dentro, mais no comando dos seus sentimentos e da sua história, mas agora se sentia como sempre, só que pior. Picada pelo medo e desesperada por uma escova de dentes. Não havia como contornar o fato de seu pai ter adulterado a cena do crime na casa dos O'Toole e talvez ter cometido obstrução de justiça, mas também não conseguia cogitar a possibilidade de ele enfrentar acusações, ou um júri, ou mesmo repórteres. Ela não podia correr esse risco, não importava o quanto ele estivesse errado. E, o principal, não poderia tirá-lo da sua vida justamente quando ele voltou para ela. Não sabia mesmo o que fazer.

Raj se levantou e começou a se balançar para a frente e para trás. Suas botas exibiam um reflexo oleoso das luzes da cidade.

— Não sei como eu faria tudo isso sozinho — disse ele com inesperada formalidade.

— Não se preocupa com isso, Raj. Senta.

Ele continuou de pé, de olhos semicerrados para ver, através da garoa misturada com neve, a moldura escura da janela do seu apartamento em cima do bar. Abaixo dela, estava disposta uma fileira de barris vazios junto ao prédio feito cartuchos de bala.

— Toda hora eu me pego pensando — disse ele — em como foi legal o meu irmão e o seu pai conseguirem se encontrar naquela prisão.

— De fato.

— E da mesma forma, sabe, só colocando as coisas em perspectiva, se o Joey estivesse vivo eu não estaria aqui com você. Isso faz sentido?

— Faz, mas pensar nesse tipo de coisa não leva a lugar nenhum, Raj.

— Estou falando sério, Lydia. O que eu mais queria, mais que tudo, era que o Joey estivesse sentado aqui com a gente, curtindo essa porcaria de neve... Claro que eu queria. Mas foi a morte dele, o corpo dele dentro de um saco, no jornal, que me fez reencontrar você, certo?

— Certo.

— Estou falando isso porque não quero desperdiçar o valor do Joey nesse mundo, sabe? Sinto que ele me conduziu a algo raro aqui, quisesse ele ou não, e não posso desperdiçar isso só porque estou com muita vergonha de falar o que sinto.

— Raj — disse ela —, é muita coisa para processar, e tem um monte de coisa que a gente não...

— Tá bom — interrompeu ele. — Vou dizer de uma vez: você e eu, Lydia, *precisamos* ficar juntos. *Precisamos* ver o que está bem na nossa frente. Não foi por acaso, Lydia. A nossa vida toda nos trouxe a *isso*: eu e você, aqui e agora. É só parar para ouvir.

Lydia sentiu algo se agitar dentro dela e parou para ouvir de verdade: o trânsito espirrando água ao longe, um trem trepidando nos trilhos, as gotas de água pingando da escada de emergência e das calhas. Por um segundo, considerou se entregar às palavras de Raj, mas fazer isso parecia complicado demais e, à luz da fidelidade de David, desnecessariamente cruel.

— Não consigo pensar nisso agora, Raj.

Ele se virou para o outro lado e encarou a fileira de fachadas de lojas de tijolo aparente vazias do outro lado da rua.

— Por causa do David? — perguntou ele. — Pelo menos me diz que é por causa do David e não porque eu sou gordinho, ou repugnante, ou algo assim.

— Raj, você é um partidão, pode acreditar.

— O partidão mais solitário do mundo — respondeu ele, mas não pareceu falar totalmente sério.

Uma caminhonete passou espirrando água, e o motorista jogou um cigarro pela janela.

— A gente sempre foi próximo, Raj, mesmo quando não estava junto. E vamos continuar sendo próximos. Então, vamos só seguir em frente com a nossa vida e ver no que dá, pode ser?

— Claro — respondeu ele, e, ainda que tenha percebido que ele estava decepcionado, também sabia que estava certa: não era o momento.

As mãos de Lydia estavam molhadas, e havia se formado uma poça de lama de neve meio derretida.

— Você pode esperar no meu apartamento, se quiser — disse ele.

— Estou bem aqui mesmo.

Quando o portador enfim parou em frente ao Terminal, dirigindo um pequeno Metro ou um Yugo dos anos oitenta, Raj correu ao encontro dele no meio-fio. O portador não pareceu se importar em sair do seu carrinho e ficar debaixo da neve, ostentando uma anêmona de dreads e de suéter listrado rasgado.

— Você está meio atrasado — disse Raj.

— Trânsito, cara. Speer Boulevard. Tipo, por que a gente se dá ao trabalho de dirigir, saca? Melhor ir para as montanhas, andar a cavalo.

O carro do homem estava parado em fila dupla, com o pisca-alerta aceso. Lydia sentiu uma onda de ansiedade enquanto Raj pegava o envelope de arquivos com o homem e o balançava distraidamente nas mãos. O envelope estava dentro de alguma espécie de pasta impermeável e tinha um fecho de botão amarrado com cordão. Lydia imaginou Joey queimando um envelope parecido na lixeira de casa no dia em que se enforcou.

— Preciso de uma assinatura aqui — disse o cara, entregando a ele uma prancheta e se curvando por cima para proteger o papel da neve.

Raj voltou a si.

— Desculpa.

— Estou acostumado com isso, cara. Eu entrego resultado de exame, documento de divórcio, todo tipo de merda pesada. Eu sou um portador de *notícias*, cara. — Ele pegou a prancheta de Raj e iluminou seu nome com uma lanterninha. — Que as suas notícias sejam proveitosas, Raj Patel. Que elas te tragam paz. Até mais.

Lydia e Raj viram as lanternas traseiras do carro do portador desaparecerem, depois foram para a entrada lateral no beco. Raj parou debaixo de uma luminária parafusada aos tijolos e começou a rasgar o pacote. Havia um Post-it do lado de fora, com uma mensagem de Irene, mas ele não se deu ao trabalho de lê-la antes de abrir a pasta de arquivos.

— Não consigo ver nada — disse ele, colocando as folhas para perto do rosto e piscando. — É como se tudo estivesse debaixo da água.

— Me dá aqui — disse Lydia, e pegou a pasta da mão dele, aproximando-se o suficiente para ler.

— O que diz? A gente estava certo?

Ela assentiu, a boca seca. Ouviu um *tic-tic-tic* persistente bem baixinho e percebeu que Raj estava batendo as unhas de uma das mãos nas da outra.

— Raj. Está vendo isso?

— O quê?

— Isso — disse ela, segurando uma fotocópia recém-tirada que dizia *Certidão de Adoção* no alto, dentro de uma borda de pergaminhos, acima do brasão do estado do Colorado.

A primeira coisa que notou foi como todas as informações estavam organizadas numa grade de pequenos retângulos, janelinhas, cada uma contendo dados diferentes, e não havia como não pensar na semelhança com as mensagens de Joey. Era uma cópia da certidão de quando o bebê Joey foi adotado pela família Molina, logo após o nascimento, então muitas informações se referiam ao Sr. e à Sra. Molina, como Lydia esperava, enquanto o restante se concentrava no nascimento de Joey e em seus pais biológicos. Esses campos também ofereciam os detalhes que ela esperava — *Nome da criança, Sexo da criança, Local de nascimento, Data de nascimento, Hora de nascimento, Nome da mãe biológica, Nome de solteira da mãe biológica* — até chegar às informações sobre o pai biológico de Joey.

— Viu isso aqui? — perguntou Lydia, e seu dedo molhado bateu no campo que registrava o nome do pai biológico.

— Não estou entendendo — disse Raj. Ele puxou a certidão das mãos dela e a segurou mais perto da luz.

Nome do pai biológico: Bartholomew Edward O'Toole.

Lydia sentiu os ombros se contraírem. Podia ouvir os estalos dos pingos batendo no papel.

— Está escrito Sr. O'Toole? — perguntou Raj. — Em "pai biológico"?

— Pois é.

— O que isso quer dizer?

— Não tenho certeza — disse ela.

— Isso não está certo — disse ele, bufando. — Irene mandou a pasta errada.

— É a pasta certa, Raj.

— Não pode ser, Lydia. *Não pode* ser. A não ser que...

— Pois é.

— Isso quer dizer que...

— Acho que sim — disse ela.

Lydia sentiu flocos de neve derretendo no rosto. Raj deixou a mão que segurava o arquivo cair e pender junto à coxa.

— Talvez o Sr. O'Toole fosse só uma testemunha ou algo do tipo — disse ele —, e colocaram o nome dele no lugar errado. — Ele olhou para o céu. — Eles não fariam isso, não é?

— Não — respondeu Lydia. — Aqui diz "pai biológico", Raj. O que significa...

— Significa que o Joey não era filho do meu pai — disse ele. — Significa que a minha mãe... A minha mãe e o Sr. O'Toole?

— É exatamente o que isso significa.

— A minha *mãe*?

— Pois é.

— Então ela não foi para a Índia? — disse ele, incrédulo, enquanto se-micerrava os olhos encarando o papel timbrado de outra folha da pasta.

— Ela foi para Colorado Springs, para um lugar chamado Maternidade do Sagrado Coração. Estou surpreso que não diga "para mulheres em apuros". Minha mãe e o Sr. O'Toole... É sério?

O sangue de Lydia parecia engrossar ao passar pelo coração. Sentiu se formando um pensamento que não emergia, como se estivesse preso logo abaixo da consciência, tentando chegar à superfície. Era *tão* triste — talvez fosse isso — o pai de Joey provavelmente ter morrido antes mesmo de o filho nascer. Será que ele soube de Joey, e será que Joey soube dele? De qualquer maneira, era *tão triste*.

Raj respirou fundo e analisou o papel, tentando recobrar o controle. Enquanto seus neurônios lutavam para redefinir tudo o que ele sabia sobre os pais, Lydia não conseguia deixar de vê-lo como o amigo de in-fância que sempre dividiu com ela os doces esmagados que carregava nos bolsos do macacão, que leu incontáveis livros ao seu lado, que sempre pareceu tão preocupado ao subir os degraus da varanda da própria casa. Ela sentiu uma dor no corpo inteiro.

— Vai ficar tudo bem, Raj.

— Só me dá um segundo — pediu ele com a voz fraca.

Lydia estava prestes a se virar e se afastar para lhe dar um pouco de espaço quando deu um passo, sentiu um puxão e percebeu que estavam de mãos dadas. Ela não fazia ideia de há quanto tempo estavam assim, e ele mesmo não pareceu perceber, mas a mão dele se encaixava na dela com tanta naturalidade que ela precisou sacudir um pouco o pulso para ele soltar. Ela se arrependeu assim que sua mão se soltou da dele. Seus de-dos estavam mais frios agora, desagradavelmente úmidos e enrugados, e o resto do seu corpo estava mais frio também.

— Amanhã eu levo você para tomar café da manhã comigo — disse ela.

Raj levantou os olhos do documento e pareceu surpreso ao ver Lydia ainda ali parada, com os cabelos molhados e lambidos. Um leve estalo escapou da sua mandíbula.

— Café da manhã? Tá bom.

— Talvez seja melhor esperar um dia ou dois antes de falar com eles.

— Com os meus pais? — disse ele de sobrancelha erguida. — Meu irmão está morto, Lydia. E a minha mãe estava transando com o Sr. O'Toole. Eu não sei se algum dia vou falar com eles de novo.

Ele voltou para o cone de luz gotejante e não levantou o olhar, nem mesmo quando Lydia saiu do beco, passou pela caçamba lotada e seguiu em direção à Colfax.

CAPÍTULO 26

Lydia se sentou no ponto de ônibus com cobertura de acrílico em frente ao Gas 'n Donuts e viu os Patel fechando tudo lá dentro: o Sr. Patel contando os recibos do caixa e a Sra. Patel ziguezagueando um esfregão pelo chão. A neve meio derretida já caía havia horas, então a cidade inteira parecia coberta por uma camada de bolinhas de algodão empapadas; e, cada vez que um carro passava, espirrava lama nas canelas e nos joelhos de Lydia e, às vezes, no rosto. Dizer que sentia um *gostinho* da Colfax parecia apropriado para esse reencontro.

Foi uma visão bem-vinda quando o Sr. Patel finalmente saiu pela porta lateral da loja com um malote de banco azul fechado com cadeado. Ele colocou o casaco, olhou cautelosamente para a calçada e de novo para o beco e foi andando apressado até o Monte Carlo branco estacionado ao lado da loja. Deu a partida no carro e o deixou em ponto morto, então pegou um raspador de neve e esfregou o para-brisa coberto de neve meio derretida. Quando deu a volta na frente do carro para limpar o outro lado, cruzando os faróis e batendo o raspador na coxa, Lydia se sentiu enjoada.

Pouco depois, ele saiu de carro. A Sra. Patel enfim estava sozinha.

Lydia atravessou a rua correndo e bateu na janela do Gas 'n Donuts. Ainda passando o esfregão, a Sra. Patel sacudiu a cabeça quase violentamente e deu um grito abafado de "Fechado! Fechado!". Ela estava de suéter de tricô creme sobre um sári marrom, e sua mão esquerda estava enfaixada com uma gaze suja. Ao ver aquilo, Lydia se lembrou de Raj contando que ela havia se queimado recentemente, mas que tinha se recusado a perder um dia sequer de trabalho.

Ela parou embaixo de um anúncio pintado na porta que dizia *Cobertura grátis com refil!* e bateu de novo no vidro. A Sra. Patel se aproximou da porta, balançando a cabeça, então suavizou a expressão quando começou a reconhecer Lydia.

— Lydia?

A Sra. Patel remexeu num molho de chaves, com dificuldade para pegar a chave certa por causa do curativo.

— *Lydia?*

Ela mal tinha aberto a porta e já abraçava Lydia e a puxava para dentro da loja. Ainda era bonita, embora sua beleza agora tivesse mais personalidade: seus cabelos estavam completamente grisalhos, tinha ganhado peso, e as rugas finas no rosto lhe deram mais textura e profundidade. Tinha olheiras e uma mancha cinza na bochecha.

— Raj disse que você tinha voltado para a cidade! Fico tão feliz, Lydia. Mas o que traz você aqui tão tarde?

Era difícil não sorrir, não retribuir o abraço da Sra. Patel, mas Lydia se manteve rígida.

— Acho que a senhora não vai ficar tão feliz — disse ela — quando descobrir por que estou aqui.

A Sra. Patel se afastou e seu sorriso desapareceu. Parecia uma mulher que vivia num mundo em que bebês indesejados precisavam ser enterrados na escuridão.

— Raj sabe do Joey — continuou Lydia. — Nós dois sabemos do Joey.

A Sra. Patel ficou pálida, depois começou a passar o esfregão no chão quadriculado, empurrando com o pé um balde amarelo de rodinhas à frente dela. Uma máquina de bolas de chiclete chacoalhou quando ela limpou sua base.

— Por favor, fecha a porta quando sair, Lydia.

— Joey só queria uma família.

A Sra. Patel assentiu, com a expressão sombria. Depois mergulhou o esfregão no balde, agitando ondas cinzentas. Lydia deu um passo à frente e segurou o cabo.

— Senta, por favor — pediu Lydia e gesticulou para a antiga mesa onde ela e Raj passaram tantas horas na infância. A fórmica manchada, os potes de leite em pó e os açucareiros eram todos os mesmos.

— Rohan vai voltar logo — disse a Sra. Patel. — Você não pode estar aqui quando ele chegar.

— Então, por favor, me conta logo. Ou a gente pode esperar que ele volte para conversar. Eu podia até chamar o Raj. Ele está chateado de verdade.

— Você não sabe de nada.

— Por favor, Sra. Patel.

A Sra. Patel tinha lavado as mesas havia pouco tempo, por isso ainda estavam meio úmidas e com cheiro de água sanitária. Ela habilmente pegou alguns guardanapos do porta-guardanapos na mesa e secou a superfície debaixo dos braços. Depois de se instalar na frente de Lydia, ela não disse nada por um minuto, só olhava para o trânsito da Colfax e assentia, como se enfim estivesse se permitindo dizer algo.

Começou com um corte de cabelo.

Uma jovem mãe carregando um bebê apoiado no quadril entrou no Gas 'n Donuts numa tarde de pouco movimento, quando Raj estava começando a quarta série, e, enquanto enchia sua caixa de donuts, Maya Patel se viu estranhamente atraída por ela. A mulher era esguia, tinha pele cor de café e ostentava um uniforme de garçonete dourado como se fosse um vestido de gala. Tinha o cabelo raspado, quase careca, e grandes argolas de plástico lhe pendiam das orelhas. A mulher falava carinhosamente com o bebê enquanto Maya registrava a venda no caixa; e, depois que ela saiu, Maya ficou observando-a andar tranquilamente pela Colfax até ficar pequenininha e desaparecer.

A mulher parecia tão *firme* para Maya, tão *orgulhosa*. Parecia tão *segura* de quem era.

Nos dias seguintes, Maya não conseguia tirar aquela mulher da cabeça, e logo sentiu uma necessidade tremenda de fazer alguma coisa.

Sempre tivera cabelos longos e exuberantes, e gastava quinze minutos por dia escovando-os, de manhã e à noite, tomando o cuidado de usar apenas xampus com aromas que agradassem Rohan. Ele gostava muito dos cabelos dela, embora só demonstrasse isso uma vez por semana, quando faziam amor — apoiando-se nos cotovelos e mergulhando o rosto neles, às vezes até colocando-os entre os dentes, como uma fita, enquanto se esvaía dentro dela.

Muitas vezes Maya flagrou Rohan observando as mulheres na Colfax, em especial aquelas sem sutiã ao sol ou de saia curta e sandálias de cortiça, e se convenceu de que ele ia ter uma bela surpresa se ela fizesse uma mudança ousada na aparência e ficasse mais parecida com essas outras mulheres. Ela não usaria camiseta regata nem nada muito justo, mas comprou uma calça jeans da Jordache para usar no lugar do sári, ou talvez por baixo dele, e chegou a ir ao cabeleireiro no salão Glamour Guru, mais à frente na mesma rua. Ele passou o pente no cabelo dela, analisou-a de ângulos diferentes, e recomendou que ela o cortasse curto.

"*Muito* curto. Curto feito Carol Brady. Curto feito Dorothy Hamill."

Maya estremeceu, mas concordou.

Naqueles primeiros dias depois do corte, quando Maya e Rohan se cruzavam atrás do balcão da loja de donuts, ele ocupava todo o espaço e a fazia sair da sua frente, ou levantava as mãos, com as palmas para fora, como se ela estivesse contaminada.

"Não me casei com um menino", disse ele. "A gente só vai voltar a dormir na mesma cama quando o seu cabelo estiver comprido."

Foram essas as palavras dele para a esposa de mais de dez anos, para a mãe de seu filho. Ela achava que ele ficaria excitado com a mudança, mas na verdade aquilo marcou o início de uma longa seca no quarto dos dois. Muitas daquelas noites ela dormiu sozinha no sofá.

Mais ou menos um mês depois do corte de cabelo, nas profundezas da sua infelicidade conjugal, os canos corroídos no espaço de rastreamento da loja de donuts estouraram. Foi no outono, muito antes da primeira onda de frio da estação, e Bart O'Toole passou os dois dias seguintes trabalhando sob o piso, arrastando sua caixa de ferramentas daquele seu jeito tranquilo, carregando longos canos de cobre para dentro e para fora da despensa, onde ficava o alçapão para o espaço de rastreamento. Rohan não saía de perto durante a maior parte do trabalho, conferindo se ele estava fazendo tudo direito, mas ainda assim Bart conseguia lançar olhares para Maya o tempo todo. Ela não sabia se Rohan já havia notado, mas ela sem dúvida notara. Toda vez que se virava, aquele homem bonito e de fala mansa estava olhando para ela, e parecia mais um convite que uma encarada, como se ele jogasse gentilmente o olhar aos seus pés e pedisse que ela o pegasse. Fazia muito tempo que Maya se sentia oscilando entre a invisibilidade e a repulsão no relacionamento, e ali estava aquele homem loiro e esguio de olhos azuis e bigodes — o oposto de Rohan, pensou ela — despejando seu desejo nela. Sentiu-se como a mulher da televisão, aquela que atira o chapéu para o alto no meio da rua.

Quando o trabalho enfim terminou, Rohan inspecionou o resultado, deu um tapinha nas costas de Bart, e era para ser só isso. Mas logo cedo na manhã seguinte, antes mesmo de a loja abrir, logo depois de Rohan sair para deixar Raj na escola e arrumar um novo braço de lavagem para o lava-louça, Bart O'Toole bateu à porta de vidro. Três minutos depois, ele estava no espaço de rastreamento, a lanterna acesa e o martelo ressoando, a caixa de ferramentas no chão do lado de fora do alçapão. A loja abriria em vinte minutos e havia trabalho a ser feito antes disso, mas, mesmo assim, Maya lhe serviu uma xícara de café, o primeiro bule do dia, depois se agachou no chão ao lado do espaço de rastreamento. Bart estava deitado de costas no chão de terra, debaixo de uma conexão de canos, tentando soltar uma válvula velha que ele tinha embebido em óleo lubrificante na última vez que havia estado lá.

"Nada urgente", garantiu ele. "Só precaução."

Maya descobriu que, de onde estava agachada, conseguia vê-lo do pescoço para baixo e que, conforme ele avançava pelo espaço de rastreamento, sua camisa subia e a barriga ficava exposta, com um fino rastro de pelos desaparecendo sob a fivela de cinto da Coca-Cola. Quando ela estava prestes a desviar o olhar, percebeu, com uma leve onda de prazer, que não precisava fazer isso: por causa do ângulo do espaço de rastreamento, ele não via que estava sendo observado, e ela se perguntou se eram assim as cabines de nudez de que tinha ouvido falar nos estabelecimentos para adultos da Colfax — que ela tinha certeza de que Rohan visitava —, onde homens podiam colocar moedas e espiar por espelhos falsos mulheres nuas em cobertores velhos e almofadas vermelhas, dançando com a música, mas as mulheres não conseguiam ver os homens do lado de fora. Com o barulho dos canos ao fundo, Maya observou o corpo esbelto de Bart pelo que pareceu ser muito tempo, até que, sem aviso prévio, ele se arrastou até a abertura e a pegou o devorando com os olhos.

"Café", soltou ela, e lhe entregou o copo descartável com tampa.

Ele se apoiou no cotovelo.

"Não tenho esse tipo de atenção em casa", disse ele. "Disso tenho certeza."

"Em casa? Pfff. Quem tem?"

Bart pegou o café da mão dela e encaixou o copo com cuidado no chão de terra fria dentro do espaço de rastreamento, mas a pequena mão de Maya continuou estendida, e ele observou seus dedos por um longo tempo antes de aproximar a mão para tocá-los. Segundos depois, eles estavam no chão de azulejo da cozinha, boca com boca, respiração pesada, encaixando-se um no outro.

O alçapão do espaço de rastreamento foi fechado e Bart saiu pela porta com sua caixa de ferramentas três minutos antes de o Gas 'n Donuts abrir.

Maya achou que depois se sentiria culpada ou aterrorizada. No entanto, ela passou o dia inteiro sorrindo, e, quando fechava os olhos, ainda sentia Bart deslizando apertado dentro dela, as mãos dele agarrando sua nuca, bem onde o cabelo estava mais curto. Ela foi algumas vezes até a cozinha e ficou parada de pé sobre o espaço onde os dois estiveram, como se quisesse se lembrar da união deles. Numa dessas vezes, Rohan apareceu bem atrás dela.

"Temos clientes!"

Ele bateu palmas com força no seu ouvido, assustando-a e arrancando-a do transe.

E foi só isso, basicamente, o que aconteceu entre Maya e Bart. Houve outro encontro, no início de outubro, retrato de uma estupidez de fim de noite, no banco da frente da caminhonete de Bart, estacionada nos fundos da loja, enquanto Rohan fazia o depósito noturno no banco. O sári de Maya ficou preso numa maçaneta e acabou com um pequeno rasgo e uma mancha de graxa que nunca saiu por completo. Bart claramente tinha bebido cerveja, e o sexo pareceu desajeitado e feio, mais para uma consulta médica invasiva que para um encontro sensual, e isso marcou o fim do caso, se é que esses dois encontros poderiam se classificar como tal.

Meses se passaram. A infelicidade de Maya permaneceu. Quando percebeu que estava grávida, entrou em pânico e fez tudo o que pôde para seduzir Rohan, para tentar confundir o calendário na cabeça dele, mas seu cabelo estava crescendo devagar e ele continuava inflexível quanto à abstinência.

"Quando você não parecer mais um menino", ele a lembrou.

Maya não foi ao médico nem contou para ninguém.

Os olhos da Sra. Patel se arregalaram com o som de um carro espirrando água no beco atrás da loja e pareceu aliviada quando ouviu que ele seguiu em frente.

— Rohan vai voltar logo.

Ela deslizou para o lado, saiu do banco estofado e pegou as chaves no bolso do suéter.

— Eu quero saber o que aconteceu com o Joey — pediu Lydia.

— Se você conhece o Joey, sabe o resto da história. Eu fui para longe. Tive um bebê. Eu o entreguei para adoção. E voltei. Agora, por favor, eu preciso terminar isso aqui.

A Sra. Patel estava claramente chateada. Remexia no molho de chaves mas não escolhia nenhuma.

— Você pode sair pelos fundos, por favor? — pediu ela. — Senão Rohan vai chegar de carro e ver você pelas janelas. Não preciso desse tormento, Lydia. Você vem aqui, do nada, e começa a revirar a nossa vida. Por favor, vai embora.

Lydia estava se sentindo perplexa pelo confronto e triste com a situação da Sra. Patel. Ainda assim, não conseguia se livrar da sensação de que faltava alguma coisa, um fragmento vago que ela não conseguia definir. Não sabia mais o que fazer, então seguiu a Sra. Patel, passando pelos expositores vazios do balcão, pelas cafeteiras e pela porta vaivém da cozinha. Só metade das luzes da cozinha estava acesa. Ela se lembrava das bancadas de aço inox, das pilhas de tigelas prateadas, das paredes de azulejo branco, mas tudo parecia muito mais sombrio agora, e tudo tinha uma camada de gordura. Marchando solenemente atrás da Sra. Patel, ela ficou incomodada com o resultado dessa visita e estava pensando que talvez fosse melhor ligar para...

Na bancada, perto da fritadeira, havia uma variedade de produtos de limpeza.

Lydia parou. A Sra. Patel também.

— Lydia, por favor. Ele já vai chegar.

Ao lado de um monte de panos, o Sr. Patel tinha deixado uma das suas redes de cabelo puídas, uma garrafa de desengordurante e outra de vinagre, uma escova de aço e o par de luvas de látex emboladas que sempre usava para limpar as grades e a estrutura da fritadeira.

As lembranças de Lydia se transpunham umas sobre as outras, como fragmentos de vidro num caleidoscópio.

Ela conseguia visualizar o nome do Sr. O'Toole escrito dentro de um pequeno retângulo, enfiado numa pasta de arquivos no centro da cidade: *Bartholomew Edward O'Toole*. O pai de Joey. O amante da Sra. Patel.

"eu sei."

Ela conseguia visualizar o Sr. Patel na neve meio derretida lá fora, pouco antes, passando em frente aos faróis do carro com um raspador de janela na mão.

"eu sei."

Ela conseguia visualizar a mão do Homem do Martelo dando um tapa no interruptor.

"eu sei."

Seu punho peludo enfiado numa luva de látex branca.

"eu sei."

Sua luva de látex branca segurando um martelo.

— Eu sei — disse ela, quase inaudível.

— A gente não tem tempo para isso, Lydia. Por aqui.

— Eu sei o que o seu marido *fez*.

— Lydia.

Seus pensamentos vieram tão rápido e com tanta força que era difícil contê-los na voz. Ela se ouviu implorando.

— Me conta! — Ela se agarrou à borda da bancada para não cair. — *Me conta!* — A Sra. Patel ficou pálida e cobriu a boca com a mão enrolada com gaze. — Me conta *agora*, ou eu vou chamar o Raj e aí você pode contar para *ele*!

Depois de três meses, Maya começou a usar roupas mais largas e encontrou formas de esconder a náusea, mas ainda não tinha contado a ninguém sobre a gravidez — nem para Bart O'Toole e muito menos para o marido. Mas isso mudou numa noite de janeiro, bem no início da maior onda de frio da estação. A feira de gado estava acontecendo no Coliseu de Denver, e havia mais picapes que o normal cortando a neve na Colfax e ainda mais vaqueiros bêbados esperando o ônibus usando jaqueta de pele de carneiro. Já tinha anoitecido fazia tempo, e os três Patel estavam na Gas 'n Donuts horas depois de fechar, porque o *BBQ* Depot, no mesmo quarteirão, havia recebido uma visita surpresa da vigilância sanitária naquela manhã. Rohan temia que eles fossem inspecionados em seguida.

Enquanto Maya esfregava cada superfície e confirmava de novo as datas de validade na despensa e nas geladeiras, Rohan desceu até o espaço de rastreamento para conferir se os canos que Bart O'Toole havia trocado alguns meses antes estavam aguentando bem o frio. Raj andava muito tristonho, chateado por Carol estar forçando a barra para roubar a sua melhor amiga, e naquela noite estava especialmente chateado porque Lydia e Carol fariam uma festa do pijama e não o convidaram. Maya ficou tão cansada das reclamações de Raj que o mandou sair e retirar o lixo em volta das caçambas no beco. Enquanto ele saía pela porta dos fundos, Maya observava a neve cair através das luzes da rua; quando se virou, Rohan estava saindo do alçapão do espaço de rastreamento segurando dois itens. Na mão esquerda, o copo de café gelado que Bart havia afundado na terra, intocado nos últimos três meses. Na direita, o martelo que Bart, na pressa provocada pelo tesão, havia esquecido no espaço de rastreamento.

Depois que Rohan saiu, endireitou-se e a encarou num silêncio gélido, Maya percebeu que estava com as mãos na barriga, como que para proteger a vida que crescia ali dentro. Rohan claramente suspeitava de que Bart tinha estado lá, naquele lugar escuro e silencioso, sem ele, o que significava que Maya tinha estado lá, naquele lugar escuro e silencioso, com Bart. Talvez por isso as palavras tenham jorrado dela antes que pudesse contê-las.

"Estou grávida."

Rohan pareceu confuso por um minuto, como quando ficava intrigado com as colunas de números nos livros contábeis. Ele parecia maior que o normal, com os ombros mais largos. Apontou para a saliência na barriga dela com o martelo na mão.

"Você tem certeza?", perguntou.

"Quase absoluta. Sim."

Rohan olhou as pequenas iniciais arranhadas na base do martelo: B E O.

"O Sr. O'Toole?"

"Isso. Três meses. Mais ou menos."

"Bart O'Toole?"

"Eu estava planejando te contar. Estava pensando que poderia levar Raj para algum lugar por um tempo, até que..."

"Levar Raj?"

"Só por um tempo. Eu estava pensando..."

"E ir embora? Não."

Maya previa essa conversa havia meses, e sempre a imaginava mais caótica — mais perigosa —, mas Rohan estava tão calmo e frio que era como se estivesse economizando energia. Foi uma sensação estranha desejar que ele ficasse mais chateado.

"Quantas vezes?", perguntou ele. "Você e ele."

"Só duas."

Rohan estendeu o braço, encostou a parte plana da cabeça do martelo na barriga dela e começou a pressionar, suavemente no início, depois esticando um pouco mais o braço, como se estivesse atiçando fogo.

"Só?"

"Rohan. Por favor."

Ela tentou dar um passo para trás, mas ele acompanhou sua barriga com o martelo, dando passos lentos em sua direção, e ela sentia o metal frio na barriga e a ponta bifurcada e afiada através da blusa. Ele pressionava com mais força agora, e ela se sentia nauseada e assustada, assustada de verdade, mas nesse instante Raj empurrou a porta dos fundos da loja e entrou rodopiando na cozinha, comendo uma bolinha de neve da sua luva de lã. Maya e Rohan ficaram observando-o passar rápido por eles e desaparecer na área de atendimento, na frente da loja.

Maya acreditava que, se Raj não tivesse escolhido aquele momento para entrar, Rohan a teria matado ali mesmo, naquele instante. Mas, em vez disso, ele jogou o velho copo de café no lixo e entrou na despensa para pegar uma rede de cabelo nova, uma lanterna e um par de luvas de látex que usava para limpeza. Quando saiu, estava limpando o cabo do martelo na manga do casaco.

"Aonde você vai?", perguntou ela enquanto ele se afastava, já de costas para ela.

Ele abriu a porta dos fundos da loja com um puxão e virou uma silhueta escura em contraste com o brilho da neve que caía.

"O papai de alguém esqueceu o martelo", respondeu ele.

CAPÍTULO 27

— Não era para a Carol estar lá — disse a Sra. Patel, puxando um lenço de papel de baixo da pulseira elástica do relógio e colocando-o no nariz. — Não sei o que aconteceu naquela casa, Lydia, eu não *quero* saber. Mas sei que a Carol devia estar na *sua* casa, não lá. Raj não falava de outra coisa, só de como foi excluído da festa do pijama.

Lydia se apoiou na bancada de aço inox, sentindo como se tivesse engolido a própria língua. À sua frente, ali na cozinha da loja de donuts, a Sra. Patel puxava fios do curativo na mão e os jogava no azulejo do chão. Aquela visão deixou Lydia tonta, como se ela também estivesse se desfazendo. Correu os olhos pela cozinha e nada estava igual a antes. A geladeira industrial zumbindo, a mangueira pingando acima da pia, o fogão com as chamas piloto azuis fracas — as coisas pareciam estar numa versão granulada de si mesmas. O mundo que ela conheceu por todos esses anos não era o mundo à sua volta.

— Você precisa sentar — disse a Sra. Patel e empurrou um balde emborcado para perto dos pés dela, mas Lydia balançou a cabeça. A Sra. Patel abriu a porta dos fundos e a manteve entreaberta com um tijolo. Lá fora, o beco estava abandonado e escuro. — Então você precisa de um pouco de ar.

As roupas de Lydia ainda estavam úmidas, e a friagem que entrava se infiltrou na sua pele. Ela pensou em como tantas pessoas — dentre elas, o detetive Moberg — passaram anos buscando uma resposta para o Homem do Martelo e o tempo todo ela estivera lacrada numa pasta de arquivos, esperando ser trazida à luz: *Nome do pai biológico: Bartholo-mew Edward O'Toole*. Essa única informaçãozinha poderia ter resolvido o caso, mas ela só seria registrada quando Joey nascesse em Colorado Springs, seis meses depois dos assassinatos. Não é de admirar que Moberg tenha deixado isso passar.

— Você sempre soube o que o seu marido fez.

— Só depois — sibilou a Sra. Patel. — Eu não tinha ideia do que ele ia fazer. Nem sei se *ele* sabia o que ia fazer. Não exatamente.

No dia seguinte aos assassinatos, a Sra. Patel ficou grudada no canal local de notícias e só então soube o que houve. Seu primeiro pensamento foi entregar Rohan para a polícia, mas, tomada por um misto de medo, pânico e depressão, concluiu que isso só prejudicaria Raj. Ela se convenceu de que seria melhor para o menino ter uma vida falsa sob o olhar afetuoso do pai que sob a sombra abominável do que ele fez e — tão importante quanto — do que ela própria *causou*.

— Porque, não tenha dúvidas, Lydia — disse a Sra. Patel —, *tudo isso* foi culpa minha. O sangue deles estava nas *minhas* mãos. *Não* tenha a menor dúvida quanto a isso.

A Sra. Patel parecia estar a ponto de gritar ou de se encolher numa crise de choro, mas, em vez disso, se virou e limpou um resto de farinha da bancada atrás dela.

— Por favor, esquece isso, Lydia.

— Não posso fazer isso.

— Você está *viva* — disse a Sra. Patel. — Talvez você nunca tenha pensado no risco que ele correu ao não matar você.

Ele entrou na cozinha coberto de sangue, disse Moberg, *segurando a porra de um martelo pingando sangue, e deixou você viva.*

— É claro que eu pensei nisso — disse Lydia, enjoada.

— E quanto ao Raj? — perguntou a Sra. Patel. — Você sabe como ele vai ficar se descobrir?

— *Quando* ele descobrir. Eu sei, sim.

— Você diz que sim — disse ela, balançando a cabeça —, mas não sabe, não. Você não tem ideia do quanto isso vai fazer mal a ele.

A Sra. Patel tombou para a frente, aparentemente resignada. Lydia ouvia os carros espirrando água na Colfax.

— A senhora não está protegendo o seu filho, Sra. Patel. Está protegendo o seu marido. O *Homem do Martelo*.

— Estou protegendo a minha *família* — respondeu ela, como se o seu silêncio fosse um dever materno.

A Sra. Patel olhou para o beco lá fora, procurando o carro do marido. Então, tirou o tijolo, fechou a porta e se sentou num balde emborcado perto da pia de louça.

A boca de Lydia estava seca e os ouvidos apitavam, mas ela se forçou a se concentrar.

— Quando a senhora decidiu localizar o Joey? — perguntou ela.

A Sra. Patel olhou para ela com estranheza e franziu a testa.

— Quando eu *decidi*? Você nunca teve um filho, Lydia, ou não me perguntaria isso. Eu *decidi* no momento em que ele saiu dos meus braços.

Algo mudou em Maya enquanto segurava seu recém-nascido na sala de parto em Colorado Springs. Joey tinha a pele morena acobreada e uma cabeça cheia de cabelos pretos e macios e cheirava melhor que qualquer flor no mundo. Embora estivesse fora do corpo dela havia apenas alguns minutos, parecia tão ciente da sua presença, tão *alerta*. Ela sabia que, ao entregá-lo para adoção, estava fazendo a única coisa que podia; mas, algumas horas depois, quando duas mulheres entraram e o tiraram do seu peito, ela esticou os braços para ele, aterrorizada, e sua pele ficou fria no ar vazio. E, para falar a verdade, nunca mais deixou de sentir o frio em sua pele, como se o bebê Joey fosse uma espécie de membro fantasma.

Ela só precisava saber que ele estava bem.

Por isso, anos depois, perto do aniversário de 18 anos dele, Maya foi até o cartório de registro civil, sem Rohan saber, para ver se Joey também havia manifestado interesse em encontrá-la.

"Pode ser que nunca aconteça", advertiu Irene. "Geralmente não acontece."

Mas o ceticismo de Irene acabou caindo por terra. Poucos dias depois de Joey completar 18 anos, Maya recebeu uma carta oficial do cartório de registro civil afirmando que Joseph Edward Molina havia solicitado e recebido as informações de contato dela.

Nos dias seguintes, Maya quase perdeu a cabeça. Passou a verificar a caixa de correio o tempo todo, não só por ansiedade e entusiasmo mas também por estar apavorada com a possibilidade de Rohan interceptar uma carta de Joey e descobrir que ela estava revirando o passado em segredo. E então, numa manhã, na caixa de correio da loja, encontrou um envelope do seu filho, *Joseph E. Molina*, enfiado entre um boleto e um catálogo de eletrodomésticos. Ela correu até o banheiro para ler.

A última notícia que teve de Joey foi de que ele havia sido acolhido ainda bebê por um casal generoso com uma casa cheia de outros filhos adotados. Essa mínima informação sempre foi uma fonte de consolo para Maya, por isso o endereço do remetente na carta de Joey lhe causou tanta tristeza e choque: tinha sido enviada de uma penitenciária estadual nas montanhas. Ela ficou tão arrasada que quase não conseguiu abrir a carta; quando a abriu, as palavras de Joey apenas reforçaram o horror: seu bebê estava na *prisão*.

A troca de cartas começou. Em vez de relatar cada etapa ou estágio da sua vida, Joey contou sobre os longos períodos da sua experiência no sistema de adoção, começando com a malfadada adoção pela família Molina. No entanto, ele deixou de fora a luta contra a depressão e a incapacidade de se sentir próximo de alguém. Ele lhe fez muitas perguntas, e ela ignorou a maioria, especialmente as que diziam respeito ao seu pai. *Ele faleceu antes de você nascer*, escreveu ela, e essa foi a primeira e única referência que fez ao Sr. O'Toole.

Mais que qualquer coisa, Maya queria visitar o filho na prisão, abraçá-lo, acariciar suas bochechas e começar o longo processo de se desculpar por lançá-lo ao mundo. No entanto, também sabia que visitá-lo estava completamente fora da sua realidade. Ela só precisava de um dia, mas era complicado demais coordenar a mentira e o transporte. Que motivo poderia dar ao marido para sua ausência? Que estava participando de um congresso? De quê? Produção de donuts? Bombeamento de gasolina? Que ia passar um dia no spa? Não conseguia pensar em um único motivo plausível para ficar longe de Rohan.

Por que esse garoto, ela se perguntou, ia querer uma mãe como ela?

Mesmo assim, Maya adorava trocar correspondências com Joey. Embora ficasse preocupada de que seu contato com ele pudesse bagunçar sua vida na loja de donuts, também percebeu, com uma boa dose de culpa, que havia certa segurança no fato de ele estar preso. Joey era seu filho, sim, mas era como seu filho num cercadinho numa parte distante da casa, ocupando seu coração, mas sem ameaçar interromper seu jantar com amigos, por mais tirânico que isso fosse. Com isso, ela acabou encorajando o relacionamento deles de uma maneira que em outras circunstâncias não poderia. Nas cartas, ela relatou as várias conquistas escolares de Raj, a rotina diária deles na Colfax — coisas que Joey perguntaria a Tomas à noite no nível três, percebeu Lydia, sem jamais mencionar a mãe recém-descoberta —, e colocou um pouco de cor na própria vida. Ela quase nunca mencionava Rohan.

Depois de um ano e meio, mais ou menos, com Joey prestes a sair da prisão, Maya estava preocupada. Nas últimas cartas para Joey na prisão, ela enfatizou a importância de manter o relacionamento dos dois em segredo, de dar a ela espaço para descobrir como ele se encaixava em sua vida atual. Tinha um filho mais velho que nem sabia da existência de Joey e um marido que não fazia ideia de que ela o havia localizado. Era *necessário* que ele se mantivesse longe.

E, por um longo tempo, Joey assim se manteve. Maya às vezes falava com ele brevemente por telefone e o incentivava a se manter afastado de problemas e a continuar em seus programas de reabilitação. Dizia a ele que esperava, um dia, encontrá-lo pessoalmente — mas não agora. Nunca agora.

Os adiamentos, porém, se estenderam por tempo demais, e ambos sabiam disso. Joey se cansou de Maya evitar o reencontro, e ela estava cada vez mais cansada de tentar mantê-lo escondido. Ela passou a evitar suas ligações e sentiu que existia um lado dele que anteriormente havia ignorado de bom grado: o de um garoto circunspecto e desesperado, e seu desespero fazia as pessoas quererem evitá-lo.

Naquela época, Maya começou a receber ligações de Irene, que queria saber se havia alguma coisa que pudesse fazer para facilitar o encontro. Aparentemente, Joey tinha criado o hábito de aparecer para vê-la e implorar que fizesse coisas que estavam muito além da sua autoridade. Maya disse a Irene que ela não tinha nada que ligar, que já era ruim o suficiente Joey não respeitar sua vontade.

Ela sabia do que Rohan era capaz. E sabia que tinha se colocado à disposição de Joey quando, na verdade, não estava disponível. Seus sentimentos eram genuínos, mas não tinha espaço para aquele garoto na sua vida.

Algumas semanas antes, Maya enfim concordou em encontrar Joey para jantar cedo num restaurante mexicano em South Broadway. Ela passou a tarde inteira na loja de donuts fingindo gemer enquanto ia ao banheiro e perguntou a Rohan se ele poderia encerrar o expediente enquanto ela ia para casa descansar. Ele concordou, relutante, e ela pegou um táxi direto para o restaurante.

No caminho, prometeu a si mesma que diria a Joey, de forma clara, que ele deveria tentar construir a própria vida, separado dela. Mas, quando chegou ao restaurante e parou na calçada, espiando a mesa tranquila de Joey pela janela, seu coração afundou no peito. Ao olhar para seu bebê crescido pela primeira vez pessoalmente — com a cabeleira preta espessa, os braços longos, o pescoço esguio —, ficou abismada em ver como ele era, sem sombra de dúvida, seu filho.

Através da janela, Maya observou Joey esfregar os dentes com o dedo e mexer o molho com uma tortilha. Toda hora ele colocava a mão num botão do paletó ou no nó da gravata, claramente desconfortável com aquela roupa de gente grande. Ela o vira pela última vez na sala de parto, quando ele tinha menos de um dia de vida, e percebeu que todos os dias dele desde então foram entregues ao mundo, e mesmo daquela distância dava para ver que o mundo não tinha sido compassivo com ele.

Queria pegá-lo no colo e protegê-lo, mas isso era impossível, então deu meia-volta e se afastou do restaurante, chorando, e entrou em casa antes mesmo de Rohan fechar a loja.

Maya devia ter previsto o que aconteceria na tarde seguinte: Joey apareceu na Gas 'n Donuts. Estava de jeans preto e moletom preto e se sentou num banquinho ao balcão. Raj tinha passado para fazer uma visita rápida e estava sentado sozinho à mesa do canto, lendo os classificados. Rohan estava na despensa, nos fundos, esvaziando sacas enormes de farinha em caixas de plástico de dezoito litros. Por causa do seu tipo físico esquelético e dos tremores nauseantes, de início, Maya confundiu Joey com um drogado, mas, quando ele tirou o capuz, ela o reconheceu de imediato. Sua primeira reação não foi de medo, mas de empolgação. Ela ofegou. Raj ergueu os olhos do jornal. Maya estava perto das cafeteiras, atrás do balcão, o que significava que apenas três metros a separavam do seu filho mais novo. Quando começou a andar na direção dele, os olhos verdes de Joey se iluminaram, e ela se encheu do mesmo amor que sentiu quando ele nasceu.

Então ela ouviu a voz de Rohan vindo da porta da cozinha.

"Maya!"

Raj se ajeitou no banco estofado. Rohan escancarou a porta.

"Maya, deixa que eu cuido disso. Você pode terminar de arrumar a farinha?"

Maya travou. Sentiu o chão de azulejos se inclinando debaixo dela, fazendo-a deslizar na direção da porta vaivém da cozinha. Todos os seus sentimentos foram consumidos pelo medo, enquanto o olhar de Joey ia da sua mãe para esse homem, esse estranho corpulento que sua mãe deve ter amado.

Do outro lado da loja, Raj baixou o jornal. Da sua mesa, dava para ver as costas do jovem esquelético ao balcão e seu pai se aproximando e se inclinando até ficar bem perto do rosto dele.

"*Pra fora.*"

Maya hesitou diante da porta. Poderia ter se manifestado e dito alguma coisa. Poderia ter reconhecido o filho mais novo. Mas, em vez disso, desapareceu na cozinha. Disse a si mesma que estava mantendo o silêncio para proteger Raj, mas escolhê-lo em detrimento do seu irmão mais novo só a fez se sentir pior. Quando a porta se fechou atrás dela, parecia que tinha se fechado sobre sua vida.

Desde o nascimento de Joey, se ela fechasse os olhos e se concentrasse, conseguia *sentir o cheiro* dele, como se ainda fosse aquele bebê nos seus braços, e foi isso que ela fez naquele momento, sozinha na cozinha. Mesmo de lá, ouviu o banco ranger quando Joey se levantou e correu para a saída. O sino da porta tocou quando ela se fechou atrás dele.

"Era um ladrão", disse Rohan para Raj.

Maya se apoiou na parede de azulejos por um bom tempo depois que Joey foi embora, esforçando-se para recordar cada detalhe do seu rosto, do seu cabelo, das suas roupas, do seu jeito de andar e, depois de um tempo, ouviu Raj juntar as coisas, fechar a mochila e sair também.

"Avisa para a minha mamãe que ligo mais tarde", disse ele.

O sino da porta tocou, e seu outro filho se foi.

Rohan virou a plaquinha de FECHADO e entrou na cozinha. Ele descobriu quem Joey era assim que o viu, ou talvez assim que viu Maya olhando para ele. Parecia até que o estava esperando, o que fez com que ela se perguntasse se ele teria interceptado alguma das suas cartas ou alguma ligação. Mas não ousou perguntar.

"Há quanto tempo vocês estão em contato?", perguntou ele.

Rohan estava tão calmo, ali parado, que Maya pensou que os anos talvez o tivessem mudado, que talvez permitisse que Joey fizesse parte da vida deles. Ela deve ter parecido feliz quando disse que ela e Joey estavam se correspondendo há alguns anos, mas que aquela era a primeira vez que de fato se viam pessoalmente.

Rohan assentiu até ela terminar de falar.

"Se eu o vir de novo aqui ou em qualquer lugar, eu o mato e depois mato você."

"Rohan. Ele precisa de uma família, só isso. Nós poderíamos dar isso a ele."

"Parece que você não está acreditando em mim."

Sua calma era reconfortante, por isso ela tentou argumentar.

"Rohan. Ele é meu filho."

"Tudo bem."

"Ele é meu *filho*."

"Tudo bem, já disse."

Ele assentiu, o que parecia demonstrar compreensão, então estendeu a mão para ela. Estava nervosa, mas pegou a mão dele e permitiu que a levasse gentilmente até a estação de mistura, de aço inox, com os potes de açúcar e farinha, a fritadeira, as prateleiras de resfriamento e o mixer industrial. Ele parou, então segurou o braço dela com uma das mãos, o antebraço com a outra, quase como se a conduzisse numa pista de dança, só que a apertou mais forte e mergulhou a mão dela no óleo fervente da fritadeira. Seus olhos se arregalaram tanto que ela sentiu como se suas pálpebras tivessem sido puxadas para o alto da cabeça. Observou os próprios dedos relaxarem enquanto ele tirava a mão dela, pingando e brilhando, do óleo dourado. Ela viu estrelas. A pele se soltou da sua mão feito uma luva.

"Acredita em mim agora?", perguntou ele.

Agora ela sentia: sua mão inteira fazendo um barulho inconcebível. Não conseguia respirar, muito menos responder.

Ele a soltou e foi para a porta dos fundos da loja, como fez naquela noite vinte anos atrás.

"Não o machuque, *por favor!*"

"Dá um jeito nessa mão antes de a gente abrir amanhã."

Na loja, com Lydia, a Sra. Patel mexia na luva de gaze cinzenta.

— "Não o machuque, por favor" — disse ela. — Foi só isso que pude oferecer ao meu filho. Meu papel como mãe se resumia a isso. Cinco palavras. "Não o machuque, por favor."

Depois que Rohan saiu da loja, Maya fez duas ligações: uma para chamar o táxi que a levaria para o pronto-socorro, porque o seu marido tinha acabado de sair com o Monte Carlo, e a outra para Joey, que tinha acabado de chegar ao seu apartamento do lar comunitário e atendeu o telefone. Ficou em silêncio enquanto a Sra. Patel falava suas últimas palavras para ele.

"Eu nunca mais quero ver você de novo. Nunca mais quero ouvir falar de você. Nunca mais quero ler as suas cartas. Fui clara?"

"Mãe?"

"Não me chama assim. Não é culpa sua, mas algumas pessoas simplesmente não deviam ter nascido. Se eu pudesse desfazer você, eu desfaria. Juro que desfaria."

Enquanto colocava o telefone no gancho, ainda o ouviu dizer: *Mãe?*

— Aquilo doeu infinitamente mais que a minha mão — disse a Sra. Patel para Lydia. — Mas eu não sabia de que outra forma poderia protegê-lo. Rohan ficaria feliz em matá-lo.

Lydia imaginou Joey desligando o telefone, sentando-se no apartamento vazio com sua pilha de livros, ignorando as ligações de Lyle e as batidas da proprietária à porta. A vida toda ele teve nos livros seu único consolo, então fazia sentido que, ao se preparar para acabar com ela, fizesse o mesmo: cair em suas páginas, desaparecer em suas janelas, expor sua alma ao abandonar a vida.

Ela poderia ter pedido mais detalhes à Sra. Patel, mas já sabia o suficiente. Depois dessa ligação final, Joey passou dois ou três dias recortando as mensagens, e cada pedaço de página que cortava o deixava mais perto da morte.

t

E

D .

E.

vo

mais

que   is,

sol.   *y*   dia

mas

na   o

Ten

ho

            mai

sp   ala

vra

     se

       . L

    as

fora.

     m

ti   rad

as

ju   n

. To

com   am

   in

havi

da,

A Sra. Patel parecia exaurida e assustada sentada no balde emborcado. Parecia estar pedindo a Lydia perdão, ou pelo menos compreensão. Mas não cabia a Lydia dar nenhum dos dois.

— A senhora nem sabe por que estou aqui — disse Lydia.

— Porque você e o Raj descobriram sobre o Joey — respondeu a Sra. Patel, mas havia um toque de dúvida na sua voz. — Eu vou me redimir com ele, Lydia. Talvez, agora que o Raj sabe, a gente possa dar um jeito. Eu *vou* me redimir com ele.

— Não tem como — disse Lydia.

— Tem, sim, Lydia. Só ainda não sei como.

Lydia andava tão absorta nesse emaranhado de segredos que quase esqueceu o que a fez entrar no cartório de registro civil na semana anterior, para começo de conversa: para localizar a mãe de Joey e dar a notícia do seu suicídio. Ela merecia saber, disse Lydia a si mesma naquele dia. Afinal, a mãe tinha procurado por ele.

— Não tem como a senhora se redimir com ele — disse ela — porque o Joey está morto. Ele se enforcou na livraria onde eu trabalho.

— Não, ele não fez isso.

— Procura no jornal. Joey se enforcou. É por isso que eu estou aqui, Sra. Patel. Vim dizer que o seu filho está morto.

— Não está, Lydia. Eu o vi quando? Três semanas atrás? Menos de três semanas. Que dia é hoje?

Lydia podia ver que ela estava lutando contra a própria negação, mas a verdade das suas palavras tinha chegado até ela. A mão enfaixada da Sra. Patel apertou um ponto fantasma no peito.

— Joey já estava de coração partido — disse Lydia —, e a senhora o partiu de novo. Dessa vez ele não conseguiu se recuperar.

— Eu vou me redimir com ele.

— É tarde demais.

Lydia abriu a porta para o beco. Ouviu vozes lá fora e, num instante de terror, esperou ver o Sr. Patel, mas era só um casal de sem-teto empurrando um carrinho de compras pela neve meio derretida. Um pouco além deles, do outro lado do beco, estava a velha escada enferrujada parafusada nos fundos do motel. Era doloroso se lembrar de Raj em seu macacão de fivela, escalando degrau por degrau até o alto e despejando uma cortina de leite em pó enquanto Carol, lá embaixo, pegava a caixa de fósforos.

Lydia ficou feliz por não ser o Sr. Patel quem tinha ouvido no beco. Ele matou o Sr. e a Sra. O'Toole, matou a sua amiga Carol, matou o pobre Joey — ou pelo menos provocou a sua morte —, e bastava uma olhada na Sra. Patel para ver todo o dano que causou a ela também. Antes que pudesse enfrentá-lo, ou ligar para Moberg ou para a polícia, ela prometeu a si mesma que primeiro falaria com Raj, acabaria com todos esses segredos e talvez até descobrisse um jeito de proteger o seu pai dos segredos que ele também tinha guardado.

— Eu vou me redimir com ele — repetiu a Sra. Patel.

— Joey merecia uma mãe melhor que a senhora — disse Lydia, abotoando o casaco e saindo pela porta.

— Eu vou me redimir com ele — repetiu a Sra. Patel, mas Lydia já se arrastava pela neve meio derretida do beco, olhando para a escada e pensando na flor flamejante — quente e viva — que a sua amiga Carol conjurou no ar.

EPÍLOGO

Na noite anterior ao Dia de Ação de Graças, o fantasma de Lydia apareceu na televisão.

Na hora, ela estava na cozinha, pegando caixas de recheio pronto para peru e latas de batata-doce e, de tempos em tempos, dando tapinhas no peru que descongelava na pia. De onde estava, via Raj no outro cômodo, usando um suéter de lã cinza e calça camuflada cortada. Ele apertava o controle remoto da TV.

— Talvez não tenha nada de bom passando — disse ela.

— Sempre tem alguma coisa boa passando.

Raj tinha se oferecido para ajudar a preparar a comida, mas, como ainda estava sem TV a cabo no seu apartamento novo, foi direto para o controle remoto dela ao chegar. Lydia até pensou em se livrar da TV a cabo, para economizar um pouco, quando David saiu do apartamento, seis meses atrás, mas Raj estava sempre por lá e ela acabou adiando o cancelamento. Ele assistia a praticamente qualquer coisa, quanto mais porcaria, melhor, mas ela, em geral, não se importava. Apesar de todas as vantagens de morar sozinha, uma desvantagem era o fato de as noites parecerem bem longas, às vezes, sem ter ninguém para abraçar.

Seu pai também viria para o feriado de Ação de Graças, sua primeira viagem a Denver em duas décadas. Lydia não o via pessoalmente desde que o tinha visitado em Rio Vista, no inverno passado, mas ele ligava todos os domingos, religiosamente, e ela costumava gostar de ouvir sua voz. Na maioria das vezes, eles só falavam amenidades, nada muito substancial, mas uma vez, durante o verão, depois de algumas cervejas num churrasco da Ideias Brilhantes, ela corajosamente sugeriu que ele transformasse o chalé num sebo, já que tinha um belo estoque e Rio Vista bem precisava de um...

Ele desligou antes mesmo de ela terminar. As ligações continuaram, mas nenhum dos dois voltou a mencionar a ideia do sebo. Para se desculpar, ela lhe enviou uma porção de óculos de leitura.

Lydia gostaria de convidar David para o jantar de Ação de Graças também, mas ele nem sequer retornava suas ligações, e ela não podia mesmo culpá-lo. O plano original na primavera passada — o dela, ao menos — era de tentarem morar em casas separadas por um tempo, só como teste, para ver o que aconteceria se houvesse alguma distância entre os dois. Depois de descobrir que ele sabia havia anos, em silêncio, da história da pequena Lydia, começou a prestar atenção em todas as falhas dele e a perder a capacidade de ignorá-las. Se fosse para ficarem juntos, pensou ela, seriam atraídos um para o outro novamente, como um casal de garças ou de abutres, prontos para ficarem juntos pelo resto da vida. David concordou, a contragosto, e ela o ajudou a se instalar num estúdio próximo à Universidade de Denver, um pouco mais perto do seu escritório.

Aquelas primeiras semanas morando separados foram revigorantes para a relação, como se o arranjo tivesse meramente proporcionado um novo lugar para fazer sexo e um novo bairro para tomar café. Mas algo aconteceu depois do primeiro mês. David aos poucos parou de convidá-la para o estúdio, alegando, talvez com razão, que, passando todo aquele tempo juntos, não estavam cumprindo o acordo que fizeram; e, no mês seguinte, ele chegou acusando-a de *não saber o que queria*. Ele tinha muito a oferecer, disse, e, se ela não o quisesse *inteiro*, não teria *nada*. Doía saber que ele estava certo. Quando chegou o Halloween, ele já estava completamente frio.

David não ia passar o Dia de Ação de Graças com Lydia e seu pai, mas foi um consolo para ela Raj estar lá. Foi um consolo para Raj também. Pela primeira vez na vida, ele não tinha para onde ir.

Dez meses atrás, um dia depois de deixar a Sra. Patel na Gas 'n Donuts, Lydia estava organizando uma pilha de livros ilustrados na seção infantil quando Plath se aproximou, de chinelos e uma saia que havia feito com uma cortina. Ela estendeu para Lydia o jornal do dia e mordeu o lábio.

"Se for outra foto minha", disse Lydia, apontando para o jornal, "não quero nem saber."

"Você parece cansada", disse Plath. "Volto depois."

"O que foi?"

"É coisa pesada. Pesada mesmo. Nível assassinato na loja de donuts."

Lydia tinha combinado de tomar café da manhã com Raj naquele dia, mas ele não atendeu suas ligações. Presumiu que ele tivesse passado a noite revirando os arquivos que Irene havia mandado e precisasse botar o sono em dia, mas agora o coração dela batia forte.

"O que aconteceu?", perguntou. "Que assassinato?"

"Ontem à noite no Gas 'n Donuts. É a loja do seu amigo, não é?"

Lydia sentiu que estava entrando em pânico — pensando primeiro em Raj, depois na Sra. Patel, depois não conseguia mais pensar. Pegou o jornal das mãos de Plath.

"Quem foi assassinado? *Quem...*"

"O cara que era dono da loja", disse Plath. "O pai do seu amigo. Ele morreu."

As mãos de Lydia tremiam tanto que Plath precisou abrir as páginas para ela ler: *Proprietário de empresa local assassinado em assalto de madrugada.*

"Você está bem?", perguntou Plath.

Lydia leu a reportagem desesperadamente. Descobriu que, depois de deixar o malote de depósito na caixa de coleta do banco, o Sr. Patel retornou ao Gas 'n Donuts para buscar a esposa e terminar de fechar a loja. Quando saiu do Monte Carlo, alguém emergiu da escuridão atrás das caçambas e atirou nele várias vezes pelas costas, depois na cabeça. A polícia investiga que o atirador queria os depósitos e entrou em pânico quando descobriu que o Sr. Patel já tinha ido ao banco. Um motorista que passava pelo local teria visto alguém se afastando a pé, mas não havia mais informações sobre o assaltante.

"Talvez você devesse ir até a loja de donuts", disse Plath, "para prestar seus sentimentos."

"Não tenho nenhum sentimento."

O Homem do Martelo estava morto, e a reação imediata de Lydia foi correr para um telefone e tentar ligar para Raj mais uma vez a fim de descobrir se ele sabia, o que sabia, e ver se havia algo que ela podia fazer para ajudar. O telefone dele tocou a tarde toda e a secretária eletrônica não atendeu, e, mesmo quando ela passou pelo apartamento dele a caminho de casa, depois do trabalho, ninguém atendeu à porta. Considerou ligar para o Gas 'n Donuts ou para a casa dos pais dele, mas não conseguiu discar os números.

Bem cedo na manhã seguinte, enquanto alguns BookFrogs sonolentos faziam fila na Ideias Brilhantes para o seu consumo diário de palavras, Lydia estava no estande de jornais procurando alguma novidade. Mal tinha virado a seção de notícias da cidade quando Raj atravessou a livraria correndo e pousou no seu abraço.

"Raj, meu deus, o seu *pai*."

"Eu sei."

"Como está a sua mãe?"

"Eles a prenderam", disse ele.

"O quê?"

"A polícia, eles a prenderam."

Então, ele desatou a chorar de soluçar e teve que se apoiar na estante de revistas para não cair de lado.

"Eles a *prenderam*, Lydia. Prenderam a minha *mãe*."

Raj não caiu, mas acabou com um braço em volta do ombro de Lydia enquanto cambaleavam até uma mesa na cafeteria.

Raj tinha ficado ao lado da mãe o tempo todo nas trinta e duas horas desde o tiroteio, mas só quando os dois foram chamados à delegacia perto do City Park para mais uma sessão de perguntas foi que um dos detetives, um jovem de orelhas grandes que parecia envergonhado de estar ali, entrou na sala e perguntou à Sra. Patel se ela queria chamar um advogado. Ele então apresentou a antiga espingarda Montgomery Ward .22 que o Sr. Patel mantinha sob o balcão do Gas 'n Donuts havia anos. O policial novato mal havia colocado a arma na mesa quando perguntou à Sra. Patel se ela por acaso sabia como aquilo tinha ido parar na caçamba de lixo nos fundos da loja.

Sabia, sim, respondeu ela. E sim, ela gostaria muito de chamar um advogado agora.

Anos antes, foi o Sr. Patel quem a orientou a, no caso de uma situação de vida ou morte, engatilhar, apontar a espingarda enferrujada e puxar o gatilho até acabarem as balas. *Atira e reza*, ensinou ele, e foi exatamente o que ela fez atrás das caçambas naquela noite, logo depois que Lydia saiu da loja: esperou o marido sair do carro e atirou. Três balas acertaram as costas dele, duas, a cabeça, e cinco, o carro, embora não nessa ordem. Depois ela se livrou da arma e chamou a polícia.

"Eles me deixaram ficar com ela por um tempo enquanto esperávamos o advogado", disse Raj, "e ela me contou tudo."

"Tudo?"

Raj não olhava nos olhos de Lydia.

"O suficiente, de qualquer forma. Não vai demorar muito até ela contar tudo à polícia também. É como se ela quisesse ser presa."

Lydia pensou em perguntar a Raj o que queria dizer com "o suficiente", mas ele parecia tão perturbado que ela achou que não era o momento. Pensou nas últimas palavras que a Sra. Patel lhe disse na noite do tiroteio, quando saiu da loja de donuts: "Eu vou me redimir com ele." Com Joey. Seu filho perdido. Ela tentou.

Na cafeteria, Lydia comprou para Raj um folhado e uma garrafa de suco. Ficaram sentados juntos por um bom tempo, na maior parte em silêncio; quando ele foi embora da livraria, naquela tarde, ele colocou óculos escuros e lhe deu um beijo desajeitado na bochecha. Enquanto saía, trombou numa mesa de livros.

Para Lydia, o assassinato do Sr. Patel reafirmou algo que ela vinha gradualmente enfrentando a vida inteira: o Homem do Martelo estaria para sempre com ela. Ele ocupava um espaço imensurável dentro dela, que jamais seria alterado pelo mundo exterior — nem por tiros de espingarda, nem pelo sofá de um terapeuta, nem pela mãozinha minúscula de uma criança segurando o seu dedo — e, por mais paradoxal que fosse, essa certeza sempre lhe ofereceu uma estranha aparência de identidade. Ainda que o Sr. Patel estivesse morto, o Homem do Martelo sempre estaria vivo, e Lydia sempre seria aquela garota debaixo da pia.

Sempre a pequena Lydia.

Por isso o que aconteceu com ela na noite anterior ao Dia de Ação de Graças foi tão inesperado. Estava na cozinha, bebendo uma taça do vinho que Raj trouxe, enfiando a mão no peru e tentando tirar um saco de miúdos que ainda estava congelado na cavidade dele, quando Raj de repente parou de trocar de canal.

— Está vendo isso? — disse ele com voz ansiosa e instável. — Lydia? Vem cá, rápido!

Lydia estava até o cotovelo no peru, mas, quando olhou para a televisão, viu uma imagem estática da pequena e familiar casa dos O'Toole. Sem lavar as mãos, ela foi em direção ao sofá. Sentiu o corpo endurecer, e tudo ao redor da tela desapareceu. Uma expressão morta e enterrada crepitou da televisão: *pequena Lydia*, disse a voz — só que pronunciada com sotaque espanhol: *pequenha Lydia*.

— O que é isso? — perguntou Raj, virando-se para olhar para ela. — É melhor desligar?

— Aumenta o volume.

— Está em espanhol — disse ele, olhando para o controle remoto. — Algum tipo de programa de caça-fantasmas. Por que você tem esse canal?

— Não faço ideia.

A maior parte do que apareceu na tela foi filmada com uma câmera de visão noturna verde horrorosa que atravessava a casa dos O'Toole no escuro. No meio do verde, o círculo de uma lanterna se arrastava pelo carpete e pelas paredes, pelas fotos e pelas portas. A qualidade da produção era tão ruim que doía ver, ainda assim ela conseguiu notar que o carpete felpudo laranja dos O'Toole havia sido substituído por um Berber marrom mesclado e que todas as luminárias foram modernizadas. De resto, o layout da casa era quase exatamente o mesmo, como se a nova família tivesse se baseado na planta da antiga.

Raj cobriu a boca com a mão.

— Ai, meu deus — disse ele. — Isso é dentro da casa da *Carol*?

Lydia só conseguiu assentir com a cabeça.

O apresentador do programa era um sujeito melodramático com trinta e poucos anos, cabelo preto liso e uma jaqueta de couro preta. Enquanto andava pela casa, ele sussurrava para a câmera, levantando um dedo de tempos em tempos e correndo os olhos de parede a parede, do chão ao teto. Abriu as portas do guarda-roupa e puxou a cortina do chuveiro; ocasionalmente, a tela cortava para um close do Fantasmômetro, uma geringonça ridícula que parecia uma mistura de rádio antigo com escorredor de macarrão. Uma tela de osciloscópio ultrapassada presa ao aparelho mostrava uma linha reta e brilhante de inatividade, pelo menos até ele levar o negócio para o corredor, perto da entrada do quarto principal. O apresentador olhou para a câmera de olhos arregalados quando os bipes ficaram frenéticos e a tela mostrou uma enxurrada de ondas verdes.

— Acho que isso quer dizer que tem um fantasma — murmurou Raj.

Lydia sentia o coração batendo forte e, de tempos em tempos, um sopro suave na nuca. Enquanto o apresentador seguia pelo corredor, a tela mostrava fotos granuladas de cada um dos O'Toole, um de cada vez: primeiro Bart, depois Dottie e enfim Carol. A câmera então focalizou uma menina com cabelo preto liso, de uns 12 ou 13 anos, usando um moletom rosa e se remexendo numa cadeira estofada. A menina obviamente morava na antiga casa de Carol e estava sendo entrevistada sobre um fantasma que vivia no corredor — o fantasma que o programa aparentemente tinha ido encontrar.

Quando a menina falou com a câmera, a voz de uma dubladora se sobrepôs à sua, mas ainda dava para ouvir baixinho o que ela dizia em inglês:

Às vezes, disse ela, *no meio da noite, eu ouço alguém rastejando rápido pelo corredor. Só que, quando olho, não tem ninguém.*

A primeira reação de Lydia foi se sentir aterrorizada pela menina, mas, quando viu o sorriso no rosto dela — como se estivesse tentando não rir e aquilo fosse só uma brincadeira —, percebeu que aquilo tudo tinha mais a ver com entretenimento que com medo.

Uma noite, continuou a menina, *eu estava tomando um copo de água e ouvi alguém respirando dentro da pia.*

A tela cortou para uma visão noturna da cozinha dos O'Toole. Lenta e instável, a câmera percorreu a geladeira zumbindo, os rodapés velhos e, finalmente, o armário debaixo da pia. Lydia ouvia as vozes da menina e da dubladora por trás das imagens.

A história que ouvi na escola foi que essa menina ficou escondida ali embaixo a noite toda. Ela não morreu porque estava bem escondida. Mas, de manhã, ninguém conseguia encontrá-la. Como se ela tivesse simplesmente desaparecido.

Pequenha Lydia.

Na tela, a mão do apresentador se estendia para abrir o armário.

Aparentemente, seria inconveniente para os produtores mostrarem a famosa foto de Lydia sendo carregada pelo pai, na varanda da casa ao lado, cercados por policiais e paramédicos; isso quebraria a narrativa paranormal que estavam criando. O que mostraram, em vez disso, foi a mão do apresentador, colocando o Fantasmômetro no espaço escuro debaixo da pia. Ali dentro, debaixo do triturador de lixo, dava para ver canos sujos e dois registros de água meio enferrujados. O espaço estava atulhado de produtos de limpeza e um rolo de sacos de lixo, e o estômago dela se revirou ao pensar em se encolher o suficiente para caber lá dentro. Como era de esperar, o osciloscópio da máquina acendeu, com ondas verdes se agitando, bipes altos, provando que havia um fantasma ali embaixo.

Lydia sentiu o corpo enrijecer. Sentiu Raj se balançando no sofá.

Ela ficou ali um tempão, continuou a voz da menina, *depois sumiu.*

Na tela, fecharam a porta do armário: *plec.*

— Não consigo ver isso — disse Raj, fazendo careta. Apontou o controle remoto. — Posso?

— Por favor.

Num instante, a televisão piscou e ficou preta. Raj jogou o controle remoto no sofá e fechou os olhos.

— Raj? Você está bem?

— Nem um pouco — respondeu ele. — E você?

— Também não — disse ela, de braços cruzados segurando os cotovelos. — Isso foi estranho.

— Muito estranho. Nunca mais vou ver televisão.

Ela deu uma risada meio desconfortável, e, depois de um instante, Raj riu também. Então ele lentamente estendeu a mão, pegou a dela e a puxou num abraço inesperado, apesar do sumo de peru grudento no braço.

— Você não é um fantasma — disse ele.

— Não?

Lydia sentiu o cheiro da sua pele limpa e o calor e o conforto do seu corpo. E, embora quisesse fechar os olhos e sentir a promessa daquele momento, não conseguiu evitar olhar por cima do ombro dele, esperando ver pela última vez a menina que ele tinha acabado de apagar da tela.

AGRADECIMENTOS

Meu mais profundo agradecimento...

Ao meu simpático e ligeiro agente, Kirby Kim, que me resgatou de uma pilha de lama, me limpou e me guiou pelo caminho sem pestanejar; a Cecile Barendsma, Brenna English-Loeb e ao restante da equipe da Janklow & Nesbit, cuja experiência e profissionalismo são incomparáveis.

Ao meu editor, o talentoso e generoso John Glynn, que pacientemente trouxe à luz esta história; a Laura Wise, Nan Graham, Roz Lippel, Jeremy Price e o restante da equipe da Scribner, cujo compromisso com a arte e a excelência é um presente para os leitores do mundo inteiro.

Às organizações que me ajudaram de tantas maneiras ao longo deste caminho, em especial Tattered Cover, Brookline Booksmith, Yaddo, Centrum, Vermont Studio Center, Write on the River, Artist Trust, o grupo de escritores do D. A. M. e o programa de mestrado em belas-artes da Universidade de Idaho; e aos meus muitos alunos e colegas inspiradores do Big Bend Community College.

A Aja Pollock, que esquadrinhou cada palavra com seus olhos brilhantes, e a Sean Daily, da Hotchkiss & Associates, por trabalhar para levar este livro para a tela.

Às pessoas cujo feedback e apoio, em vários momentos, ajudaram a moldar este livro e a alimentar minha persistência, especialmente John Bartell, Matt Blackburn, Mary Blew, Steve Close, Brian Davidson, Pete Henderson, Jamie Horton, Mary Ann Hudson, Jim Johnson, Greg Matthews, Minh Nguyen, Lance Olsen, Rie e Fran Palkovic, John Peterson,

Joe Rogers, Nat Sobel, Julie Stevenson, Eric Wahl, Jess Walter, Judith Weber e ao meu segundo bibliotecário preferido de todos os tempos, Lance Wyman.

Ao meu mentor de ensino, John Carpenter, que largou tudo para conversar comigo sobre armas.

A Mark Barnhouse, cujos livros sobre a história de Denver me fizeram viajar no tempo.

Ao nefasto clã Sullivan, em toda a sua enorme glória, pelo riso e pelo amor que espalham; e especialmente à minha mãe, Ann Sullivan, que me levou ao meu primeiro congresso de escrita quando eu estava no ensino fundamental e que escrevia histórias na banheira porque era o único lugar onde tinha paz e silêncio.

E, principalmente, a Libby, o único e verdadeiro amor da minha vida, por tudo o que você é, tudo o que você cria e tudo o que você dá; e a Milo e Lulu, nossos pequenos bibliófilos brilhantes, que costumavam se sentar no meu colo enquanto eu escrevia e agora estão escrevendo as próprias histórias pelo mundo.

Este livro foi composto na tipografia Minion Pro
Regular, em corpo 11,5/16, e impresso em papel
off-white no Sistema Cameron da Divisão Gráfica
da Distribuidora Record.